JN169846

目次

登場人物紹介

小春（こはる）

「三毛の龍（りゅう）」と巷で評判の化け猫。猫股の長者に課せられた猫股になるための条件を満たすべく、人間の飼い主を探すことになる。幼少名は二（ふう）。

椿（つばき）

小春の兄で、漆黒の毛並みの化け猫。自他共に認める妖力と才の持ち主。幼少名は一（ひい）。

義光（よしみつ）
小春の弟で、三毛の毛並みに黒い目の化け猫。兄たちより力が劣り、小春を敵視している。幼少名は三（みい）。

逸馬（いつま）
小春の飼い主。武士だったが、幼馴染に裏切られてすべてを失い、裏長屋住まい。

右京（うきょう）
椿の飼い主。小藩の藩主だったが、病に冒されて家督を弟に譲り、武州の片田舎に隠居している。

常盤（ときわ）
義光の飼い主。武家の妻女で、負傷していた義光を助け、屋敷に連れ帰る。

伊周（これちか）
常盤の夫。義光を邪険に扱い、常盤にもつらく当たる。

猫股の長者（ねこまたのちょうじゃ）
南の辺境の地に住む、化け猫たちの長。数多いる妖怪たちの中でも、五指に入る力の持ち主。

喜蔵（きぞう）
古道具屋「荻の屋」店主。弱冠二十歳ながら、妖怪も恐れる閻魔（えんま）顔。

雨夜（あまよ）の月――
想像するだけで、目には見えないもの、実現しないことのたとえ。
あり得ぬと思っていたことが、本当にあった時に使う。

雨夜の月

一鬼夜行

小松エメル

序

（――いる）

約束の地に着いた小春は、息を切らしながら目を眇めた。その昔、この辺りは荒野だった。草の一本すら生えず、虫や鳥も寄りつかず、人の姿もなかった。だが、今は半分が田畑に変わった。それほど、時が経ったのだ。

（変わらないのは、あれだけか）

小春の視線の先にあったのは、西の方にぽつねんと立つ大木だ。四方八方に伸びた長い枝、深い緑色の葉――思わずまじまじと眺めてしまうほど、その木は強く、逞しかった。小春が生まれる前から存在していたので、樹齢は優に百五十年を超している。

大木を目指して歩きながら、小春は昔のことを考えていた。実に色々なことが起きた。辛いことも哀しいことも、嬉しいことも楽しいことも経験した。小春の礎を作ったのは、間違いなくあの頃だ。しかし、すべてを思いだすことはできなかった。

（……やはりでかいな）

大木の下に立った小春は、ひょいっと身軽に飛んだ。木の半分くらいの高さに位置する枝に腰かけたが、地との距離は十分遠い。

「もう二度とここで揃うことはないと思っていたけれど……分からないものだ」

そう言ったのは、小春より少し上の、北の方に向かって伸びる枝に足を抱えて座る少年だった。不安定な場所であるにもかかわらず、まるで縁側で茶を啜っているがごとく、余裕たっぷりだ。艶やかな漆黒の細い髪が風に揺れ、少年の顔を撫でた。それをうっとうしがる素振りも見せず、微笑を浮かべている。

「この木もいい歳のはずだ。私たちよりも上だもの」

同じことを考えていたらしい相手に、小春はニッと笑いかけた。

「お前だってあと数十年もしないうちに二百を超えるくせに」

「小春だって同じだろう？　それに、私はあと数十年も生きられるか分からないよ。私は本性を捨てた身だ。その時から、いつ死んだっていいと思っている」

「……椿」

咎めるように言うと、漆黒の髪の少年――椿は、くすりと笑った。

「死にたいわけではないよ。それに、いつ死ぬか分からないのは、誰だって同じだ。二人とも死ぬのは怖い？」

椿の問いを聞き、小春は視線を更に上げた。椿より高位置の枝に立つ者の答えが知りたかったのだ。椿同様、小春が来る前からここにいた相手は白い着物を纏っているようだ。

（こいつが人間に化けた姿ははじめて見るな）

もっとも、枝葉に半身を隠され、腰から下しか分からない。細い足首は裸足で、傷だらけだ。その傷がどうやってできたものなのかを知っている小春は、思わず顔を背けた。

「死が怖いなどとは一度も思ったことがない」

「義光は強いね」

感心したように言った椿に、その相手――義光は憮然とした声を返した。

「嫌みにしか聞こえぬ。お前は死だけでなく、何一つ恐ろしいものなどないだろうに」

「そんなことない。たった一つだけあったよ」

呟いた椿は、顔を右下に向けた。漆黒の目に見据えられた小春は嘆息して言った。

「俺は……怖い」

答えた途端、風もないのに葉がざわざわと揺れだした。

「……死を恐れる者が猫股を志すことこそ間違いだったのだ」

義光の押し殺した呟きに、小春は素直に頷いた。ざわざわと騒がしい音が響き、また葉が散った。義光の身から発された、強い妖気によるものだった。産毛が逆立つような感覚に襲われたものの、小春はぐっと堪えた。恐ろしい――素直にそう思ったが、逃げ出すわけにはいかぬ。本当の決着をつけにここに来たのだ。

「分かっていてなぜこの道を選んだ？　お前には心通わせた相手がいたではないか。ただの猫として、その者と共に安穏と生きればよかっただろうに――なぜ、猫股になった！

お前のせいで俺は……！」

　義光の憎しみに満ちた声を聞き、小春は唇を噛んだ。はるか昔、猫股になると決断した時から、小春はこう思っていた。

　真実が分かった時、義光は己を許しはしないだろう、と――。

　その考えは正しかった。だから先日、互いに命をかけるほど激しい戦いが起きたのだ。

黙り込んだ小春の代わりに、「義光」と静かな声を出したのは、笑みを引いた椿だった。

「何度も言ったはずだ。小春のせいじゃない。この子が猫股になったのは、私の――」

「死ぬのが怖かった。だから、ただの猫として生きるのが嫌だったんだ」

　小春が椿の言を遮って答えた瞬間、義光の姿が消えた。

「――やめろ！」

　椿の制止の声が響いた時、強い力で押さえつけられた。小春の胸に跨った義光が、首に手をかけている。力はさほど込められていないが、いつでも絞め殺せるということを、小春は嫌というほど知っていた。

（あーあ……結局、俺はもう終わりなのか）

　小春とよく似た、金、赤茶、黒の斑模様の髪に、椿と同じ漆黒の瞳を持つ義光は、小春の鳶色の目をじっと覗き込んでいる。

（人間の姿になっても、面はどっちにも似てねえな……俺たちと違って目つきが悪ぃし、案外童顔だ。まあ、こいつらしいっちゃらしいけど）

義光は眉間と鼻に皺（しわ）を寄せ、怒りの表情を浮かべている。しかし、小春の首にかけられた手に力が籠（こも）ることはなかった。

「……義光？」

問うた小春に、義光はますます眉を顰（ひそ）めた。丸い目がぐにゃりと歪（ゆが）んだのを目にした時、小春は思わず「何で」と呟いた。

「何でお前がそんな顔をするんだよ……」

見間違いかと思い、何度も瞬（まばた）きをしたが、目を開くたびに見えるのは、およそ今の義光に似つかわしくない表情だった。顔と同じくらい苦しげな声で、義光は答えた。

「長者（ちょうじゃ）はずっとお前のことを買っていた。お前こそ次の長者に相応（ふさわ）しいと、何度も俺に告げてきた……俺では駄目（だめ）だと言われているのと同じだった。……長者がお前をと望むならば、従うこともやむを得ぬと思った。だが、お前はいつの間にか猫股を降りて、鬼に成り下がっていた。それだけでも許せぬ所業だというのに、お前は卑怯（ひきょう）な真似（まね）をして猫股になったという――猫股の威を失墜（しっつい）させた罪は、償（つぐな）ってもらわねばならぬ……！」

義光の瞳の色が、黒から赤に変わった瞬間、首がきつく絞まった。途端に気管が狭まって、小春はぐっと呻（うめ）いた。

「――手出しはしないと約束したはず。だから俺は誘いに乗り、ここに来たのだ」

割って入ろうとした椿に、義光はすかさず言った。

「……私は二人に殺し合いをして欲しかったわけではないよ」

「かってそうなるように仕向けたお前が言える立場か？」

義光の嘲笑交じりの言に、椿はぐっと詰まったような表情を浮かべた。

（こいつのこんな顔もはじめて見る）

首を絞め上げられているなか、椿の眉尻の下がった哀しげな顔を見て、小春は不思議に思った。椿と義光のことなら何でも知っていると思っていたのだ。共にいたのははるか昔で、長い妖生からすればわずかな時だ。仲がよかったとも言えぬが、それでも共にいた。そうするしか生きる術がなかったのだ。

やがて、椿はぽつりと言った。

「……お前の言う通りだ。小春ではなく、私を殺せばいい。それで手打ちにしよう」

「この期に及び、まだこいつの真似事をするか……お前は妖怪らしい妖怪だったではないか。なぜそのような腑抜けになった？　お前が長者に買われていたら、俺は何も思わなかった。お前が長者に選ばれるなら得心がいったのに、なぜ長者は……！」

椿の言を聞き、義光はますます苛立った声を上げた。顔に浮かんだ苦悩はそのまま力となり、小春の首をさらに絞め上げた。

「……泣く、なよ……」

掠れ声を出した小春に、義光は驚愕の表情を浮かべた。真ん丸の大きな目は涙の膜で覆われている。

（この顔は懐かしいな）

小春は苦笑した。その昔、義光は泣き虫だった。椿や小春に喧嘩で負けると、ぽろぽろと大粒の涙をこぼした。悔しさを呑み込む術を持っていなかったのだろう。

「強くなりたい……そう思ったん、だろ……俺だって、同じだ……」

弱い自分は嫌だった。だから、強くなろうと思った。生まれながらに強かった椿ですら、おそらく同じ考えだった。だから、己たちは別れたのだ。誰の力も借りず、己の力のみで戦い、何者にも侵されぬ強さを持つ——それがそれぞれの抱いた同じ願いだったはずだ。

「俺は強い……もう誰にも負けはしない。今もあと少し力を強めたら、お前を殺せる」

そう言いつつ、義光はそれ以上力を強めなかった。小春の上から身を引くと、元いた枝に飛んだ。やっと解放された小春は咳込みながら、椿の顔を見上げて呆れたように言った。

「お前も泣くなよ」

義光と違い、素直に涙をこぼしていた椿は、顔を上げて誰に言うともなく呟いた。

「泣くよ。兄弟が殺し合うなんて馬鹿げている……私が言えた台詞ではないけれど、本心からそう思っているよ。……昔はこんな先が待っていると考えもしなかった。これから先はどうなるのだろう」

「そんなの——」

欲しい先に向かって動けばいいだけだ——そう言おうとして、小春は口を噤んだ。少し前なら間違いなく言っていたはずだが、今はとても言葉にすることができなかった。ゆっくり半身を起こした小春は、枝に腰かけた。下に広がっているのは、何もない景色だ。ぼ

んやりと眺めているうちに心が落ち着いてくることを願ったが、

(何で――)

願いとは裏腹に、心を乱す者が近づいてくる。幻かと思ったが、そうではない。

(あんなに怖い顔、幻でたまるか！)

彼の曾祖父と見間違えたこともあったが、もっとずっと恐ろしい。鋭い目で小春を睨み、ごつごつとした手で遠慮なく頭を叩き、不意に泣きたくなるほど優しい言葉をかけてくる――そんな人間を、小春は彼以外に知らなかった。

(何で来るんだ……何で俺の居場所が分かるんだ)

数日前も、数十年前も、彼は小春の許に駆けつけた。小春が迷っている時に限って、そんなことをしてくるのだ。ただでさえ迷っているのに、これ以上迷わせる真似をしないでくれ、と小春は口をへの字にした。そうしていないと、また泣いてしまいそうだった。

「――行け」

義光の呟きに、小春ははっとして顔を上げた。また半身を隠してしまった義光がどんな顔をして言ったのか、小春には分からない。

「あちらの世にお前の居場所はもはやない」

「……馬鹿だな、お前。俺の居場所はこっちにだってないだろ」

義光の言に苦笑した小春は、傍らに立つ椿を見上げて問うた。

「お前は『行け』なんて言わないよな？」

「小春の好きにしたらいい。どこの世も嫌になったなら私の許に来てもいい……義光も」

答えた椿に、義光は息を呑んだようだった。まさか椿がそんなことを言うとは思わなかったのだろう。それは小春も同じだった。義光が言うように、昔の椿は冷徹だった。他者に情をかけることなど決してしなかったのだ。

「小春だって変わった。義光だって。でも、変わらないところもある」

ふっと笑った椿は、もう泣いていなかった。小春と義光を交互に見て、それぞれに手を差し伸べた。

「……お前、変わったな」

「私の手を取ってもいいし、取らなくてもいい。お前たちはどこに向かう？」

しばしの沈黙の後、先に声を発したのは義光だった。

「俺はお前の許には行かぬ。だが、今のままでもいられぬ。もう一度己を鍛え、これからは何者にも負けぬ力をつける。単純な力だけではなく、心も――」

頷いた椿は義光に向けた手を下ろし、「やはり強いよ」と少し寂しげに言った。

「小春はどうする？　私と行くか、それとも――」

椿は言葉を止めて、小春の視線の先を追った。荒野を駆ける影は、まっすぐこの大木に向かっている。その影を追いながら、小春はぽつりと言った。

「……俺はただの猫として死ぬのが怖かった。ただの猫になって逸馬（いつま）のそばにいたら、俺は奴より先に寿命がつきて死ぬ。そうなったら、逸馬はまた一人だ。これ以上、あいつに寂しい思いをさせたくなかった……」

「やはりお前は愚かだ。他人を言い訳にしているだけと未だに気づいていない。寂しかったのは、お前の方だろう」

「……そう、かもな」

小春は答えながら、苦笑をこぼした。義光の言った通りだった。寂しい思いをさせたくないと思うくらい、小春は逸馬のことを考えていたのだ。逸馬が小春を捜しつづけたように、小春も逸馬をずっと忘れずに生きている。おそらく、この先も忘れはしないだろう。

「一人で生きられぬのは、人も妖怪も同じだ。猫だってそうだ。でも、俺はもう……」

妖怪でも人でも猫でもない。そんな己は一体どこに行ったらいいのだろうか？

数日の間ずっと考えていたが、答えは出なかった。椿の誘いに応じ、ここに来てはみたものの、まだ分からずにいる。このままでは一生答えを得られぬままかもしれぬ。

(俺は何も分からぬまま生きていくのか――)

己のことさえ分からぬなど、生きている意味はあるのだろうか？

「――小春」

肩を落とし、俯いた小春に、椿は優しく声をかけた。

「本当に居場所がないなら、私と共に行こう」

うっそりと顔を上げた小春は、己の手をゆっくりと持ち上げた。二つの手のひらが重なるという時、駆けてきた影が大木の下で立ち止まった。

一、長者の問い

真ん丸の大きな月が出ている晩のことだった。

（いよいよだ）

龍は空を見上げて、にんまりとした。金と赤茶と黒の三色の毛並みが、月明かりを浴びて艶やかに光っている。口の端からはみ出た牙は、刃物のように鋭い。両の耳はぴんと立ち、長い尾は二股に割れて、ゆらゆら揺らいでいる。

龍は猫だ。しかし、ただの猫ではない。経立と呼ばれる化けかけの獣だ。化けかけではあるものの、妖力も妖気も十分に備えている。形は小さいが、妖怪たちには「三毛の龍」と恐れられていた。

「『三毛の龍』なんてそのまんますぎるよな……まあ、いい」

龍は独り言ち、闇夜を駆けだした。目指す場所は、国をいくつも越えた地だ。約束したわけではないので急ぐ必要はないが、気が急いてしようがなかった。自然、足も速くなる。

そこへの再訪は、龍にとって念願だったのだ。

（……俺は立派な猫股になる！）

　龍は心の中で何度目か分からぬ決意を唱えた。経立という存在になって早数十年、龍は毎日修業を重ねてきた。他の経立と戦うこともあれば、鎌鼬（かまいたち）やぬらりひょんや天狗（てんぐ）といった妖怪たちとも一戦を交えた。相手がどんなに強くとも、怯（ひる）むことなく向かっていき、どんなに不利な状況でも、最後まで諦（あきら）めなかった。そうしたことを繰り返していった結果、龍は皆から一目置かれるようになり、（誰にも負けない）という自信を得た。

　なぜそれほどまで戦いにこだわるのかといえば、強くなりたかったからだ。思いのまま、自由に生きてみたかった。そうするには、弱い猫のままではいられない。だから経立になり、更にその先の猫股を目指したのだ。

　ここまで来るには時がかかった。猫の寿命はとうに超えている。それでも、まだ完全な妖怪とはいえぬ存在だ。猫股にならぬ限り、いつまで経ってもただの猫である気がしてしまう。そんなのはもう御免だった。

「俺は立派な猫股になる……それで、立派な妖怪になるんだ！」

　張り上げた声は、闇夜に吸い込まれて溶けた。だが、きっとその叫びは、龍が目指す場所にいる猫股の長者の許に届いたはずだ。

　猫股の長者の住処（すみか）は、南の辺境にある。猫股の長者というのは、猫股たちを統（す）べる者だ。猫の経立もただの猫も、彼が支配しているため、長者は人間の世に住んでいる。だが、ただの猫はよほどのことがない限り、一度も彼と会うことはない。経立は五分五分といったところだろうか。経立になる者は力が強い。力があるなら、それを試してみたいと思うものだ。たいていの猫の経立は猫股を目指すが、挫折する者も多かった。己だけが強いわけではない——他の経立と戦ううちに、そのことに気づいてしまうのだ。そこで挫けず、前に進もうとする者だけが、猫股の長者の許を訪ねていくことになる。

猫股になるためには、猫股の長者に会わなければならぬ。会って許しが得られれば、その日から晴れて猫股になれるが、駄目だと言われれば、一生猫股になることはかなわぬという。拒否されて刃向った者も過去にはいたが、一瞬で八つ裂きにされてしまったようだ。

経立は勿論、猫股たちが束になってかかってもかなわぬという相手の許に、龍は向かっている。すべては猫股になりたいという願いのためだが、少々他念もあった。

(今度こそ長者と手合せしてみせる)

龍が猫股の長者の許へ行くのは、実ははじめてではない。

(あの時は思わぬ邪魔が入ったからな……それに、長者もいなかったし)

後になって知ったことだが、年に一度ひと月もの間、長者はあちらの——妖怪の世に渡るらしい。ちょうどその時期に訪ねてしまったのだろう。だから、今回が初対面となる。

——猫股の長者は、数いる妖怪たちの中で五指に入る強さだ。経立が勝てるわけがない。

これまで龍が手合せした妖怪たちは、こぞってそう言った。中には真摯に忠告してきた者もいた。しかし、龍は鼻で笑って、こう言い返すのが常だった。

——そんなことやってみないと分からねえだろ。俺は長者にだって勝つぜ!

冗談ではなく、本気だった。先のことは分からぬものだ。努力すれば、誰にだってかなわないはずがないと思っていたが――。

長者の住まう南の国の岩山のふもとまで来た時、その考えはあっさり覆った。

（……今の俺では無理だ）

長者と会わぬうちに、龍は悟った。怖気づいたわけではない。それほど、凄まじい妖気が辺りに満ちていたのだ。龍は急に己が恥ずかしくなり、二股に裂けた尾を一尾に戻し、口の中に牙を引っ込めた。そして、すっかり猫の姿に戻った。

「…………」

目を閉じて、大きく息を吸って吐きだす。しばらくすると、少し気持ちが落ち着いてきた。勝負を挑んでも勝てぬことは分かった。ならば、今は勝負よりも先に為すべきことがある。長者に認められれば、念願の猫股になれるのだ。

龍は鳶色の目を開き、空を翔けるように高く飛んだ。細くて華奢な足だが、普通の猫とは違い、妖力が漲っている。飛び上がるのも、飛び下りるのも、得意中の得意だ。猫股になれば、本当に空も飛べるようになるらしい。

（あー俺も早く飛びたい）

己が空を翔ける想像をしているうちに、あっという間に山の中腹にある、洞窟の入り口まで着いた。龍は息一つ乱さず、洞窟の中を滑るように歩きだした。

洞窟の中は、仄かな明かりが灯っていた。均等に置かれた松明の火は、風もないのにゆらゆらと揺れている。龍の身も、同じように小刻みに震えた。

「……くそっ」

思わず悪態を吐いてしまい、再び深呼吸した。気持ちを整えながら、細い道を一歩一歩進んでいくと、円形の場所にたどり着いた。今まで歩いてきた道と違い、松明は置かれていない。だが、洞内は明るかった。その明かりに、大きな影が照らされている。背を向けているため、顔は見えない。だが、きっと恐ろしい顔をしているのだろうと龍は考えた。彼の身から発されている妖気が、あまりにも強く、不気味だったのだ。

(……何だあれ?)

彼の傍らには、こんもりとした山があった。多少の違いはあれど、よく似た大きさと形をした丸い岩が、大量に積み重なってできたもののようだ。

「——三毛の龍だな」

強大な妖気を発する相手は、ゆっくり振り向きながら言った。龍は足を止めそうになりつつも、相手の——猫股の長者の目の前まで近づいていった。

(白い……)

大きな相手を見上げて、龍はその意外さに目を見開く。毛並みはいかにも強そうな黒か、己と同じ三毛だとばかり思い込んでいたのだ。予想に反し、猫股の長者は真っ白な毛並みをしている。目が赤く光っているので、猫というよりも、まるで兎のようだ。もっとも、兎のような愛らしさは微塵もない。大きな身体に、凄まじい妖気、太くて鋭い牙、二股に割れた尾――どこもかしこも恐ろしかった。

「何用だ」

長者は赤い目で龍を見下ろして言った。

「白々しいことを訊くんだな。俺のことを知っているなら、俺が何しにここへ来たかくらい分かっているんだろう？」

「猫股になりたい――そう申すか」

頷くと、長者は口を奇妙に歪めて笑った。

「今のお前では猫股になれぬ」

「……何でだよ！」

思わず大きな声で言い返し、龍ははっとした。長者の赤い目の中に、金の光が揺らいだのだ。ただでさえ強い妖気が増した気がして、龍は口を噤んだ。長者はゆらりと身を揺らし、足を一歩踏みだした。ずしり、と地鳴りがする。毛を逆立て警戒する龍を尻目に、長者はその場に腰を下ろした。目を瞬かせる龍を見て、長者は口を開いた。

「まあ、座れ」

龍は素直に従った。穏やかな口振りだったが、逆らえぬような力が籠っていた。大きな影と小さな影が、橙の明かりに照らされて、奇妙に長く伸びている。二つの影の大きさの違いは、そのまま力量の差に思えて、龍は俯きながら、四肢の爪をぐっと握りしめた。

「猫股になるには、人間の首が必要だ」

長者の発した声に、龍は顔を上げて問う。

「――首を？」

「そうだ。お前の飼い主の首を持ってこい」

「それはできぬ相談だ。俺に飼い主なんていない」

生まれてこの方一度も人間に飼われたことがないのが、龍の自慢だった。人間は猫以上に弱い生き物だ。だから、己より弱い者を狙って虐める。妖怪のように分かりやすい悪意ではなく、心の奥底に隠している。人間のそういう陰湿なところが、龍は大嫌いだった。

――猫にも色々いるだろう。人間だってそうさ。悪いのもいれば、いいのもいる。おいらはここの旦那に飼われて幸せだよ。

とある商家で飼われていたぶちの太った猫は、そう言って笑った。言葉の通り、幸せそうな顔をしていたが、龍はちっとも共感できなかった。人間に飼われれば、暖かな寝床と飢えぬ程度の飯が確保できる。野に生きる者にとって、それは確かに魅力的なものなのだろう。しかし、龍はそうなりたくなかった。

(己の力だけで生きていく――それができてこそ、生まれた意味があるものだ)

物心ついた頃からそう思って生きてきたのだ。人に飼われるなど、矜持を捨てた者の成れの果てだとさえ考えていた。

「……飼い主なんていない」

再び呟くと、長者はうっそりと首を振った。

「……首を土産にしなけりゃ駄目なのか？」

猫股の長者に許しをもらえれば、猫股にしてもらえる——そう聞いていたものの、条件があるのは知らなかった。だが、ただ力があるだけで認められるならば、大抵の猫の経立は猫股になっているはずだ。猫股になれる経立は一握りなのだから、何かしら長者と取り交わしがあってもおかしくない。今頃そんなことに気づき、龍は後ろ足で頭を掻いた。毛がぐしゃぐしゃに乱れたが、気にも留めなかった。

「飼い主がいないのならば、都合のよい人間を見繕ってそいつに飼われてやれ」

「飼われるのは御免だ……矜持に関わる」

「お前の矜持など大したものではなかろう。大事をなそうと言うならば、尚のこと」

長者は笑って言ったが、目は笑っていなかった。龍はぞくりと悪寒を覚えたが、

「それはそうかもしれぬが……しかし」

と言い返した。猫股になるため、と割り切ればいい話なのだろう。頭では理解していたものの、気持ちが追いついていかなかった。龍はますます顔を顰めたが、長者はそんな龍を気にした様子もなく、すっと立ち上がって言った。

「せいぜい相手に尽くしてやれ。なるべく情を通い合わすのだ——頭と胴を離すのを躊躇するくらいにな」

（情を通い合わす……？）

ただ首を持ってくるだけでは駄目なのだろうか——龍の脳裏に浮かんだ疑問を察してか、

長者は目を眇めて答える。

「情を交し合った相手だからこそ意味がある。築き上げた情を、首と共に断ち切るのだ」

「……首を」

龍は続きを問おうとして、口を噤んだ。長者がさらに不気味な妖気を発したせいだった。

「ああ、首を」

長者は龍の言葉を繰り返した。そこには、嘲り(あざけ)は見られなかった。龍は口を閉じたまま深呼吸して、低い声音でゆっくりと問う。

「首を持ってきて――どうする？」

ただ土産に持ってくるわけではないだろう――長者の話を聞いて、龍はそう確信した。

くっくっくっと喉(のど)の奥を震わせる声を響かせながら、長者は傍らに積み重なった岩に手を伸ばした。一つ摑(つか)むと、鞠(まり)のようにくるりと回し、目を弓の形に変えて言った。

「私とお前の二人で、それを喰(く)らうのだ――こうやって、な」

長者は、手のひらの上のごつごつとした丸い岩を舌で一舐(ひとな)めした。

(――ああ)

龍はこの時になってようやく気づいた。長者が今手にしている岩は、人間の頭の骨だった。傍らにある岩山は、数え切れぬほど大勢の人間の首でできていたのだ。

(これらをすべて喰らったのか)

ぞくぞくぞく、と身の毛がよだった。目の玉の抜けた暗い眼窩(がんか)が、こちらをじっと見据えているような心地がした。

――お前も人間を喰らうのか……。

妙な幻聴が聞こえてきて、龍はふりはらうように首を横に振った。

「怖気づいたか」

長者の笑いを含んだ声を聞き、龍は「まさか！」と声を張り上げた。

「俺さまは『三毛の龍』だぜ。……いいぜ、やってやる」

首を持って再びここへ来る――そう宣言すると、長者は唇の端を吊り上げて頷いた。


長者の許を辞去すると、龍は江戸に戻った。生まれ育った土地だが、故郷と呼ぶほどの思い入れはない。ひとり立ちしてからあちこち転々としていたので、他の土地で過ごした時の方が多いくらいだ。しかし、江戸は猫や経立にとって便利な土地だった。あちらの世からやってくる妖怪は、たいてい江戸に集まる。人が多いことを知っているのだ。数が多ければ多いほど、化かし甲斐があるとでも思っているのだろう。

（まあ、俺もだけれど）

龍の場合、相手は妖怪だ。弱い人間と戦って勝ってもしようがないので、なるべく強い力を持つ妖怪と手合せしてきた。猫股になってからもそのつもりだったが、しばらくお預けになりそうだ。時はいくらでもあるが、無駄にはしたくない。長者の住まう土地から江戸まで、ほとんど休まず走り通しで帰ってきたものの、それでも五日かかった。行きは六日かかったので、十日以上無駄にしたことになる。
（いや、無駄じゃない……首のことが分かったし、これから挽回すりゃあいいことだ。さっさと首を――飼い主を見繕っちまおう）

内心ぶつぶつ言いながら、龍はひょいっと塀に飛び上がった。高くそびえる塀は、ずっと先まで続いている。武家屋敷が立ち並ぶなか、龍はそれぞれの家の様子を眺めながら前に進んだ。庭の手入れをしている庭師や、縁側で雑巾がけしている小者などの姿は見えたものの、屋敷の主人と思しき者の姿はない。昼間なので、出仕しているのだろう。
（……侍が猫を飼うかな？　奥方だったら可愛がりそうな気もするが）

しかし、奥方らしき女も見当たらなかった。話し声もほとんど聞こえてこぬので、様子は知れない。暮らしぶりが分からぬと、近寄る気にもなれなかった。
「……陰気くさいからやーめた！」

そう言って道に降りると、屋敷の中から「誰だ」と咎めるような声が聞こえてきた。
（まさか猫が喋ったとは思うまい）

龍はくすくすと笑い、気を取り直して歩きだした。

次に向かったのは、活気あふれる商家通りだった。魚屋に八百屋に乾物屋、往来には豆腐や納豆といった物を扱う、棒手振が何人もいる。
（あっちの方が屋敷は立派だが、食い物はこっちの方がたくさんある）

にんまりとしつつ、龍は尾を左右に揺らしながら道を歩いた。

（食い物は魅力的だが……この辺りで金を持っていそうなのは谷津屋かね？）

豪商と呼ばれる、羽振りのいい呉服屋の名を思いだし、そちらへ向かおうとした龍だが、数歩進んだところで足を止めてしまった。

涎を垂らしながら魚屋に並ぶ品々を眺めていると、店主と目が合った。

「この……泥棒猫が！」

店主は龍を見るなり血相を変え、傍らにあった包丁を摑んで怒鳴った。

（お、俺はまだ盗ってないぞ！）

内心言い訳をしながら、龍は脱兎のごとく逃げだした。包丁を持っていても、相手は所詮人間だ。龍が爪を伸ばして引っ掻けば、一瞬のうちに息の根など止められるが――。

「……あの男、人目があって助かったな。なかったら首が飛んでいたところだぜ」

人気のないところまで来て、龍は悪態を吐いた。人を殺したことはない。殺したいと考えたこともなかった。わざわざ人間にかかわるのは御免だ。だが、もしも危ない場面になったら、躊躇いなく殺すだろう。

（いざとなればやるさ。人を喰っても美味くはなさそうだが……しようがない）

再び歩きだした龍は、今度こそ谷津屋を訪ねた。裏からこっそり侵入して、屋敷の様子を窺おうとしたが、庭に人間がいるのに気づき、そちらに向かった。

「そこにいたの？」

優しそうな声に惹かれ近づいていくと、納屋の前に女がしゃがみ込んでいるのが見えた。

この家の娘だろうか。ふっくらとした身体つきで、綺麗(きれい)な着物を纏っている。声と同じく優しげな顔立ちだったため、龍はニッと笑みを浮かべた。

（元々猫だけれど、ここはいっちょ猫をかぶって……）

猫撫で声を出しつつ、すりよってみよう——そう思った時だった。

「にゃああん。にゃおん」

まだ声を発していないというのに、甘ったるい鳴き声が響いた。

「ふふ、お前は可愛いねえ」

娘はそう言うと、傍らにいる猫を抱き上げた。まだ子猫と思しき縞(しま)猫は、撫でられるまま、ごろごろと喉を鳴らした。

（………）

龍はその様子をしばし眺め、音も立てずに踵(きびす)を返した。

屋敷から出ると、犬を連れた男が通りすぎた。麻色の毛並みの犬は、龍を上から下まで眺めて、にやっとした。馬鹿にするような笑みに腹が立ち、龍は少しばかり妖気を発した。

「きゃうん……！」

犬は甲高い悲鳴を上げて、そのまま一目散に駆けだした。

「おい、はち！　一体(いって)えどうしたんだ!?」

慌てて追いかけていった飼い主を見て、龍は「あはは」と笑い声を上げた。しかし、すぐに笑みを引っ込めて、歩きだした。次に向かう場所を考えなければならなかった。吉原(よしわら)

に行き、遊女に飼われてみるのはどうだろうか？　そこに住まう女は、情が深いという。

（……だが、深すぎるのは困る。気味が悪い。白粉臭いのも嫌だしな）

あっさり翻意した龍は、ちょうど通りかかった寺の中に入ることにした。境内を掃除している僧侶の姿を認め、龍は小首を傾げた。仏に仕えている僧侶は、殺生禁止だ。この世のすべてに慈悲深く接するという。当然、猫も快く迎え入れてくれるはずだ。

（……よしっ）

今度こそ猫撫で声を出してすりよってみよう――龍は意を決し、僧侶へ近づいていった。

「にゃ、にゃおん……」

慣れぬ声を出したので、思っていたよりも低い鳴き声になってしまった。照れが出たのが恥ずかしくて、龍はもう一度「にゃおおん」ともっと可愛い声を出した。

「にゃおん、にゃおおん」

鳴きながら、僧侶の足元に身体をこすりつける。

（こいつ、俺のあまりの愛らしさに動けなくなってるぞ！）

心中で笑った時、僧侶が震えていることに気づき、龍は顔を上げた。なぜか、僧侶の顔色は真っ青に染まっている。

「ひ……ひいいい!!」

僧侶は箒を放りだし、悲鳴を上げながら逃げだした。突然のことに、龍は目を瞬いた。

（なんだ、あの男……）

去っていく男を呆気に取られて見送っていると、近くで苦笑が聞こえた。

「本当に猫が苦手でいらっしゃる」

「なんでも、触れると身体中に発疹が出てしまうとか。ああ、転ばれた」

話していた寺小僧たちは、慌てて僧侶の許へ駆けていった。

「……俺は毛虫じゃねえぞ、まったく」

龍はむすっとして、どしどしと足音を立てて踵を返した。

それからは足が向くまま歩いた。寺子屋や私塾、農家や職人の住まう家々、郷士の屋敷の前を過ぎた。先ほどは嫌だと思った武家屋敷の方に戻り、色街にも寄ってみた。

「あら、可愛い三毛猫」

そう言ってきた相手は、だが格子窓の向こうにいた。

「お前はいいね、自由で」

寂しげな笑みを浮かべ呟く妓を見て、龍は何とも言えぬ心地になりながら、その場を後にした。

(……だから人間は嫌なんだ)

自由になりたいと願っても、周りがそうさせない。いくら努力しても、かなわぬことの方が多いのだ。弱く生まれたら、弱いまま生きろと言われているようなものである。

「俺は嫌だ、そんなのは……絶対に嫌だ」

ぶつぶつ言いながら、龍はまた飼い主捜しを再開したが、結局その日は見つけられぬまま終わってしまった。

翌日も、龍は飼い主捜しに奔走した。昨日とは違う場所に向かったが、なかなかこれという人物には会えなかった。数十年昔ならば、猫の数が少なく値が張ったので、自ら龍に近づいてくる者もいただろう。最近はさほど珍しくもなくなったようで、猫が町をうろついていても気に留めなくなったらしい。

（もう一寸前だったら……）

チッと舌打ちしながら、龍はあちこちに視線をやった。こぢんまりした町家の前を通りかかった時、盆栽の手入れをしている老人と目が合った。

「おや……猫だ」

老人はそう呟いて撫でてこようとしたが、龍は思わず身を引いてしまった。自らすりよる分にはまだいいが、急に触られるのには抵抗があった。気味が悪い――。嫌悪の念は伝わるものなのだろう。老人はむくれた顔をして、家の中に入ってしまった。

（ああ……これじゃあ駄目だ）

分かってはいたものの、とっさに出てしまうので防ぎようがなかった。触られる前に自らすりよっていけばいいのだが、そういう時に限って相手が避けたり、嫌がったりするのだ。どうにも龍は、人間と相性が悪いらしい。

（……いやいや、まだはじめたばかりじゃねえか。そのうち慣れてくるって！）

そう思い直し、その後もめげずに飼い主を捜しつづけた。

首捜し——ならぬ、飼い主捜しをはじめて五日目——。

「……飼い主なんてどこにもいないじゃねえか！」

町はずれの荒野に来て、龍は叫んだ。わざわざこんな場所に来たのは、人気がないこともさることながら、生まれ育った地だからである。龍は何かあるたび、ここを訪れて喚く癖があった。

はじめたばかりだから上手くいかぬ——その前向きな考えは間違いだった。相変わらず、人に触られるのが嫌いな龍は、人間に近づくこともままならなかった。我慢してすりよっても、伸ばされた手が嫌で避けてしまうのだ。警戒しすぎだとは思ったが、かといって長年抱いてきた人間への不信感がにわかに消えるわけがない。当然、いつまで経っても、ちっとも飼い主は見つけられず、日を追うほどに苛立ちが増すばかりだった。

「俺は三毛の龍だぞ！　俺さまの足元にも及ばない人間になど飼われてたまるか！　こっちから願い下げだってんだ！」

喚いているうちにどんどん虚しくなっていった。

「……俺はただの猫じゃない。力のある、すごい経立なんだ……」

だから、何だというのだろうか——そんな心の声が聞こえてきて、龍はぐっと詰まった。力が強いのが偉いというなら、妖怪の中で五指に入るという、猫股の長者や、百目鬼という目だらけの妖怪が一等偉いことになる。否、妖怪よりも得体の知れぬ力を持つ、神の方が偉いのかもしれぬ。

（俺は別段偉くなりたいわけじゃねえけど……）

ただ、自由に生きたいのだ。そのためには強くなる必要がある。弱いままでは、自由に生きることができぬのだ。そんなことは、弱かった時代を考えれば分かる。

しかし、弱いことはそれほど悪いことなのだろうか？

——お前はいいね、自由で。

あの妓は、自ら望んで格子に閉じ込められているわけではない。弱いから、逃げることができぬのだ。だが、それでも生きている。辛いからといって、自死を選ぶことはない。それが本当に弱いと言えるのだろうか？

「違う……」

数日前に感じた何とも言えぬ心地の正体に、気づきそうになった時だった。

「——っ……!!」

龍は横に飛び退った。息を吐く間もなく、今度は飛び上がり、さらなる攻撃を避けた。

「誰だ……!?」

突如己に襲いかかった相手に、龍は叫び問うた。姿を見ようにも、あまりに素早く動くので、影を捉えるのがやっとだった。相手は鋭利な得物を振りかざし、龍の身を裂こうとしている。間髪容れずに繰りだされる攻撃を、龍は必死になって躱した。

（こいつは知らぬ奴……じゃねえ！）

どこで会ったのかは覚えていないが、確かに手合せしたことがある。もしかしたら、一度ではないのかもしれぬ。今、己の目を潰そうとした突き方は、何度も受けそうになったものではないか？　何かがひらめきかけた時、龍は地に転がる石に躓(つまず)いた。

「あ……！」

横に傾いた瞬間、己の首筋に刃物が触れた。

（殺(や)られる――）

「戦いの最中に考え事するなんて、相変わらずだなあ」

呆れ声が響き、龍は目をぱちぱちと瞬いた。首から血が噴きださぬことを不思議に思いながら、龍は目の前に立つ相手をまじまじと眺めた。はじめて会ったわけではない。しかし、思わず見惚(みと)れてしまうほど、美しい毛並みをしている。

（漆黒の闇の中にいるみたいだ……）

黒毛に覆われた猫は、龍の眼差(まなざ)しを受けてニイッと笑みを浮かべた。

「久方ぶりだね」

そう言った声は、数十年ぶりに聞いた懐かしいものだった。

数十年前、龍はこの荒野で生まれた。母猫はごく普通の猫だったが、龍が生まれる前に死んだ父猫が、経立だったらしい。龍には兄と弟がいるが、父の血は、兄弟全員に受け継がれた。幼い頃から龍たちは、普通の猫と違う、特別な力を持っていたのだ。

――他の猫たちは、お前たちの力を悪く言うだろう。人間は気味悪がるに決まっている。特に人間は、お前たちに危害を加えようとするかもしれない。近づいちゃ駄目だよ。

母猫は折に触れてそう言った。龍たちは神妙な顔で頷いたが、内心ではこう思っていた。

(強い俺たちが人間などに負けるわけがない)

幼いながらも、力を自覚していた龍たちは、遊びの代わりによく手合せをした。

――あーあ……本当に詰めが甘い。どうしてそこで馬鹿正直に突っ込んでくるのだろう。お前は私と顔が似ているのに、才はちっとも似ていないね。

龍が負けるたび、兄猫の一（ひい）は呆れた声を上げた。彼は三匹の中で、飛び抜けて強かった。ほんの子猫だった時分に、猫の経立と戦ったのだが、余力を残して勝ったほどだ。

――うるせえ！　今度こそ勝つ！　もう一回手合せしろ！

――明日ね。それまで修業をしていなよ。もう少しくらい力をつけてからでないと話にならない。

一は穏やかな笑みを浮かべつつ、はっきり物を言う性質（たち）だった。言っていることは間違いではないので、龍はいつもぐっと詰まるばかりだった。何より、龍はこの兄の強さに焦がれていたし、頼りにもしていた。

――……俺とも手合せしてくれ。

龍が渋々一の前から身を引くと、すかさずそう言うのは弟の三（みい）だった。

——お前とは手合せしない。弱い者虐めになるだけだもの。

——……一！　意地悪言わずに手合せしてやれよ！　三、気にするな。一の冗談さ。

悪びれぬ一をたしなめつつ、三を慰めるのが龍の日課だった。「意地悪じゃないのに」と言いつつ、一は素直に頷いたものだ。しかし、三は違った。

——……煩い！　黙れ！

涙を流した三から返ってきたのは拒絶の言葉と、憎しみの籠った視線だった。

——二は本当に三に嫌われているんだねえ。可哀想に。

小首を傾げて言った一を、当時二と名乗っていた龍は、じろりとねめつけたものだ。一は痛いところを平気でついてくるような猫だったが、悪気は一切なさそうだった。だが、腹が立つことには変わりない。どうしても我慢ならぬ時だけ、龍は一に飛びかかっていったが、たいていはすんでのところで止められた。

——じゃれ合いならいいけれど、喧嘩は駄目だ。

兄弟喧嘩の一番の仲裁になったのは、母猫のそうした一言だった。母猫は寡黙で、兄弟が手合せしている時はじっと見守るばかりだったが、ここぞという時には叱ってきた。

——私は何も怖くないけれど、おっかさんの目だけは少し怖いな。あの目で見つめられると、石になりそうだよ。

一が笑ってそう言ったことがあるが、龍も三も頷くばかりだった。母猫は経立と子を為すだけあって、芯が強かった。しかし、身体はただの猫だった。だから、龍たちを育てた後、ただの猫として死んでいった。老衰だったので、穏やかな死だったと思いたいところだが、死に顔は苦しそうに歪んでいた。

――魂が抜けてる。

母猫の首筋に触れて、一がぽつりと漏らした言葉を、龍は今も覚えている。確かにその通りだ、と思ったのだ。猫も犬も人も、寿命がある。彼らに比べると長命の妖怪も、いつかは死ぬ。こちらの世もあちらの世も、生きとし生ける者はいずれ、終焉を迎えるのだ。早いか遅いかの違いであるだけで、誰にも等しく訪れるものだ。

――俺たち、そろそろ離れるか。

母猫の死を認めた時、龍は言った。一も三も即座に頷いたところを見ると、同じことを考えていたのだろう。龍たちは強い。だが、その時はただの猫だった。敵は大勢いた。他の猫や野良犬などといった存在は勿論、飢えや病も敵だった。特に、病に罹ってしまったら、ことだった。治してくれる者などいないので、じっと寝ていることしかできなかったが、敵は獲物が弱っている隙をついてくるものだ。これまでは母猫がそばにいることで、龍たちは結束し、敵を倒すことができたのだ。しかし、母猫はもういない。

（俺たちは守っている気で、守られていたんだ……）

そう思ったからこそ、龍は自立を口にしたのだ。

――……俺は猫股になる。

母猫の遺骸を見下ろしながら、三は言った。その瞳には涙が浮かんでいたが、いつもと違って泣かなかった。弱っていく母猫を一等心配していたのは、三だった。

（……こいつは意外と強いんだよな）

唇を噛みしめ、決して泣きだすまいとしている三を見て、龍は思った。一や龍と比べて力は劣るが、二匹にはない、潔癖さとまっすぐさを持っている。弱さを嘆いて泣くことはあっても、己より弱い相手を痛めつけて鬱憤を晴らそうとはしなかった。

――無理だと思うけれど、なりたいならいいんじゃない。私は気が向いたらなるよ。

三の決意をあっさり否定しつつ、一は述べた。いつもと変わらぬ顔色をしているが、一も母猫の死を悼んでいるのだろう。「怖い」と言っていた母猫の目を、じっと見据えている。

ずっと黙っていた龍は、そのうち誰にともなく宣言した。

――……俺は誰よりも強い妖怪になる。

そうして、三匹は荒野を旅立ち、それぞれの道を生きはじめた。

数十年ぶりの再会に、龍はただ呆然としていた。しかし、相手は昔のまま飄々とした様子で、小首を傾げた。

「たいして才は伸びていないようだね。可哀想に」

相も変わらず失礼なことを言われ、龍は「はあ!?」と怒りの声を出した。

「力の方は残念だけれど、久方ぶりに会えて嬉しいよ」

「……久方ぶりと分かっていながら、いきなり俺を殺そうとしてきた理由を言え」

押し殺した声で問うと、黒い毛並みの猫――一は、からからとした笑い声を上げた。

「ただの挨拶（あいさつ）だよ。昔のように兄弟とじゃれ合いたかったんだ」

「どこがだよ！　お前のじゃれ合い方は、ただの殺し合いだ！」

「相変わらず怒りっぽい」

一はそう言いながら肩を竦（すく）め、伸ばした爪を元に戻した。

「ほら、座ろう。お互い積もる話もあるだろう」

今の今まで凄まじい妖気と殺気を向けてきたくせに、それをすっかり忘れたように一は言った。

「……お前こそ変わらねえな」

深い息を吐き、龍はその場にどすんと座り込んだ。にこっと笑んだ一は、音も立てずに足を折る。座る動作まで、隙がない。

（こいつは昔からそうだった）

獲物を狩る時も――どんな時でも変わらない。己より少しばかり早く生まれたから――幼い頃はそう思っていたが、今では違うと分かっていた。

（こいつは特別なんだ）

才があると自覚している龍よりも、さらに上をいっている。明確な力の差があるので、悔しいと感じることがないほどだ。

（いや、やはり一寸は悔しいか……でも、俺だって修業を重ねてきたんだ。いつか勝てるかもしれないし……）

　心の中でぶつぶつ述べていると、「龍」と名を呼ばれた。はっとして顔を上げると、一が不思議そうな顔をして、小首を傾げていた。

「お前は昔からそうやってよく独りで考え込んでいたけれど、そこも変わらないんだね。あまり感心しないな。その隙をついて殺されるよ」

「お前ほどの腕の持ち主じゃなければ、間違いなく俺が勝つ」

「ふうん、私の方が強いと分かっているんだね」

「う、煩い！……それより一、何で今の俺の名を知っているんだ!?　どうして俺を訪ねてきた!?　これまで、どこで何をしてやがったんだ!?」

　矢継ぎ早に問うと、一は目を細めて、「椿」と答えた。

「一の名はもう捨てた。今は、椿だ。そう名づけられたのさ。お前は自ら龍と名乗っているのだろう？　噂（うわさ）で聞いたことがある。新しい名がないところを見ると、飼い主は見つけられていないのだね。いつまで経っても首は取れなそうだ」

「飼い主の首を取るって、お前……もう猫股になったのか!?」

　己と同じように長者の許を訪ねて、提示された条件をあっさり乗り越えたのだろうか？

（確かにこいつなら難なくやり遂げそうだが……）

　椿を上から下まで眺めて、龍は眉を顰めた。長者のように、凄まじい妖気が漲っているわけではない。だが、身の内に底知れぬ力を隠している。椿の実力なら、とうの昔に猫股になっていてもおかしくはない。しかし、椿は首を横に振った。

「まだなっていない」

「何だ……お前でも手こずることがあるのか」

「まさか。ただ、少し様子を見たくてね。事情が事情だから、慎重にいかないと」

「事情って何だよ」

問うと、椿はにこりと花のような笑みを浮かべて、舌なめずりをした。

「その男はね、もうじき死ぬんだ」


椿が選んだ相手は、さる小藩の藩主だった男だという。

「『藩主だった』ということは、今は違うんだな?」

「そう。病に冒されてね、家督を弟に譲って隠居の身だ」

龍の問いに、椿は相変わらず微笑みながら答える。

「武州の片田舎でひっそりと暮らしている。寂しい男だ。友の一人も訪ねてこない」

「その寂しさに付けこもうとしているわけか」

「何でお前が怒るの」

椿はそう言って、首を傾げた。

「別段怒っちゃいない」

怒ってはいないが、心の中がもやもやとした。

（……何でだ？）

己の心がよく分からず、龍は後ろ足で頭を掻いた。

「もうじき死ぬと言ったが、それほど悪そうなのか？」

問うと、椿は真顔になった。龍はびくりとした。椿の目が、暗く光ったからだ。

「……思ったよりもしぶとい」

低い声音で答えた椿を見て、龍は胸を撫で下ろした。龍はまだ候補さえ見つけていないのだ。いくら実力が違うとはいえ、兄弟にそこまで差をつけられたら堪ったものではない。

（さっさと飼い主を見つけて情を交し合えば、こいつを出し抜けるかも）

ちらりと椿の様子を見て、龍はにやりと笑みを浮かべた。

「それはそうと、三はどうしているのかな」

椿が突然発した言に、龍は目を見開いた。

「どうしたの、そんなに驚いた顔をして。まさか、忘れたの？　お前と同じ三色の毛並みをした、可愛い弟じゃないか」

「……忘れてない」

忘れるわけがない。ただの猫だった頃は何をするにも一緒だった。長じてからはそれぞれの道を生きてきたが、離れ離れになったからといって、兄弟であることには変わりないし、共に過ごした思い出が消えるわけでもない。

だが――。

「ねえ、龍。あの子、どうしているか知っている?」

「あいつは……」

――お前は猫股に相応しくない……!

三からかけられた言葉を思いだし、龍は口を噤んでしまった。

龍が弟猫と再会したのは、数年前のことだ。猫股になるための許しをもらおうと、初めて長者の許を訪ねた時、洞窟の中でばったり出くわしたのだ。

――あ……! 三、久方ぶりだな。お前も長者に会いにきたのか?

血を分けた兄弟の出現に驚きつつも、久方ぶりの再会が嬉しくて龍は気さくに声をかけた。しかし、三はなぜか龍を睨み、低い唸り声を上げると、勢いよく飛びかかってきたのだ。

――いきなり何すんだ……!

とっさに攻撃を避けながら、龍は怒鳴った。だが、三はさらに襲いかかってくる。

――おい、一体どうしたんだ!?

こんなことをするのには、何か理由があるはずだと思い、龍は何度も問いかけた。その間も、三は攻撃の手を止めなかった。腹が立ってきた龍は反撃に出た。

しばらくして、勝敗が決した。勝ったのは、龍だった。三も奮闘したが、二匹の間には、埋められぬ力の差があったのだ。

——……何でこんな真似をした？

地にへたり込んだ三を見下ろし、龍は問うた。そこで返ってきたのが、あの台詞だった。

——お前は猫股に相応しくない……！

そう叫ぶや否や、三は一目散に洞窟の外へ駆けていったのである。

「……何十年も会ってない」

龍は嘘を吐いた。あの日のことを口にするのが嫌だったわけではない。あの時、三がなぜあんな台詞を吐いたのか、未だに分からなかったからだ。

「あの子の今の名前、義光と言うんだよ」

「お前……会ったのか!?」

龍の問いに、椿はこくりと頷く。

「この……しれっと嘘吐きやがって！」

「嘘なんて吐いてない。会うまでは、ようやく経立になったくらいだろうと思っていたけれど、あの子は強くなっていたよ。首を取るための飼い主も見つけていたからね」

「……もう情を交し合っているのか？」

「飼い主の方は、義光に情を持っていそうだった。義光の心は分からないけれど、助けられた恩があるから、情を寄せるふりくらいはできるはず」

三こと義光が狙いを定めたのは、武家の妻女だという。飼い主を捜している時、義光は他の妖怪と戦い、足に傷を負った。足を引きずって歩いていたところに出会ったのが、その武家の妻女だった。

「血だらけの義光を抱えて家に帰り、傷の手当てをして、そのまま飼い始めたそうだ。すごいね、なんと慈悲深い女人なのだろう。首が取りやすそうで羨ましいところだが……あの家に飼われるのは御免だな」

くすくすと笑いだした椿を見て、龍は首を捻った。

「何か問題があるのか？」

「とても。何しろ、旦那さまが大の私たち嫌いなのだもの」

「猫嫌いか……そりゃあ、俺も御免だな」

龍は目を眇めて、溜息を吐いた。妖怪に下に見られるのは何とか我慢できたが、力も才も劣る人間に見下されるのは我慢ならなかった。

（本当にな……何で人間なんかに飼われなくちゃならねえんだ）

ぎりっと歯嚙みをした時、「龍」と声をかけられた。

「どうして呆けているの」

「一寸考え事していただけだ。俺は忙しいから、色々考えなきゃいけないのさ」

「そうだね、考えた方がいい。そうしないと、私と義光に先を越されるよ」

椿はにこりとして述べると、すっと立ち上がった。

「義光はその猫嫌いの旦那さまに手こずっている。だが、あの子は一度決めたら梃子でも動かぬ性格だ。必ずやり遂げるだろう」

（不味(まず)いな……）

顔には出さなかったものの、龍は動揺していた。兄のみならず、弟にも先を越されるかもしれぬ。椿も義光も苦戦しているようだが、龍はまだ飼い主すら見つけていないのだ。

「私はそろそろ帰るよ。私がいないと、寂しいと泣くから」

「お前の飼い主がか？　何だよ、すっかり情を交し合っているんじゃねえか」

「向こうはね。私はあくまでもふりをするだけだ」

ふふふ、と忍び笑いをして、椿は地を蹴(け)った。あっという間に去っていく後ろ姿を見送って、龍は草むらに仰向けに倒れた。

「……油断しない方がいいぜ、椿。お前もあいつに先を越されるかもしれないぞ」

数年前、龍は義光に勝った。龍の方が妖力も体力も上回っていたので、当然の結果だった。だが、慢心はできない。想像していたよりも、義光は腕を上げている。

（何より、俺への憎しみが随分と募っているようだしな）

「はあ……」

龍は深い息を吐いた。椿との再会でもたらされたのは、この先への不安ばかりだった。それでも、前に進まなければならない。

「俺は立派な妖怪になるんだ」

呟きながら、龍はそのまま眠りに落ちた。

椿との再会から三日後、龍は木に登りながら、心に固く決意した。

（……今日こそは何があっても見つける！）

椿から話を聞き、龍の焦りは募った。一刻も早く飼い主を見つけなければならぬと思ったのだが——やはり、これという人間は、なかなか現れなかった。龍も、椿や義光のように、飼い主と情を交し合ったふりをするだけのつもりだ。だから、猫が嫌いではない人間なら、相手は誰でもよかった。しかし、頭では分かっていても、いざ選ぶとなると躊躇した。こいつでいいのだろうか——一々そんなことを考えてしまい、その間に相手が去っていく。これでは、いつまで経っても飼い主を捕まえられぬ。それが分かったから、龍は腹を括ったのだ。

（目を瞑って木から飛び降りる。そこで、ぶつかった相手を飼い主にする！）

龍は長く細く伸びている、木の枝の真ん中辺りに立った。真下の往来には、大勢の人々が行き交っている。猫が突然落下してきたら、皆驚くだろう。

（誰かの頭の上に落ちるかもしれないが……そん時はそん時だ）

せいぜい甘えた声を出してやろう。やりたくはないが、媚を売れば何とかなるはずだ。

目を閉じ、よし——心の中で声をかけて、飛び降りた。

どさ、と音がした。衝撃はあまりない。地面ではない場所に着地したのを察し、龍はおそるおそる目を開いた。

（……おお、運がいいぞ！）

龍は驚きつつ、にやっとした。ちょうど木の下を通りかかった男の肩に、上手いこと着地したのだ。

「にゃおん。にゃおん、にゃお」

龍は猫撫で声を出しつつ、首筋にすりよった。

（うう、気味が悪い）

こんなことをするのは、最初だけだ。飼われてしまえば、あとは適当にしていればいい。

（だから、早く飼うと言え）

すりよりながら、龍は心の中で念じたが――。

間もなく、違和感に気づいた。

（こいつ……俺が肩に乗っていることに気づいていないのか!?）

まるで反応がない男を見下ろして、龍はぎょっとした。肌触りのよくない渋茶の着物を纏った男は、背を丸め、龍を肩に乗せたまま、幽鬼のようにゆらゆらと覚束(おぼつか)ない足取りで歩を進めた。腰に脇差(わきざし)を帯びているが、今の彼の様子では、まともに握ることさえできぬだろう。魂が抜け出てしまったかのように、虚ろな表情を浮かべている。

（死んだ魚みたいな目をしているが……こいつ、人間だよな!?）

妖気も幽気も漂っていないが、顔つきも人外の者のように恐ろしい。人間であるのは間違いなさそうだが、それにしては異様な気を纏っている。

「にゃ、にゃおん」

　また鳴いてみたが、やはり反応はない。男はそのまま商家通りを過ぎて、裏道に入った。立ち並ぶ裏店の前を歩いていくと、男はある長屋の前で足を止めた。

（うわ、ぼろぼろじゃねえか。やはり、貧乏人だったか）

　辟易しつつも、龍は男の肩から降りなかった。この異様な気の正体を知りたかったのだ。男はのっそりとした動作で戸を開けると、ずるずると這うようにして中に入った。土間に置いてあった縄を手に取ったのを見て、龍は首を傾げた。

（こんな太い縄、何に使うんだ？）

　不思議に思う龍を尻目に、男は縄を結び、丸い輪を作った。その後すぐ、鴨居に触れて、何やら強度を確かめたかと思うと、そこに縄を巻きつけだした。

（……まさか）

　龍はひくりと口の端を持ち上げた。嫌な予感がした。

　男はふらりと部屋の端に行くと、そこにあった火鉢を摑み、ゆっくりと引きずってきた。輪がぶら下がった縄の下に火鉢を置くと、男はそこに乗り、背伸びした。輪に首をかけようとするのを見て、龍は叫んだ。

「――この馬鹿！」

　龍は鋭い牙を出し、男の首にかかった縄を食いちぎった。ぶちっと音が鳴ってすぐ、男は火鉢の傍らに落下した。

　男はしばし動かなかった。

（……死んだ？）

たいして首は絞まっていなかったはずだが――龍はおそるおそる男の顔を覗き込んだ。

「わっ」

短く悲鳴を上げてしまったのは、男がにわかに起き上がったせいだった。

「………」

男は何一つ声を発さぬまま、ふらふらとした足取りで長屋の外に出ていく。残された龍は、呆然とした。

「何だ、あいつ……」

死のうとしていた――否、まだしようとしている。長屋から出ていく前、土間でちゃっかり縄を摑んだところを目撃した龍はカッとした。

「――逃がさねえからな！」

せっかく見つけた飼い主候補だ。気づけば、龍は駆けだしていた。

（……二度もやるか？　やらねえだろ。やらねえとは思うが、念のためだ）

龍は内心ぶつぶつ言いながら、男の後を追った。男の後を、ずっと猫がついていくのだ。通りすがる人々にちらちら見られたが、男は前に進むので精一杯の様子だった。

「にゃおん」

鳴いてみたが、やはり一切反応がない。男は商家が立ち並ぶ通りを過ぎ、町外れの林の中に足を踏み入れた。鬱蒼と茂る木々を掻き分け、どんどん進んで行く。奥へ行っても何もないだろうに――そう思った途端、男はぴたりと足を止めた。そして、目の前にある木の枝に縄を括りつけ、いつの間にか作った輪の中に、己の首を差し入れたのである。

「やっぱりか……この馬鹿！」

龍はまたしても男の肩に飛び乗り、彼の首を絞めかかった縄を食いちぎった。どさり、と音がして、男は地に投げだされる。その傍らに降り立ち、龍は肩で息をした。

（本当にまたやるとは……何でそんなに死にたいんだ!?）

何事も、一度失敗したら、二度目の挑戦は躊躇するものだ。それが己の命を絶つ行為なら、尚更である。生半可な気持ちで死のうとするとは思えないが、死ぬよりも、生きている方が辛い何かが起きたのだろうか？

（……誰かが死んだとか？）

首を捻って考えていた龍は、いつの間にか男が立ちあがったことに気づかなかった。林を抜ける後ろ姿が視界に入り、慌てて後を追いかけた。

男が次に向かったのは、畑だった。植えられているのは、野菜ではなく、薬草だ。しかし、それはあくまで煎じたらの話である。そのまま用いれば、身体を害すものとなってしまう。つまりは、毒なのだ。男はそれを知ってか知らずか、草に手を伸ばした。

（おいおい……！）

龍は思わず、男の前に飛びだし、足を上げて放尿した。男が摘もうとした周辺にまき散らしたため、むわっと独特の臭気が立った。己でしておきながら、（臭え）と顔を顰めた龍は、手を伸ばした形のまま固まっている男を見上げた。

（こいつ……ちゃんと起きてんのか？）

ふらつきながらも歩いているし、明確な意志を持って動いているように見えた。しかし、まったく表情がない。

生きながら死んでいる——そんな考えがよぎった時、男はようやく腰を上げた。行きよりもさらに不安げな足取りで、男は前に進む。龍は息を吐いて、彼の後を追った。

日が暮れたせいか、男はまっすぐ長屋に帰った。しかし、安堵はできなかった。

（また首を括るつもりじゃあなかろうな……!?）

龍は緊張しつつ、男を見張った。しかし、男は万年床に横たわり、そのまま寝はじめた。死んだようにぐっすり眠り込む男を、龍はしばらく眺めつづけた。

「……何でこんな奴に決めちまったんだろ」

今からでも、違う飼い主を見つけた方がいい。明日、またあの木に登って、目を瞑って落下するのだ。そして、今度は健やかな心を持つ人間に拾われてみせる——。

「健やかな心を持つ人間なんているのかな……ふああ……」

欠伸交じりに呟いた龍は、いつの間にか男の傍らで眠りに落ちた。

二、逸馬という男

夜空に浮かぶ半月を眺めて、龍は思った。

（随分と皓々としてやがる……）

今宵は、雲一つない晴天だ。星々も瞬いているおかげで、周りがよく見えた。何より、前を行く男が持つ提灯の火が、その男と龍の足元を照らしてくれている。もっとも、提灯などなくても、龍は悠々と歩けた。猫も妖怪も本来は夜行性だ。日が暮れた頃から活動をはじめ、朝日と共に寝静まる。陽が苦手というよりも、夜の闇の方が心地よいのだ。暗闇の中なら、何が潜んでいてもおかしくはない。誰彼構わず、隠してくれる。だから、皆、夜を好むのだろう。龍もどちらかといえば、夜が好きだった。明るい空に浮かぶ陽よりも、暗い空に冴え冴えと輝く月の方が美しいと思っている。

——月には魔力があるんだよ。私の主人は、あそこに住んでいる。

以前、打ち負かした兎の経立が、夜空に浮かぶ月を指してそう言ってきたことがある。

——嘘吐け。あんなところに誰も住んでるわけねえだろ。

呆れ声で返しつつも、龍はどきりとした。月には魔力がある。それは、何とはなしに感じていたことだった。月に誰かが住んでいても、そう不思議なことではないのかもしれぬ。

（月に住んでいる奴が、うっかり落ちてきちまったらことだよな。他人の家の庭で尻餅をついて「いててて」なんて呻いたりして……まあ、そんな間抜けはいないか）

少なくとも、己はそんな真似はしないが――。

（こいつならしそうだ）

龍は目の前を行く男を眺めて、舌打ちした。相変わらずふらふらとした足取りだが、何とか歩いている。男の名は、逸馬というらしい。当人から聞いたわけではない。近所の者が、通りすがりに彼を指差してこう言っていたのだ。

――ほら、あれが逸馬さんだ。目を合わすなよ。あの人、何かやらかして逃げてきたらしいよ。人でも殺したんじゃないかね。顔も怖いし……何より様子がおかしいだろ？

（人殺しかは分からねえが、死の匂いを醸しだしているのは確かだな）

出会いから六日――逸馬はいくどとなく自害を試みている。

首を括ろうとした翌日は、川で入水しようとした。

――おい、ひょうすべ！　この川の水を一時だけ止めてくれ！

偶々知己の妖怪がいたため、龍は慌てて頼んだ。龍とひょうすべのおかげで、逸馬は意識を失いかけたものの、何とかことなきを得た。しかし、逸馬はそれでも懲りなかった。

小高い丘へ行き、崖から飛び降りようとしたのだ。龍が変化して、逸馬の着物に噛みついて後ろに引っ張らなければ、真っ逆さまに落ちて、頭が割れていたことだろう。気を失った逸馬は、やっと目を覚ましたかと思えば、またふらつきながら歩きだした。家に帰ったので安堵したのも束の間、今度は包丁で喉を突こうとした。龍は慌てて包丁を取り上げ、彼の手の届かぬところまで捨てに行ったのだ。

（その日はそれで諦めたんだっけか……でも、翌日も、翌々日も懲りずにまた……！）

一寸目を離した隙に、逸馬は己の命を絶とうとした。殺気もなく、悲愴感もなく、ひたすら昏い目をして、静かにことをなそうとしたのだ。龍が助けなかったら、今頃間違いなくあの世に行っていたことだろう。

「……にゃあにゃあ」

ぶっきら棒な鳴き声が響き、近くを跳んでいた蛙がびくりと身を震わせた。

「にゃあ、にゃあ、にゃああ！」

やけくそのように喚いても、逸馬は反応を示さない。未だに龍の存在に気づいていないのだ。龍は逸馬のことなどどうとも思っていない。首を取るために近づいただけだ。利用することとしか考えていなかったし、今でも気持ちは変わっていない。

「にゃあ……」

だが、何一つ反応が返ってこないことが、なぜか無性に虚しかった。

（なぜかって……そんなの、首を取るために決まってる！）

龍はぶんぶんと首を横に振った。それだけでふらりとしてしまい、慌てて顔を正面に戻した。ここ数日、逸馬をずっと見張っているので、ほとんど寝ていなかった。

——私と義光に先を越されるよ。

椿からそんな風に言われたせいで、常に緊張してもいた。こういう時には誰かと手合せして、汗と一緒に杞憂を流すのが一番だが、逸馬から目が離せないのでそれもできない。

（俺、何やってんだろ……）

早いうちに逸馬を見限って、他の誰かを飼い主にしていればよかったのだ。実際、勢いで助けてしまった一日目の夜、寝入る前にはそう考えていた。その考えが実行できなかったのは、翌朝、龍が出ていく前に、逸馬がまた自害を試みたからだ。

（いや、違う……）

逸馬は川まで行って死のうとした。龍が追っていかなければ、済んだ話だ。相変わらず虚ろな目をしているのが気になってついていってしまったが、そもそも気になる方がおかしいのだ。逸馬は他人だ。飼い主にしようと決めただけで、まだ飼われてもいない。

（こんな奴、死んだところでどうでもいいじゃないか）

龍は足を止めた。逸馬はそれにも気づいた様子はなく、のろのろと進んでいく。十数歩先で止まると、懐から縄を取りだし、目の前にある大木の枝にかけた。

（今度こそ、首を括って死ぬのか——）

龍は自害を試みたことはないが、死にたいと思う気持ちは分からなくはなかった。そういう瞬間は、生きている限り、誰にでも一度は訪れるものなのだろう。龍の場合、はるか昔、人間に襲われた時にそう思ったことがある。

あれは、ひとり立ちして間もない頃だった。河原に出かけた龍は、昼寝をしている間に、見知らぬ男に木の棒で突かれ、その傷口を深く抉られたのだ。人間相手ならどんな時でも勝てるとあなどっていたので、油断していたのだ。命からがら逃げだした龍は、通りかかった民家に身を潜めた。そこで出会ったのは、優しい顔をした女だった。しかし、女は龍を見た途端、「あっちへ行け！」と水をかけてきた。女の般若のような一面に驚きつつ逃げると、今度は子どもたちに捕まってしまった。

——うわあ、汚いなあ。うへへ、血が止まらないぞ。

玩具にされて、散々もてあそばれたが、夕暮れになった途端、子どもたちは龍のことなどすっかり忘れた顔をして、家に帰っていった。

——おっかさんが待ってるから、早く帰らなきゃ。

無邪気な笑みを浮かべる子どもたちを見て、龍は悟ったのだ。

人間は決して信用してはならぬ、と——。

裏を返せば、それまで龍は人間を心底嫌ってはいなかったのだろう。少しばかり、信じてさえいたのかもしれぬ。

——二は甘いね。そんな風では、たった一匹で生きていけないよ。

昔、椿にそんな言葉をかけられたことがあった。龍が反論する前に、傍らにいた義光が珍しく口を挟んできたのを覚えている。

――二兄者には無理だろう。

(そういや、あの頃は兄と呼ばれていたんだっけ……)

何もかも昔の話だ。龍は今、人間をこれっぽっちも信じてはいない。だから、人間がどうなろうとどうでもよかった。目の前で死んでも、首を取っても、心が痛むことはない。

逸馬が縄の輪に首をかけたのを見て、龍は踵を返した。どこか違う地に行こう。椿や義光のように、寂しい男や、金のある家に取り入るのだ。今度は何とか媚を売ってみせる。猫股になるのが、今は何よりも大事なことなのだから。

(俺は知らない)

逸馬とは出会ってまだ六日だ。彼が本当に逸馬という名なのかも、どんな声を発するのかも、どんなことで喜び、哀しむのかも龍は知らない。

知らぬまま、逸馬は死んでいくのだ。

「………」

龍はチッと舌打ちをするや否や、風のような速さで駆け戻った。

大木の枝に下がった縄を噛み切ると、それで首を吊っていた逸馬が、大きな音を立てて落下した。常だったら避けたが、動けなかった。気を失いかけていた逸馬は、まんまと龍の上に落ちた。

(……本当に何やってんだか)

下敷きになってしまい、龍は呻いた。もぞもぞと動き、やっと逸馬の身体から逃れると、横に座り込み息を吐いた。まるで動ける気がしなかった。下敷きになったのがそれほど効いたわけではない。とてつもなく疲れたのだ。そして、今は自己嫌悪に苛まれている。

（また助けちまった）

己が何をしたいのか、ちっとも分からなかった。龍は再び溜息を吐き、へたり込んだ。みっともない姿だったが、傍らにいるのは、生きているのか死んでいるのかよく分からぬ男だ。どうせ、龍のことなど見てはいない。

あまりの静けさに、虫の声が耳につくようになってきた頃、聞き覚えのない声が響いた。

「お前……私を助けてくれたのか？」

何をいまさら、と龍は思った。首吊りも入水も身投げも、助けたのは龍だ。逸馬が妙な真似をしないように、神経をすり減らして見張りつづけたのも龍だ。いくら無視されても何度も鳴き、気持ちが悪いと思いながら足元にすりよった。

「助けてくれたのか……私を……」

（そうだ……だが、助けたくなどなかった。お前なんか見捨てて、どこかへ行っちまいたかった！）

龍は心の中で叫んだ。人間など嫌いだ、大嫌いだ、と繰り返していると、目の前に影が差した。ふっと身が軽くなり、龍は目を瞬いた。気づけば、逸馬の腕の中に抱かれていた。

「……ありがとう」

龍の耳元に顔を寄せ、逸馬は呟いた。震えるような声だったが、温かな色を帯びている。

生きている——。

こみ上げてくる熱いものの正体を知りたくなくて、龍はゆっくりと目を瞑った。

*

「加減はどうだ？……お前の名は何というのだろうな？　私は逸馬だ。荻野逸馬と申す」

目が覚めて早々、聞こえてきたのはそんな声だった。眼前には、こちらを心配そうに覗き込んでいる顔があった。強面なのに怖く見えぬのは、下がりきった眉のせいだろう。

（ここは……）

龍は首を横に動かし、周りを見回した。すぐに、逸馬が住まう長屋の中だと分かった。知らぬ間に、連れてこられたらしい。少なくとも、あれから六刻は経っているようで、ちょうど五つ鐘が鳴った。

（相も変わらず、何もねえ……）

たった一晩で変わるわけもないが、まだぼんやりとしていたため、そんなことを思った。長屋の中はあまりにも片づきすぎている。そもそも、散らかるだけの物がないのだ。

「腹が減っているだろう。鰹節を食べるか？」

逸馬はそう言って、傍らに置いてあった皿を差しだした。

「食べぬのか？……まずは水か！　汲んでくるから、少し待っていておくれ」

胡乱な目つきをした龍を見て、逸馬は慌ててそう言うと、土間に下りた。

（……これは夢か？）

龍は身を起こし、首を傾げた。尾を前にして齧ってみると、ぴりっと痛みが走った。夢ではない。

「ほら、お飲み。少し欠けているから、気をつけるのだぞ」

土間から戻ってきた逸馬は、龍の前に茶碗を差しだした。確かに、茶碗の端は欠けている。鰹節が載った皿を見遣ると、そちらはひび割れていた。数少ない持ち物なのに、どれもぼろぼろだ。喉があまりにも渇いていたので、茶碗の中に顔を突っ込み、水を啜った。

「よかった。喉を潤したら、鰹節もお食べ」

嬉しそうに言う逸馬を、龍はちらりと見上げた。

（……こいつ、本当にあの男か？）

逸馬の顔には、明るい笑みが浮かんでいる。あれほど死にそうな顔をしていたのに、たった数刻で、これほど変わるものだろうか？

（何があったんだ？……と訊きたいところだが）

それは無理だった。何しろ、龍は猫だ。経立なので人の言葉も話せるが、逸馬にそれをするわけにはいかぬ。うっかり話しかけようものなら、「化け猫め！」などと罵られ、追いだされるのが関の山だ。理由は分からぬが、逸馬はどうやら龍に好意を持ったらしい。逸馬が向けてくる眼差しは、陽のように温かなものだった。

「腹は減っていないのか？　それとも、口に合わぬのだろうか？」

　微動だにせぬ龍を見て、逸馬はおろおろしながら言った。人間の施しなど受けるものか――といつもなら突っぱねるところだったが、龍は皿を引き寄せて食べはじめた。

（うん……毒は入ってねえな）

　一口齧ってそう確信したため、龍は遠慮なく鰹節を食した。

「美味いか？　まだあるぞ」

　ますます嬉しそうな声を上げて、逸馬は土間に下りた。鰹節を削る小気味よい音が響くなか、龍は無心で鰹節を咀嚼（そしゃく）した。ここ数日、逸馬を監視するのに忙しくて、ほとんど何も口にしていなかったのだ。それを思いだした途端、猛烈に空腹感を覚えた。

　おかわりもすべて食べつくした後、龍ははたと気づいた。

（そういや、こいつも食ってなかったんじゃねえか？）

　出会ってから、逸馬は自害を試みるか、死んだように眠るか、壁をぼうっと眺めているばかりだった。以前よりも頬（ほお）がこけている。じっと見ていると、逸馬はにこりと笑った。

「小春はどうだ？」

　逸馬の言葉を聞き、龍は首を傾げた。周りに視線を向けてみたが、逸馬と龍の他には誰もいない。

（……まさか）

「小春にしよう」

やはり――悟った龍は、抗議の鳴き声を上げた。

（何だその名は。気の抜けた名前だな。まったく俺に似合っていないじゃないか）

「小春、小春」

優しい声音で、逸馬は何度も龍を――小春と名づけた猫の名を呼んだ。

「お前は温かいし、春めいた明るさがある」

逸馬の言を聞き、龍は唇の端を歪めた。

（馬鹿だな……首を取られることも知らねえで、呑気なこった）

――お前……私を助けてくれたのか？

昨夜、逸馬にそう言われたことを思いだし、龍は嘲笑った。助けたのは間違いないが、首を取るためだ。善意でも好意でもなく、明確な目的を持ってしたことだった。

「小春や……」

逸馬はじっと龍を眺めて言った。

「ずっとそばにいておくれ……」

衣擦れに紛れそうなほど、微かな声音だった。昨日、「ありがとう」と述べた時のように、震えている。

（……猫に頼むなそんなこと。頼むなら同じ人間にしろよ。寂しい奴だな）

にゃあ、と呆れ声を漏らすと、逸馬は笑みを引き、見る間に泣き崩れた。

「うわあ……ああああ……うう……うわああ……小春っ……小春……うう……！」

長屋中に響き渡るような大声で、逸馬は泣いた。泣きながら、何度も「小春」と呼んだので、龍は段々と恥ずかしくなってきた。

(泣きながら俺の名を呼ぶなおっさんっ。……別段、小春という名を受け入れたわけじゃないが)

龍は心の中でぶつぶつと言い訳をした。龍という名は、己がつけた。龍のように強くなる——という単純な理由だったが、本当にその通りになったので、周りからもそう呼ばれるようになったのだ。だが、それはただの通称だ。母猫や兄弟に呼ばれた二という名も、便宜上つけられただけである。魂の名というわけではない。

「小春……小春……」

こんな風に親しみや情を籠めて呼ばれたことなど、これまで一度たりともなかった。どうしたらいいのか分からず、固まっていると、龍はにわかに温もりに包まれた。逸馬が龍の身体を引き寄せ、その腕の中に抱きしめたのだ。龍はますます身を固くした。石になってしまったかのように、ぴくりとも動けなかった。

(生温かくて気持ち悪ぃ……)

逸馬の流した涙が、龍の背筋を伝って畳に落ちる。ううう、と唸ったが、逸馬は気にせず泣きつづけた。

「小春……うう……お前だけは信じても……ううう……」

小春、小春、と何度も呼ばれるうちに、龍は脱力した。

（みっともない奴だな……しかし、待てよ）

これほど弱っているならば、すぐにほだされるのではないだろうか？――脳裏に浮かんだ考えに、龍はにやりとした。

「小春……私のそばにいてくれるか？」

逸馬が再び問うた時、龍は喉を鳴らし、にゃあと猫撫で声を上げた。

「そうか……そばにいてくれるのか……ありがとう……うう……」

逸馬は感極まったように言った。心の底から安堵したような声だった。

（しようがねえからそばにいてやるよ。首が取れるその日まで――）

その日はきっとすぐに来る――そう確信し、龍はまた鳴いた。

こうして、龍こと小春は、無事首を取るための飼い主を見つけた。

（何度も自害しようとしていた奴だぜ？　縋（すが）れる相手は俺しかいないに決まってる）

出会ったばかりの猫を抱き、そばにいてくれと泣くくらいだ。

（どうしようもない男だが、簡単に首が取れそうで助かったな）

相手が逸馬ならば、どうやら手こずっているらしい椿や義光を、本当に出し抜けるかもしれぬ。先を越されて悔しがる兄弟を想像し、小春は笑いが止まらなかったが――。

それは、最初のうちだけだった。

「親友に裏切られたのだ。否……何か事情があったに違いない。裏切られたというのは結果だ。あの清十郎が、私を裏切ろうとして裏切るわけがない……私たちは互いに無二の友と思っていたのだ。この先も、ずっと共に生きていくと――」

酔っているわけでもないのに、逸馬は小春を前に、何度もその話をした。逸馬は親友に裏切られ、家も財も何もかも失ったらしい。

（こんな情けない奴が武士だったというのも驚きだが……）

親友と思っていた男に何もかも奪われ、それを悲観して自害しようとするなど、まるで下手な戯作のようだ。しかし、紛うかたなき事実らしく、逸馬はいつも涙ながらに語った。

「悪い仲間と付き合うようになったのを見抜けなかった私が悪いのだ。きっと、清十郎もそう思っている。どうして己を見ていてくれなかったのか、と……。清十郎は確かにやってはならぬことをした。だが、あの男を追いつめたのは、私だ」

（いや、違うだろ）

どこをどう聞いても、清十郎という男が悪意を持って逸馬を裏切ったのは明白である。逸馬がその悪意を見抜けなかったことを、清十郎は幸運としか思っていないはずだ。それなのに、逸馬はその事実を全く信じようとしなかった。

（とんだお人好しの馬鹿だ）

逸馬に飼われはじめて早々、小春は悟った。あまりにお人好しすぎるから、親友に裏切られ、家も財もすべてなくしてしまったのだろう。

（まあ、騙す方が悪いに決まってるが……）

少しばかり気の毒に思う気持ちがないわけでもなかったが、いくら散々なことがあったとはいえ、それを猫相手に話す逸馬の気持ちが分からなかった。

（こいつ、きっとその清十郎という奴以外、友がいなかったんだろうな）

悪い人間ではない。だが、妙に人を苛立たせるようなところがあった。

（近所の奴らは、こいつを「人殺しかも」とか噂していたもんな。こいつがこんなに阿呆だなんて知らないんだろうけど）

彼らは相変わらず、逸馬に一切近寄ろうとしない。唯一近づいてくるのは、長屋の大家くらいなものだった。

（まあ、あの婆もしようがなくだろう。何しろ、生計がかかってるもんな）

そう思っていると、長屋の戸を叩く音が響いた。

「――あんたねえ、うちの店賃は破格の値なんだよ。そりゃあ、古くて建てつけも悪いかもしれないが、屋根があって、暑さ寒さが防げてるだろう？　若くて独り者のあんたには、十分すぎるほどじゃないか。不満があるっていうなら、さっさと出ていっておくれよ！」

「申し訳ありません。店賃は必ず明日――は無理なので、あと三日待ってください」

逸馬が平身低頭した相手は、店賃の不払いを怒りにやってきた、この長屋の大家だ。五十がらみのきつい女は、長屋の中をじろじろ眺めて、ふんと鼻を鳴らす。

「余裕もないのに、猫なんざ飼うから悪いんだ。早くよそにやっちまいな」

「申し訳ありません……でも、あの子は私の大事な友なので、よそにやることは――」

「何でもいいから早く店賃！」

逸馬の言を遮り、大家は去っていった。逸馬は溜息を吐くと、振り返ってへらりと笑った。

「お前はどこにもやらないから、安心おし」

火鉢の縁に座って逸馬たちのやり取りを眺めていた小春は、やる気のない鳴き声を返した。

（当たり前だろ。俺がここを出ていくのは、お前の首を取った時さ）

「そうか、そばにいてくれるか。ありがとうな」

畳に上がった逸馬は、小春の頭を撫でながら言った。逸馬は人間なのだから、小春の気持ちが分からなくて当たり前だ。

（それにしたって、見当違いな解釈ばかりで閉口するが）

小春がむっと頰を膨らました時、ぐううと腹の音が響きわたった。

「……虫が騒いでいるな」

逸馬は恥ずかしそうに呟き、また土間に下りた。飯でも作るのかと思いきや、水甕から水を汲んで、ゆっくり飲み干した。水で腹が膨れるのは、ほんの一時だろう。逸馬もそんなことは分かっているだろうに、飯を食おうとしない。

（食おうとしないんじゃないか……食えないんだ）

飼われはじめてひと月経ったが、逸馬はせいぜい一日一度しか飯を食べない。それも、少量の雑穀と枯れた野菜が入った雑炊を啜るくらいで、一汁三菜など夢のまた夢だ。僧侶でもないのに、驚くほど質素な食生活をしている。親友にすべてを奪われ、貧乏になってしまったせいだが、それだけではないと小春は思いはじめていた。

「さて……そろそろ行ってくる」

逸馬は水をたらふく飲み、火鉢の縁に座る小春をじっと見据えて言った。

(戦に向かうような顔をして言うな)

逸馬は顔が怖い。普段はへらへら笑っているのであまり気にならないが、こうして真摯な表情を浮かべると、鬼のような形相になるのだ。無論、本当に戦に行くわけではないが、当人はそんな心地がしているのかもしれぬ。ややあってから、逸馬は呟いた。

「小春……待っていてくれるか？」

(……お前は出陣前の主人か！)

心中で毒づきながらも、適当な鳴き声を出すと、逸馬は花が咲いたように明るい笑みを浮かべ、「行ってくる」と外に出ていった。足音が聞こえなくなった頃、小春は火鉢から降りて、後ろ足で頭を掻いた。

「はあ……本当にどうしようもない奴だ」

どうしてあの男を選んでしまったのだろうか？——いくども考えたことが、また脳裏をよぎった。

小春と暮らしはじめてすぐ、逸馬は働きだした。しかし、要領が悪いのか、すでに二度首になっている。一日の稼ぎは大したものではなく、食費で消えてしまう。その食費は、主に小春のためだ。鰹節だけではなく、偶に魚を出してくる。そういう時、逸馬は魚の身を小春に寄越し、当人は骨についたわずかな残りを食べるのだ。

「逆だろ、普通……まあ、俺はありがたいけど」

そんな風だから、逸馬はひどく痩(や)せている。上背も肩幅もあるので、貧相には見えぬが、どことなく頼りない風情だ。

「へらへらしているせいだな、ありゃあ」

出会ってから数日間、逸馬は暗くよどんだ表情を浮かべていた。虚ろな目や醸しだされる雰囲気は、まるであの世からの使者のようだった。それが、小春を飼いだしてからにわかに変貌した。いつも柔らかな笑みを絶やさずにいる。元々、ああいう人間だったのだろう。それが、親友との一件で、それまでの己を保つことさえできなくなったのだ。

「そんなに大事だったのかねえ」

小春は畳に寝転び、首を捻った。小春には、それほど大事な存在がいない。この先も出会うことはないだろう。相手を大事にして、相手からも大事にされて、その関係は一見素晴らしいもののように思える。だが、逸馬のように、ふいに裏切られることがないとも言えぬ。互いにずっと大事に想っていられたとしても、それはそれで厄介だ。

「そんなの、荷物になるだけじゃねえか」

生きているだけで、誰もが柵(しがらみ)に囚(とら)われている。その上、自ら柵を増やすような真似はしたくなかった。飼い猫のままでは不自由だが、猫股になれれば、たった一匹で好き勝手をして生きていける。今の小春のように、ただ逸馬の帰りを待っているような無駄な時を過ごさなくてもよくなるのだ。

「……ああ、暇すぎる」

小春はごろりと横になって、そのままうたた寝した。

逸馬に飼われはじめてから、小春の生活は一変した。飼い猫になるのがはじめてだったせいもあるが、それだけではない。経立になってからというもの、小春は一か所に留まることをしなかった。主に、浅草近辺を根城にしていたものの、強い妖怪がいるという噂を聞きつければ、津々浦々身一つで相手の許へ駆けつけ、勝負を挑んだ。

——噂以上に好戦的やな……そない生き急いでどないするん？　妖怪になる前に死んでもうたらあかんやろ。

呆れ声で言われたのは、確か五年前のことだ。相手は、近江で頭角を現していた化け火という火の妖怪だった。引き分けた勝負の後、「もう一度」と頼み込み、何度も戦ってもらった。結局、一度目以外はすべて小春が勝った。手加減されているのかと思い、数日後にまた勝負を挑んだが、「もう嫌や」ときっぱり断られた。

——あんた、正直言うて怖いわ。一回戦うごとに、えらい力が増してる。悔しいけど、もう相手になれへんわ……他当たってくれ。

率直に述べられた感想に、小春は複雑な気持ちを抱いた。強い妖怪と戦い、打ち負かすほどの力を持ったことへの感慨と、このままでは、手合せの相手がいなくなってしまうのではという恐怖――どちらかといえば、後者の気持ちの方が強かった。このところ、化け火と同じようなことを言われる機会が増えていたのだ。

――負けたっていいじゃねえか。今度は勝てるまでやれば……な!?

そう説き伏せても、誰もうんと言わない。一度負けたら、負けは負けなのだという。小春にはその考えが理解できなかったが、周りには小春の考えの方が理解できぬのだろう。

(そういえば、いつだったか、小天狗と戦ったよな……)

才はあるものの、まだまだ戦い方が分からぬといった様子で、小春に完敗したのだ。しかし、並々ならぬ負けず嫌いだったようで、小春が戯れに言った「百年経ったら出直してきな!」という言葉に、「必ず」という風に頷いたのだ。百年後、言の通り、勝負を挑んでくるとは思えないが、もし本当にそうなったら、小春にとっては喜ばしいことだ。

「暇は嫌いだからな。ずっと戦っている方がいいや」

だから、今の生活に、小春はすでに飽きていた。逸馬は早朝に仕事に出かけ、日が暮れる頃に帰ってくる。その間、小春は一人で留守番だ。餌と水は用意されているので、飢える心配はない。戸は閉まっているが、小春は経立だ。簡単に開けられるが、一度外に出たら、帰りたくなくなるに違いない。外には自由が溢(あふ)れている。それを知っているからこそ、ぐっと堪えて長屋の中にじっとしているのだ。

「しっかし、暇だああ……！」

　暇は嫌いだ、自由が好きだ、と独りで呟いているのが馬鹿馬鹿しくなってきたが、そうでもしないとやっていられない。隅に重ねられた布団の上で伸びていた小春は、のそりと起き上がり、畳に下りた。

「家捜しでもしてやりたいところだが、こんなに物がない家じゃあやり甲斐がないよな」

　そう言いつつ、小春は後ろ足で立って、前足で行李の蓋を開けた。

「しけてる！　行李に入れる意味がねえ！」

　入っているのは、羽織と代えの褌だけだった。一応羽織の袖を探ってみると、がさりと音がした。

「何だ？　何かお宝でもあるのか？」

　わくわくしながら、羽織の袖の中に入っている物を取りだしたが――。

「………」

　それを眺めてまもなく、小春は元通りしまい込んだ。入っていたのは、ただの紙だった。そこに書かれていたのは戒名で、女のものだった。行李を隅に戻し、小春はちらりと小簞笥の上を見上げた。そこには、位牌があった。

（あれは、父親と母親のだよな？　それなら、あの戒名は……）

　――私には姉がいるのだ。優しくて美しい、自慢の姉だ。数年前に亡くなってしまったが……私の胸の中にはずっと生きつづけている。

名を、佐奈（さな）というらしい。ある日突然心の臓が止まって、そのまま息を引き取ったという。逸馬はその姉を非常に慕っていたらしく、毎日彼女の名を口にした。

——帰り道、桔梗（ききょう）が咲いているのを見かけた。あれは姉上が好きな花なのだ。花を手折（たお）るのは気が引けるが、姉上に見せて差し上げたいものだなあ。

佐奈がまだ存命しているかのような口振りなので、聞くたびに薄ら寒い心地がした。

「……死んだ奴は帰ってこないんだぜ」

そんなことは、逸馬も分かっているはずだ。だから、父母の話は、ちゃんと過去のことのように話すのだろう。だが、姉のことはまだ割り切れていないらしい。どうやら、逸馬の中では、姉の佐奈と親友の清十郎と己の三人で、一つの思い出が作られているようなのだ。清十郎は逸馬を裏切ったが、今もどこかで生きている。清十郎が生きているなら、佐奈もまた生きているような心地がしてしまうのかもしれぬ。

位牌を見つめていた小春は、はっと我に返った。ここへ来てからというもの、こうして物思いにふける機会が増えている。すっくと立ち上がり、小春は叫んだ。

「何やってんだ、俺は！　こんなんじゃあ、立派な妖怪になれねえ！」

はあはあ、と肩で息をしていると、隣から壁をどんどんと叩く音が響いた。

「おい……餓鬼（がき）がいるだろ!?　さっきからずっと餓鬼の声が——」

「うるせえ！　俺は餓鬼じゃない!!」

もう限界だ。非難の声に叫び返し、小春はどしどしと歩いて土間に下りた。前右足で戸を開け、眩しい陽射しに目を細めつつ、駆けだした。

(……やはり、外はいい！)

行き交う人々の間を縫って、小春は前に進んだ。どこへ行くかは決めていなかった。だが、行き着く場所は決まっている。

(強い力を持つ奴を捜そう)

誰かと戦えば、溜まりに溜まった鬱憤も晴れるというものだ。鼻を利かせながら、小春は一時「龍」に戻って、往来を駆け抜けた。


一度外に出てしまうと、すっかり箍が外れて、逸馬が留守の折、小春は毎日外に出ていった。しかし、真昼間に人間の世をうろついている妖怪などおらず、すごすごと帰る羽目になる。そのうち馬鹿らしくなって、とある用で外に出る以外は家に籠るようになったが、そうするとまるでただの猫に戻ってしまったような気がして辟易した。

(いや、ただの猫じゃねえ。だって、例の用は飼い主のためなんだから、俺ときたらとんだ忠猫だぜ……しかし、時というのは、随分とのんびり過ぎていくものなんだな)

そんな風に思ったのは、はじめてのことだった。これまでずっと忙しい日々の中にいたせいだろう。経立になってからは、妖怪との戦いに明け暮れていたので、あっという間に月日が流れた。小春は殺生を好まぬ性質なので、息の根を止める前に攻撃をやめて、立ち去るのが常だった。だが、小春が負わせた傷が原因で死んだ者はいるかもしれぬ。

(まあ……早く死ぬのも遅く死ぬのも、そいつのさだめだったという話だ)

だから、己のせいではない。今日も自身に言い聞かせながら、小春は身を起こした。盛大な欠伸をすると、くすりと笑い声が響いた。

「ちょうど良かった。一緒に食べよう」

畳の上に腰を下ろし、逸馬は言った。逸馬の前には、隅に畳まれた布団の上にいた小春は、もう一つ欠伸をして、畳の上に下り立った。逸馬の前には、茶碗が一つ置かれている。中身は、相変わらず質素な雑炊だ。小春は眉を顰めながら、逸馬の前に座った。すっかり小春の定位置になったそこには、水が入った椀と、鰹節とめざしが一匹置かれた皿が並べられている。

「いただきます」

逸馬は手を合わせて言うと、茶碗と箸(はし)を持った。ゆっくり嚙みしめるように食べる相手を見て、小春は内心舌打ちした。

(……自分そっちのけで猫に食わせてどうすんだ)

馬鹿な奴め、と思いつつ、小春は出された飯を口にした。馳走とは言えないが、逸馬に比べたら大分よい。逸馬は小春の何倍も大きく、よく動く。それなのに、小春よりも少ない量しか食べぬのだ。常に空腹を覚えているらしく、いつも腹を鳴らしている。金があればもっとちゃんとした物が食えるのだが、逸馬は文無しだった。

「お前にももっといい物を食わせてやればいいのだが……不甲斐ない飼い主ですまぬ」

苦笑しつつ、逸馬は言った。

（馬鹿な奴。本当に馬鹿だろ）

小春は呆れて物が言えなかった。声を出したら、正体が露見してしまう。だから、黙っているのだが、逸馬と共にいると、つい口を出してしまいそうになった。

「こたびの仕事は首にならぬように気をつける。金が貯まったら、鯛でも買ってやろう。それまでもうしばし辛抱しておくれ。すまぬな」

再び詫びた逸馬は、茶碗を手にして、土間に下りた。手早く片づけを終えて身支度をする。今日の仕事先がどこなのか、小春は知らない。最初は覚えていたが、途中から馬鹿らしくなって覚えるのをやめた。何しろ、逸馬はもう十数回も首になっているのだ。

「では、留守を頼む。いってまいります」

猫相手に頭を下げて、逸馬は出かけた。足音が遠ざかり、すっかり聞こえなくなった頃、小春は「はああ」と大きな息を吐いた。

「三毛の龍に留守番させるとはいい度胸だ……今回もどうせすぐに首になるくせに。また俺に様子を見に行かせる気か？」

小春はぼやきながら、ごろりと横になった。逸馬は生真面目がすぎるほど真面目だ。だから、仕事も精一杯やっている。それなのに、なぜかいつも早々と首になる。

「十二……いや、十五は超えたな」

いくら何でも首になりすぎだ。それほどひどい働きぶりなのかと疑ったが、そうではなかった。小春はこれまで三度、逸馬の仕事場を覗きにいった。小春が出かける用というのはこれである。

逸馬は、誰よりも懸命に働いていた。荷運びの時には、大きな荷を率先して持っていたし、大工の見習いの時には、不安定な足場でも恐れず動き回っていた。

——あんたよく働くねえ。本当によく頑張っているよ。

周りからもそう褒められていたし、悪いところを見つける方が難しそうだった。それなのに、その数日後には首になってしまうのだ。

「あれからどうやったら、悪い評価になるんだ？　その方が難しいだろうに」

逸馬が出かけてから、こうして独り言ちるのが小春の日課となっている。そんなことしたって楽しくも何ともないのだが、言わずにはおれない。

「どんどん痩せてくし……あれじゃあ、喰っても不味い。絶対に不味いぞ」

ただでさえ、人間は美味(うま)くなさそうなのに、逸馬はその中でもかなりひどい部類なのではないか、と小春は思っている。

「俺が喰うんだから、もっと美味そうになってくれぬと困るってもんだ」

己の口と腹の心配をしているのであって、逸馬の身を案じているわけではない。彼が痩せても太っても、小春にとってはどうでもいい話なのだ。

——お前にももっといい物を食わせてやればいいのだが……不甲斐ない飼い主ですまぬ。

逸馬の申し訳なさそうな顔を思いだして、小春は「うわあ」と声を上げた。

「猫の心配じゃなく、自分の心配しろよ！　いよいよ金が尽きたら、どうせ自分だけ助かろうとするんだろ⁉　ヘッ！　人間なんてなあ、そんなもんなんだ！」

「でかい声でうるせえぞ！　また餓鬼がいるな⁉」

隣から壁を打ちつつ叫ばれて、小春は「餓鬼じゃねえ！」といつものように怒鳴り返した。

「いつも一人で騒ぎやがって！　クソッ……一体どこの餓鬼なんだか――」

隣から訝しむような声が聞こえ、小春は口を噤んだ。逸馬の前では声を出さぬように心がけているが、彼がいない時は、つい一人で話してしまう。少なくとも隣には、子どもが出入りしていると思われている。幸い、逸馬が隣近所と全く付き合いがないので、今のところそのことで逸馬を咎める者はいないが、今後ないとも限らない。

（……大きな声を出すのはやめよう）

独り言程度ならしようがないが、と諦めるあたり、堪え性がない。相手がいるのに話せぬのはなかなか辛かった。それがたとえ人間でも、首を取る相手だとしても――。

「……誰かと手合せしてこよ」

今日は相手が見つかるまで帰らない。小春は呟き、土間に下りた。

この日、小春は久方ぶりに何匹もの妖怪と出会い、嬉しくなって片っ端から手合せを願い出た。相手は、集会をしていた霊狐たちだった。普段は人に化けているが、半年に一度の集いということで、それぞれ寄生している家を抜け出てきたらしい。喜んで受ける者も、嫌々応じてくる者もいたが、なかなか手応えのある者ばかりで、小春は時を忘れて腕を振るった。

（ああ、これだこれだ！　やはり、俺にはこれが合ってる！）

笑いながら戦う小春を見て、相手は皆怯（おび）えたような顔をしたが、当猫はまるで気づいていなかった。

そうこうしているうちに、あっという間に日が暮れて、辺りは闇夜に包まれた。

「あー勝った勝った！」

高笑いをしながら言うと、近くに転がっている霊狐が、「ひどい奴だ」と呻いた。

「力の差があるのを分かっていて、手加減をせぬなど……」

「手加減なんぞするもんか！　正々堂々戦って勝つから面白いんだろ」

「お前は面白いかもしれぬが、やられた方はちいとも面白く……ない……」

恨めしげに呟くと、霊狐は気を失った。先に負けた霊狐たちは、いつの間にか姿を消していた。

「情けねえなあ。おい、その辺にまだ仲間がいるだろ？　こいつをつれて帰ってくれ」

辺りを見回しつつ言うと、しばらくして小さな影が現れた。倒れている霊狐よりも一回り小さな霊狐だった。小霊狐は、小春を恨めしげにじろりと睨んだ。

「何だよ、その目は。俺は汚い真似なんかしてないぞ」

当妖にも述べたように、正々堂々と戦ったのだ。小霊狐は霊狐を抱えると、ずるずると引きずって進みだした。あまりにもたどたどしい歩みなので、小春は思わず「手伝ってやろうか」と声をかけた。すると、小霊狐は足を止めて、前を向いたまま言った。

「荻野逸馬は近々死ぬぞ」

「――は？」

小春は間の抜けた声を上げた。

「荻野逸馬は近々死ぬ。先に命を取られぬように精々気をつけるんだな」

「………」

小春は無言で、小霊狐の許へ一足飛びすると、伸ばした爪でその首を押さえつけ、赤く光らせた瞳でじっと睨み据えた。小霊狐は苦しげに呻いた。

「お前、あいつに何かしたのか？」

「お、俺は……何もしてない！　俺じゃない！」

小霊狐は必死に否定したが、小春はますます指の先に力を込めた。

「本当に、違う……噂を！……噂を、耳にしただけだ！」

「へえ、どんなもんか言ってみろよ」

ほんの一寸だけ力を緩（ゆる）めると、小霊狐はぺらぺらと話しだした。

「で、出所は分からない。浅草近辺にいる連中の中で、噂になってる……三毛の龍が、荻野逸馬という人間の命を狙っていると……だが、無理だろうと――」

「なぜだ」

低く問うと、小霊狐は「ひっ」と悲鳴を上げた。小春の身に強い妖気が漲ったのを察したのだろう。

「お前の他にも、荻野逸馬の命を狙っている者がいる……！　その者の方が、三毛の龍よりも強い……ただの噂だ……俺は本当にそれ以上知らない！」

身を震わせるあまり、小霊狐は小春の爪に自ら触れてしまい、首のあちこちから血が垂れた。そのことにも気づかぬらしく、小霊狐は震えつづけた。

「今度噂を聞いた時には、こう言え。荻野逸馬の命は、三毛の龍がもらう――とな」

小春は押し殺した声音で告げた。目が赤く光り、数倍もの大きさに膨らみ、尾が二股に割れ、爪と牙が伸び――これまでと同じ姿だが、放出した妖気はとてつもなく強大だ。

「ひっ……！」

小春の手から無理やり逃れた小霊狐は、小春に向かって土下座した。

「わ、分かった……分かりました……お願いだから、命は取らないでくれ……！」

頼む、この通りだ、と頭を下げつづける小霊狐を眺めて、小春は踵を返した。

（一体誰だ……？）

小霊狐が嘘を吐いているとは思えなかった。噂の存在は知らなかったが、小春は有名妖（あやかし）だ。人間の飼い猫になったのが露見すれば、いずれ皆の口に上るだろうとは思っていた。あの三毛の龍も老いぼれたか――そんな噂が立ってくれれば、からかうために手合せを申し込んでくる者もいるかもしれぬ。そうなったら都合がいい。小春はいつだって、誰かと戦いたいのだ。

しかし、噂は的確だった。小春が逸馬に近づいたのは、命を取るためだと明言されている。どこから漏れたのだろうか？　知っているのは、長者と椿くらいなものだが――。

（椿との会話を盗み聞きされたのか？）

それなら、合点がいく。小春はこれまで好き勝手やってきたので、好ましく思わぬ妖怪は大勢いるはずだ。そのうちの誰かが、噂を流したのかもしれぬ。

――お前の他にも、荻野逸馬の命を狙っている者がいる……！　その者の方が、三毛の龍よりも強い。

小春は変化を解きながら、足を止めた。

「……俺より強い奴が、あいつの命を狙ってる？　そんな馬鹿な」

逸馬はただの人間だ。他の人間よりもお人好しで、不幸に憑かれているきらいはあるが、彼自身に特別な力はない。逸馬の命を欲しがる者など、小春以外にいるとは思えなかった。

だが、何か理由があって本当に狙われているとしたら――。

「……確かに、先を越されるわけにはいかねえな」

小春は行き以上の速さで、逸馬の許へ走った。

四半刻（約三十分）も経たぬうちに、小春は長屋に着いた。

（戸が開いてる……）

小春は眉を顰めた。逸馬はとっくのとうに帰っているはずだが、中は暗い。人の気配がするのに、灯りがついていないのは妙だ。耳を澄まして、小春は息を吐いた。中にいる者の息遣いに、聞き覚えがあったのだ。やはり逸馬だ。

（寝ているわけでもなさそうだが……何してんだ？）

小春は忍び足で、長屋の中に入った。逸馬は長屋の隅でうずくまり、布団をかぶっていた。異様な有様にたじろぎつつ、小春は畳に上がって、試しに鳴いてみた。

「にゃあ……にゃあ」

しばらくして、すすり泣く声が聞こえた。

（……何なんだよ、本当に）

小春はぎりっと歯嚙みした。逸馬はうずくまったままだ。小春は仕方なく、逸馬に近づいていった。傍らに立った時、逸馬はやっと身動(みじろ)いだ。布団の中から、おずおずと手が伸ばされる。小春に触れる手前で止まり、宙を彷徨(さまよ)った。逸馬は何も言わなかった。だが、己の名が呼ばれたことが分かり、小春は彼の手をぺろりと舐めた。

少し経って、逸馬はくすりと笑った。

「猫の舌はざらざらとしていると聞いたことがあるが……真(まこと)だったのだな」

何がそんなにおかしいのか、逸馬はしばらく笑いつづけた。涙を流しながらであることに、小春は無論気づいていた。

逸馬の命が狙われている――。

そんな話を聞いたものの、その後それらしき気配は少しも感じられなかった。

「何だよ……法螺話掴ませやがって」

安堵の気持ちを誤魔化すように、小春はぶつぶつ言った。逸馬が仕事に出かけている間、小春はすっかり独り言を言うのが癖になっている。時折、隣から苦情の声が上がったが、

(未だに逸馬に話してねえようだし……もう気にしなくていいや)

そう都合よく考えて、好き勝手していた。

「最近、誰とも手合せできてねえんだもの。独り言くらい好きに言わせろってんだ」

逸馬の留守中、息抜きに外に出ることはあったが、妖怪のほとんどいない朝か昼間だ。夜は逸馬がいるので、出かけられなかった。先日のように帰るのが遅れるなどして小春の姿が少しでも見えないと、逸馬はひどく取り乱すのだ。

「あいつすぐ泣くからな……うっとうしくて堪らん」

別段逸馬のことを想ってではない、と心の中で言い訳をして、小春は息を吐いた。

(まあ、少しくらい気を遣ってやってもいいか。どうせ、また駄目だろうしな)

逸馬は相変わらず、仕事を首になってばかりいた。あまりに続くので、逸馬も流石に落ち込んでいたが、仕事探しは諦めなかった。だが、口入屋に無理を言って紹介してもらうも、数日と持たない。

そして、今日も――。

逸馬は帰ってくるなり、小春の前に座して頭を下げた。

「……すまぬ」

（……猫に謝る馬鹿がいるか。いや、現に目の前にいるが）

小春は呆れた顔で逸馬を見上げた。さぞや落ち込んでいるだろうと思ったが、不思議と吹っ切れたような表情を浮かべている。目が合うと、逸馬はにこりとして、立てかけてあった脇差を手にした。

「これは、私の唯一の財だ。何もかも失ってしまったが、これだけは手元に残せた。武士でもないのに持っていても仕方がないと思ったこともあるが……今となっては助かった」

（まさか、お前……!?）

小春の心の問いが伝わったのだろうか。逸馬はこう続けた。

「これを質に入れれば、しばらくの間食うには困らぬ。その金が尽きる前に、必ず次の仕事を見つけて、今度こそ長続きさせてみせる」

逸馬の決意の籠った目を見て、小春はぎりっと歯嚙みした。

（……どうしてそこで脇差を手放すんだよ。どうして、俺じゃないんだ！）

逸馬一人だけなら、何とかなる。仕事が続かぬのは問題だが、それさえ解決すれば、暮らしてはいける。脇差を手放すのは、最後の手段に取っておくべきだ。猫の小春でもそのくらいは分かるので、人間の逸馬が分からぬわけがない。

（お前なんて、猫を飼える身分じゃねえくせに）

逸馬を睨みながら、小春は唸った。逸馬は、困ったような微笑みを浮かべた。

「……あまりに不甲斐ない主人で、呆れたか？　苦労かけてばかりですまぬ。だが、大丈夫だ。お前を飢えさせる気はない。万が一、私が本当の一文無しになってしまっても、お前のことだけは何とかするからな」

（何とかって何だよ。できもしねえこと言うな！）

小春はさらに唸り声を上げた。

「その時は、お前を飼ってくれそうな相手を必ず捜しだす。金を持った、優しい人がいいだろうな……いや、もしもの時だ。そうならぬように努力する」

逸馬は脇差を横に置いて、小春に手を伸ばした。

「お前が何より大事だ」

その言葉を聞くや否や、小春は土間に飛び下りた。

「――小春！」

後ろで叫ぶ声が聞こえたが、無視して長屋の外に出た。赤く染まった空の下、脇目も振らず、疾風（はやて）のごとく小春は駆けた。

何も考えず駆けてたどり着いたのは、荒野だった。数か月前、椿と再会した場所であり、何より生まれ育った地だ。

(……意外と近かったんだな)

逸馬の長屋から、四半刻ほどの距離だった。もっと人里離れた地にある気がしていたが、それは単に小春が人間を嫌っていたからだろう。心の距離があったのだ。

(じゃあ、今は縮まったのか?)

そんな馬鹿な、と笑い飛ばそうとしたが、上手くいかなかった。

――お前が何より大事だ。

「……本当に馬鹿な男だ。首を狙われているとも知らないで」

逸馬の言が本心からのものなら、小春にとっては都合がいい。彼の仕事の心配などせずとも、その前に首を取ってしまえばいいのだ。

(だが、俺はあいつに情を持ってなどいない)

あまりにも一方通行な想いで首を取っても、長者から許しはもらえぬだろう。だから、小春は我慢して、逸馬のそばに居つづけようと思っていたのだ。だが――。

「武士の魂を売るなんて、魂まで売り飛ばす気かよ……!」

首を取る気でいるのに、逸馬が己のために何かするのが嫌だった。逸馬が勝手にやっていることなのだから、気にする必要などない。頭では分かっているが、心が許さなかった。

(どうして、俺は――)

己の心が分からなかった。立ち尽くしている間に、西の空に陽が沈んだ。

(……あいつ、また布団を被って縮こまっているのかな?)

考えたくもないのに、逸馬の顔が浮かんでくる。

辺りが闇に包まれはじめた時、小春ははっと横に飛び退った。

「――チッ」

空から降ってきた影が、舌打ちを漏らした。小春に攻撃を躱され、腹が立ったのだろう。影は体勢を変えると、鋭い爪を振りかざした。小春はそれも躱しつつ、瞬く間に変化した。金、赤茶、黒の三色の毛並みに、二股に割れた尾、長く鋭い牙と爪に、血のように真っ赤に染まった瞳――。

「随分とご立腹みてえだな……普段は真っ黒な目が随分と赤いじゃねえか」

小春は口の端を吊り上げながら言った。襲いかかってきた相手と己は、まるで映し鏡のようによく似ている。生まれた時からずっとそうだった。

――お前たちは面白いね。毛並みは瓜二つなのに、中身はまるで似ていない。だから、お互いのことが気に食わないのかな。兄弟なのに可哀想だ。

椿によくからかわれていたことを思いだしつつ、小春は飛んだ。また、相手が攻めてきたのだ。迫りくる爪を避けながら、小春は怒鳴った。

「なぜこんな真似をする？　長者の住まう洞内でも急に突っかかってきたが、腕試しのつもりか!?　いきなりしかけてくるなんざ卑怯だぞ！　やるなら、正々堂々戦おうぜ！」

「……腕試しではない」

返ってきた呟きに、小春は眉を顰めた。

「それなら、一体どういう了見で兄弟を襲うんだ!?……答えろよ、三――いや、義光!」

声を荒らげながら、小春は長い爪を相手の――義光の首に向けた。以前は簡単に摑めたが、義光はひらりとそれを避け、逆に小春の首を爪で突き刺そうとした。暗闇の中、四つの赤い目だけが煌めき、鋭い爪がぶつかり合う硬質な音が響いた。

(何でこうなる……)

小春は戦いながら、疑問で一杯だった。どうして義光はそれほど己を嫌っているのだろうか? 義光が勝てば、その憎しみは消えるのだろうか?

(俺が負けてやれば、こいつは満足するのか……?)

そんな考えがよぎり、小春は思わず変化を解いた。

「……お前こそ何の真似だ」

低く唸りながら、義光は訝しむ声を上げた。小春は答えず、じっと義光を見据えた。

そのうち、義光も変化を解いた。

(お前も馬鹿馬鹿しいと気づいたのか?)

兄弟で殺し合いをしてもしようがない――己と同じ気持ちになったのかと思い、小春は彼の方に手を伸ばした。

しかし――。

「……うっ……な、何を――」

「何をだと……ふざけるな!」

義光は再び変化し、小春に飛びかかった。ただの猫になっていた小春は、呆気なく押し倒され、身動きが取れなくなった。

（こいつ……本当に三なのか……!?）

母猫の陰に隠れ、椿や小春に守られていたか弱い弟の思い出が、音を立てて崩れていく。それほど、義光の身から出ている妖気は凄まじいものだった。

「……兄弟なのになぜ、と言ったが、だからこそだ」

掠れた低い声を出しながら、義光は小春の眼前に爪を突き立てた。

「人間の首を取るために近づいておきながら、馴れ合って骨抜きにされている。血を分けた兄弟であるお前が、あまりにも無様だからだ」

義光の言を聞き、小春は息を呑んだ。早く変化して反撃しなければならぬのに、義光の拘束から逃れる算段さえつけられなかった。

（……俺は――）

――小春……小春！

己の名を呼ぶ逸馬の声が響いた。こんな時に空耳かと、小春は思わず苦笑したが――。

「……その子を放せ！」

大声が轟くとともに、身体がふわりと持ち上がった。義光が後ろに飛ばされたのを目にしても、小春は己の状況が理解できずにいた。義光の拘束から逃れた理由も、己が人間の腕の中にいる理由も――本当はどちらも分かっていたのだが、認めたくなかったのだ。

（どうして……どうしてお前は……！）

小春は、己を腕の中に抱いた相手――逸馬を睨んだ。己より大きな化け猫に体当たりし、猫を庇（かば）っている。そんな無謀な行為をする人間がこの世にいるなど、理解できなかった。それは義光も同じだったようだ。いくら不意打ちだったからといって、逸馬のような華奢な男にまんまとやられるわけがない。しっかり立ったところを見ると、受けた衝撃は大したものではなかったようだ。だが、義光は呆然としている。

「この子は私の大事な友だ……殺すことなど罷（まか）りならぬ！」

いつもの気弱な様子は鳴りを潜め、逸馬は鋭い声で怒鳴った。小春は呆気に取られてしまい、何一つ言葉が出てこない。義光もなぜか口を閉ざし、荒野には虫の声だけが響いた。じりっと動く気配がした。それが義光の足音だと分かった小春は、逸馬の腕から逃れて変化しようとしたが――。

「駄目だ、じっとしていろ！　お前は私が守る！」

必死の声で叫んだ逸馬に、腕の中に無理やり押さえこまれてしまった。

（……馬鹿！　もういい！　ここでやってやる！）

苛立った小春は、正体が露見するのも厭（いと）わず、その場で変化することに決めた。逸馬の腕の中から這い出て、強い妖気を発しだした時、

「あ……」

逸馬がぽつりとこぼした。驚いたような視線の先を追うと、踵を返して去っていく、義

光の姿が見えた。

「――貴様は人間に守られているのが似合いだ」

吐き捨てられた言葉が、小春の胸に突き刺さった。義光は、あっという間に闇夜の中に消えた。そして、そのまま戻ってこなかった。

しばらくして、逸馬は深い息を吐いた。

「はああ……お前によく似た三毛猫がいたので追いかけてきたのだが、とんだ猫違いだったのだな……いや、あれはただの猫ではないな。化け猫、だろうか……？　荒野へ来て間もなくあの姿になったので、驚いたが……そのまま引き返さなくてよかった……」

安堵しきったような、柔らかな声音だった。

（ちっともよくねえ！）

小春は今度こそ声を上げそうになった。少し漏れてしまったかもしれぬが、聞こえてはいなかったはずだ。その時にはすでに、逸馬の腕の中に再び閉じ込められていたからだ。

「お前が無事でいてくれてよかった……本当によかった」

（だから、ちっともよくないと言ってるだろ）

むくむくと苛立ちが湧（わ）いてきて、小春は逸馬の胸を爪で引っ掻いた。ただでさえぼろぼろの着物が、さらに傷（いた）んだ。しかし、逸馬は大して抵抗もせず、「すまぬ」と言った。

（何で謝るんだよ……本当に腹が立つ！）

義光に殺されそうになった時も、これほど苛立ちはしなかった。今は腸が煮えくり返っている。それにも増して、胸の奥にもやもやとしたよく分からぬ感情が湧き上がってきた。むず痒くて居心地が悪い。こんな思いなど、己には不要だと小春は泣きそうになった。

（こんな思いをするくらいなら、いっそ今首を取っちまうか――）

そんな考えがよぎった時、逸馬はまた口を開いた。

「私が馬鹿なことを言ったから、お前は怒って出ていったのだろう？　すまぬ……脇差は売らぬ。お前をよそにやったりはしない……どんなに辛くても、お前は私が守る」

（………………）

小春は伸ばしかけた爪をおさめ、息を吐いた。心の中でさえ、言葉が出てこない。己の気持ちは分からぬままだ。ただ、これ以上考えるのはやめようと思った。

（何だかよくないことになりそうだ）

大人しくなった小春を腕の中に抱え直し、逸馬は立ち上がった。

「腹が減っただろう？　うちへ帰ろう」

小春の頭を撫でながら、逸馬は歩きだした。空は雲がかかって、月も星も隠れてしまっている。逸馬は何度も躓いたが、小春だけはしっかり抱えて離さなかった。

（灯りも持たずに追ってきやがって……）

本当に馬鹿者だ――そう思いながら、小春は目を閉じた。


小春が目を覚ましたのは、逸馬が住まう裏長屋の近くまで来た時だった。

（……何だ、こんな刻限に騒がしい）

　ふああ、と欠伸をしながら、小春は前方に視線をやった。

「……何かあったのだろうか。ご近所の皆さんが勢ぞろいしているな」

　逸馬の呟きに、小春は思わず「にゃあ」と返事をした。裏長屋の一角に、人々が群れている。灯りを持って何やら話し合っている人々は、揃って険しい表情を浮かべていた。

「――では、あの人の仕業か」

「それしかないだろう。何しろ、ここだけ荒らされていないんだから」

「この刻限にいないのも妙な話だ。ことの重大さに気づいて、逃げたんじゃないか？」

　皆の話を耳にした小春は、（何だ）と息を吐いた。

（何があったか知らねえが、下手人に当てがあるんだな？　なら、すぐに解決だ）

　眠くてしようがなかった小春は、もう一度欠伸をして、目を瞑ったが――。

「あ……か、帰ってきたぞ!?」

　誰かの発した声と、周囲のざわめきが気になって、目を開いた。

（……そいつが俺たちの後ろにいるのか？）

　小春は逸馬の腕からひょっこりと顔を出し、後ろを見遣った。皆、そちらを見ているが、誰もいなかった。妙だなと思いつつ、正面を向くと、やはりこちらを凝視している。

「どうかされましたか」

　逸馬は皆に近づきながら、心配そうに問う。裏長屋の人々は顔を見合わせ、頷き合った。

「逸馬さん……」

意を決したように言ったのは、逸馬の隣に住まう亀吉(かめきち)という男だった。

(こいつ、いつも俺の声が煩いと言うんだよな。随分と怒った面してるな)

小春は逸馬に抱かれながら、亀吉をじっと見上げた。

「あんた、どこに行ってたんだ?」

「はあ、この子を迎えに一寸そこまで……最初は質屋に行こうとしたのですが」

逸馬が苦笑交じりに答えると、再びざわめきが起きた。

「……質屋に？　盗品を売りに行ったのか!?」

「盗品？　何のことでしょうか」

「しらばっくれないでもらいたいね」

亀吉はふんっと鼻を鳴らし、逸馬の腕を摑んだ。その反動で地に降りた小春は、亀吉に腕を引かれていった逸馬の後を追った。

「これは……」

「見ろ！　こっちも同じだ！」

絶句する逸馬を引っ張り、亀吉は裏長屋を一軒一軒回って、中を見せた。

(おいおい、何だこれ……派手に荒らされてやがる)

裏長屋の中は、嵐にあったかのような惨状(さんじょう)だった。箪笥や行李はひっくり返され、中身が散乱している。立てかけてあったらしい箒が、真っ二つに折れていたり、鍋(なべ)がぼこぼこに凹(へこ)んでいたり、猪(いのしし)が中に入って暴れた、と言われたら、得心がいきそうな有様だ。

「物盗りですか!?……早く番屋に届けないと！」

踵を返しかけた逸馬を止めたのは、近所の人々だった。行く手を阻(はば)むように前に並び、逸馬をじとりと睨む。鈍い逸馬も、流石に妙だと思ったらしい。

「あ、あの……何か……？」

おそるおそる問うと、亀吉が逸馬の長屋の戸を開け放ち、灯りを向けた。

「あ……」

（何で……）

逸馬と小春は、共に目を見張った。逸馬の長屋の中は、出かける前と同じく、綺麗に整頓されたままだったのだ。

「あんたの長屋だけこうなのはおかしい――あんたの仕業だろ!?」

亀吉の叫び声に、近所の者たちは皆、何度も頷いたのだった。

三、裏長屋の怪

裏長屋が荒らされてから、早ひと月――。

その一件は、未だ解決を見ていない。一応、番屋に届けたものの、夜だったため、碌な調べも行われなかった。その後、大家が知己の岡っ引きに相談したが、相手にされなかったようだ。当初、物盗りの仕業と見られていたが、住人たちがそれぞれ確認したところ、なくなった物はなかったらしい。ただ、荒らされていただけだ。

――何かを探していたのかねえ……それとも、ただの憂さ晴らしか。

――それだよ。酔った奴が、酒に呑まれて好き勝手暴れたのさ。

番屋の者や岡っ引きたちの言葉に、皆は渋々納得したようだった。

――まあ、物が盗られていないんじゃね……。

これ以上ことを荒立ててもしようがないと思ったのだろう。しかし、嫌疑をかけられた方は堪ったものではなかった。

（あいつら、疑っておいて謝罪の一つもねえもんな。逸馬は逸馬でまるで怒らねえし、どうかしてるぜ。別段、俺にはかかわりないが……どうにも腹が立つ……）

　小春は逸馬の長屋でごろごろしながら、心の中で毒づいた。

　――あんたの長屋だけこうなのはおかしい――あんたの仕業だろ!?

　番屋に届け出る前、亀吉がそう言ったのには、いくつか理由があった。逸馬の長屋だけ全く荒らされていなかったこと。逸馬が長屋にいなかったこと。それに、もう一つ――。

　――あの童も、どこかから盗んできたんじゃないのか？　どこにやったんだ？　誰のことだって？　恍けるんじゃねえ！　あんたのところにいる餓鬼のことさ。あんたの長屋から、毎日のように声が聞こえてくるんだよ。声がでかいと叱ったら、「煩い」と怒鳴りやがって……生意気な餓鬼だと思ったが、あんたに攫われてきたんだとしたら、悪態くらい吐きたくもなるよな。長屋荒らしも許せねえが、子どもをかどわかすなどもっと許せねえ。

……さあ、白状しろ！

　下手人と決めつけられ、凄まれた逸馬は、目を白黒させつつ、首を捻った。

　――子ども……私の長屋にですか？

（不味い）と思った小春は、そこでにゃあにゃあと鳴き声を上げた。亀吉が聞いたという子どもの声は、間違いなく小春のものだ。

（……まさか下手人扱いされるとはな）

　逸馬が疑われた原因のうち、二つは小春のせいということになってしまう。そもそも、あの夜も、小春が外に飛びださなかったら、逸馬が家を空けることはなかったのだ。

(ますます俺のせい……いや、そんなはずがねえ!)
なぜ、逸馬の長屋は外されたのだろうか? 逸馬を下手人に仕立て上げたかったから
か? 誰が何のために?――疑問は尽きなかった。
(こいつが鈍くさいから、罪を着せるにはちょうどいいと思ったのか?)
小春は傍らでかごを作る逸馬をじっと眺めた。意外なことに手先は器用らしい。均等で
綺麗な編み目を重ねていき、本日三つ目のかごを仕上げている。ふっと息を吐いた逸馬は、
小春の視線に気づいてにこりとして言った。
「なかなか上手くできた。この調子で編めば、いい値で買ってくれるかもしれぬ。そうし
たら、お前に美味い物を食べさせてやるからな」
(……だから、猫にやるより自分の飯を買え)
小春はむすりと頰を膨らませた。苛立ちを覚えたが、以前ほどではない。お人好しすぎ
る逸馬の性格に、すっかり慣れてしまったのだろう。
「早く食わせてやりたいなあ。お前は美味そうに飯を食べるから、見ていてとても嬉しく
なるのだ」
本当に嬉しそうな声音を出しながら、逸馬は次のかごを作りはじめた。小春は視界の端
でそれを見守っていた。一見、穏やかな時が流れているように見えるが、小春は緊張しな
がら周りの様子を窺っていた。再び、事件が起きないとも限らない。
(否……確実に起きる)

下手人は分からぬままだ。しかし、全く心当たりがないわけでもなかった。逸馬が下手人と疑われ、裏長屋の皆に詰めよられていた時、小春は裏長屋を一軒一軒回って、こっそり様子を探ったのだ。後に分かったように、長屋の中は荒らされているだけで、特別盗られたものはなかった。何かを探していたような痕跡もなく、ただ引っ掻き回されていただけだった。しかし、酒の臭いはしなかったので、酔っぱらいのせいとは思えなかった。

（誰かが憂さ晴らしにやった……にしちゃおかしいよな）

裏長屋が荒らされたのは、夕方から夜にかけての刻限だ。普段ならその頃、長屋の者たちは皆、自宅にいたことだろう。しかし、あの日は偶々揃って外出していた。表通りにある大家の許で、宴をしていたのだ。逸馬を除く裏長屋の者たちは全員参加していたという。

（……案外大家が下手人だったりして。逸馬を追い出したがっていたもんな）

鼻を鳴らした時、逸馬が「どうした？」と訊ねた。

「何か気になることでもあるのか？」

（……俺のことはいいんだよ。自分の飯の心配でもしてろ）

小春はふいっと顔を背けた。逸馬は鈍感な男だが、こういう時に察しがいいので、小春はむしゃくしゃとした。馬鹿な奴め、と直接悪口を言えたら気が晴れるのかもしれぬが、逸馬の猫でいようとする限り、それは無理だった。

（こいつなら、飼っている猫が喋りだしても難なく受け入れそうではあるが……義光の正体を目にした時だって、俺を心配してそのまま追いかけてきたくらいだし——）

そう思いかけて、小春は首を横に振った。少々変わっているものの、逸馬も人間だ。無関係の義光ならまだしも、飼い猫が化け猫に変化したら、流石に怯えるだろう。首を取るために近づいてきたと知ったら、もう二度と誰も信じられなくなるかもしれぬ。

(もっとも、俺がこいつだったら、幼馴染に裏切られた段階で誰も信じねえけど)

いっそ、はじめから情などなかったのだと割り切って生きていく方が楽だ。逸馬はそれができなかったから、自害寸前まで追い詰められたのだろう。

(……馬鹿な奴)

生き生きとした表情でかごを編む逸馬をこっそり眺めて、小春は溜息を呑みこんだ。目が合うとまた微笑みかけられるので、見ていないふりをしたが、小春はあの一件から逸馬を絶えず見守っている。目を離した隙に狙われる——そう思ったからだ。

(こいつの首を取るのは、俺だ)

他の誰かに譲ってやるわけにはいかなかった。それが、たとえ己の兄弟でも——。

——人間の首を取るために近づいておきながら、馴れ合って骨抜きにされている。

ひと月前の夜、憎々しげにそう言った義光を思いだす。

荒らされた裏長屋には、下手人の痕跡がなかった。だが、異様な気が漂っていたのだ。妖気ではなかったが、禍々しく、忌まわしいものだった。

(どっかで感じたような気配だったが……よく分からねえ)

だが、義光が纏っている陰の気と、そこに残っていた気は性質がどこか似ているようにも感じられた。義光が妖気を抑えながらことを為したのか、義光に命じられた誰かがやったのか――どちらでもない可能性もあったが、小春への憎悪の深さを考えると、何かしらこの一件にかかわっていてもおかしくはない。荒野で一度引いたのは、小春を油断させるためかもしれない。

義光が黒幕だとしたら、次の一手はどう仕掛けてくるだろうか？――何度も想像してみたが、これという答えは浮かんでこなかった。

（……俺が知っている義光は、はるか昔のあいつだもの）

だが、分からぬままではいられない。今はまだ小春の力が優っているが、逸馬自身が襲われたらことだ。だから小春は、どこへ行くにも、逸馬のそばから離れずにいた。湯屋や厠にさえもついていくので、最近は見知らぬ人に、「噂の忠猫だ」と指差される始末だ。

（俺は忠猫なんかじゃねえ……三毛の龍だぞ！）

叫びだしたい衝動に駆られた小春は、畳の上を右へ左へと転がった。そうしたところで気は紛れず、逸馬に笑われただけだった。

逸馬を見張りつづけてふた月半が経った。

「……おかしい」

小春は物陰に隠れながら、小声を漏らした。視線の先には、木材を抱えた逸馬の姿があった。彼が再び大工仕事をはじめたのは、つい六日前のことだ。見かけによらず腕っぷしが強く、経験もあったので、一端の戦力として重宝されていた。

(あとは、愛嬌かね……あいつは馬鹿みたいに笑っているからな)

逸馬は強面だが、誰もがつられて笑んでしまうような、温かな笑みを浮かべているのが常だった。それに、少し前まで武士として生きてきた男が、出自が劣る者に罵倒されてもめげずに努力している——その姿は、素直に感心できるものだった。共に働く者は皆、逸馬と過ごすうちに彼の良さに気づくようで、日を増すごとに周りに人が集まった。

——あんたがずっといてくれると助かるなあ。

棟梁がそう言ったのは昨日のことだ。仲間たちも皆、微笑んで頷いていたのだが——。

「もう来ないでくれ」

棟梁の口から出た言葉に、逸馬は目を白黒させた。

「どうして……どうしてです!? 私が何か粗相をしたのでしょうか!?」

背を向けた棟梁に、逸馬は問うた。しかし、棟梁は話は終わったとばかりに、去っていこうとした。焦れた逸馬は、相手の行く手を阻むように先回りして、珍しく厳しい表情を浮かべて言った。

「……理由を聞かせてもらえるまで、私は帰りません」

しばし睨み合いが続いた後、棟梁は頭を掻いて、深い息を吐いた。

「あんた、俺の悪口言ってたんだってな。否、俺だけじゃねえ。ここにいる皆の悪口を言ってるんだろ? あっちにいい顔、こっちにいい顔しながら、陰で皆を悪く言う奴を信用できるはずがない。俺たちは互いに命預けてるんだ。信用ならねえ奴はいらん」

「そんな……私は誰の悪口も言っていません。皆さんのことを尊敬しているのに――」

「白々しい。いくら取り繕っても無駄だよ。皆が証人なんだ」

チッと舌打ちした棟梁は、周囲をちらりと見遣った。少し遠巻きにしていた仲間たちは、揃って逸馬を睨んでいた。

「……棟梁の言う通りだ。俺はさっき、はっきり耳元で言われたぜ」

「俺も一寸前に聞いた。皆の悪口を言っていたのは、確かにあんたの声だった。他の奴には俺の悪口も言ってたんだな……いい奴だと思ってたのに最悪だぜ」

怒りの籠った声で言ってくる仲間たちに、逸馬は何度も首を横に振った。

「そんなはずありません。私は本当に皆さんの悪口など言っていないのです。どなたかと間違えていらっしゃるとしか思えません……！」

「間違いなもんか。俺の耳には、お前の声がしっかり届いたよ」

「俺の耳にも届いたぜ。呪(のろ)いみてえに、何度も皆の悪口を口にしてたじゃねえか！」

(耳に届いた……？　姿は見てねえのか？)

陰から見ていた小春は、眉を顰めて小首を傾げた。

「……見込みがあると思ったのにな。とんだ勘違いだったぜ」

そう言いながら、棟梁は去っていった。その後に、仲間たちが続く。追いかけようとして、すぐに足を止めた逸馬は、唇をきつく噛んだ。

逸馬がそこを去るまで四半刻もの時を要したが、その間、小春は彼をじっと見守っていた。肩を落とし、項垂れた姿を見るのは、はじめてではない。しかし、今日はいつも以上に落ち込んでいるようで、握った拳は震え、嚙みしめた唇に血が滲んでいる。

(……くそっ)

小春が舌打ちした時、逸馬はようやく顔を上げて、歩きだした。少し距離を取って、小春は後を追った。逸馬が向かったのは、口入屋だった。逸馬がここを訪ねるのを、小春は何度も見てきた。

半刻後、口入屋から出てきた逸馬の顔色は、暗かった。背を丸めて歩きだしたので、店の脇に身を潜めていた小春は、また後を追いかけた。

——私が何か粗相をしたのでしょうか!?

(してねえよ。だから、おかしいんだ)

実際逸馬はよくやっていた。悪口どころか、愚痴一つこぼさない。しかし、なぜか急に悪者扱いされて、辞めさせられた。逸馬からしたら、理由も前触れもないのに、決まり文句のように「明日から来るな」とひどい現を突きつけられるのだ。

(こんな現なら、いらないと思うんじゃないか? そうしたらまた——)

出会ったばかりの逸馬の姿が蘇りかけて、小春は首を横に振った。

(……あいつの心なんてどうでもいい。俺が気にしなきゃならんのは、首のことだけだ)

気を取り直して、小春は高く跳ねた。二度の跳躍で長屋の屋根に着地すると、そのまま駆けだした。逸馬より先に戻らなければならない。

(俺がいないだけで泣きだすからな)

家族と親友を失くした逸馬が縋れる相手は、小春しかいないのだ。小春がいなくなってしまったら、逸馬はまた独りになる。それが怖くて堪らないのだろう。

(馬鹿な奴……人も妖怪も、生まれてから死ぬまでずっと独りきりなんだぞ)

共に生きている——そう勘違いしているだけなのだ。だが、それに気づかず一生を終える者は多いのかもしれぬ。

(誰かと共にいる方が、よほど孤独を感じるんじゃねえのかな)

少なくとも、小春はそうだった。逸馬と共にいて、彼のことばかり考えている。しかし、すべては首を取るためだ。心が通じ合うことなど、きっと一生ないだろう。

「……気持ち悪ぃ」

長屋に入って戸を閉める瞬間、小春は呟いた。まったくもって己らしくない行動ばかりとっている。猫股になるためには避けては通れぬ道だが、何もこんな苦労をせずともいいのではないかと偶に思うのだった。

(今からでも、他の飼い主を見つければ……)

ガラリと戸が開き、怖い顔をした家主が入ってきた。

「……ただいま」

足元にいた小春を見て、逸馬はにこりとして言った。哀しみや落胆の気持ちを押し殺して浮かべた笑みは、痛々しくてしようがなかった。

(猫相手に無理しやがって……気味が悪いんだよ！)

苛立った小春は、畳に上がった逸馬の背に、どしんと乗った。屈み込んだところだったので、逸馬はまんまと畳に伏せる形となったが、まるで怒らなかった。

「ふふ……寂しかったのか？　独りにしてすまぬ……そして、もう一つ謝らねばならぬことがあるのだ。また首になってしまった。すぐに次を探すから、心配しないでおくれ」

小春を腕に抱えて、逸馬は仰向けに転がった。逸馬の身は、どこもかしこも冷たい。

(……ああ、嫌だ嫌だ。寒いのは嫌いだ)

体温を奪われていく心地がしたが、小春は黙って抱きしめられていた。


その後も、逸馬は仕事を首にされつづけた。「逸馬が皆の悪口を言った」「逸馬が皆を仲違いさせた」「逸馬が来てから嫌なことが続く」といった理不尽な理由ばかりだったが、逸馬は何も悪いことはしていなかった。日に日に憔悴していく逸馬の姿を見守っていた小春は、ある決意を固めた。

(椿の許に行って、奴の居場所を訊こう)

――貴様は人間に守られているのが似合いだ。

あの夜以来、義光の姿は見ていない。小春を襲うこともなければ、逸馬に手を出してくることもなかった。裏長屋を襲い、逸馬に罪をなすりつけたことで満足を覚えたのかもしれぬ。だが、逸馬が仕事を首になる件は、解決を見ていない。

（こっちも、あいつのせいなんじゃねえか？）

義光が何らかの手を使って妨害しているやもしれぬ。義光の性格的に、こんな陰湿な真似は嫌いそうだが、小春が知っている彼の性格は、あくまで昔のものだ。顔を合わせぬ間に、やはり変わってしまったのだろう。

「……どうやったらそんなに捻くれちまうんだ？　あんなに可愛かったのに……いや、そんなでもなかったっけ？　椿よりは愛嬌があったけど……可愛くはなかったか」

小春はぶつぶつ言いながら、往来を駆けた。逸馬が寝ている隙にこっそり抜けだしたので、辺りは暗闇だ。早く用事を済ませて帰ってこなければならない。己がいないことが露見したら、逸馬にまた泣かれてしまう。もっとも、それが面倒だったので、今日は知己に「俺に化けて、朝まで裏長屋で寝ていてくれ」と頼んだのだ。

――へえ、俺があんたに化けるんだって？　そんなことは朝飯前だけれど、俺は本当に朝飯前なんだ。妖怪の朝は遅いんだよ。あんたも食っていけばいい。魚なら山ほどあるよ。いや、まだ獲ってはいないから、あんたが獲ってきてくれ。じゃあ、引き受けてくれるのかって？　馬鹿なことを言わないでくれ。朝まで化けるなんて御免だね。どうせなら、昼くらいまでやってやるとも。

そんな風に冗談交じりに気安く請け負ってくれたのは、かわそという妖怪だ。川獺と似た見目をしているが、当妖いわく「俺の方がよほど男前さ」ということらしい。かわそとの出会いは十年ほど前に遡る。小春に戦いを挑んできて、死闘を繰り広げたのだ。

――あの時、俺は悟ったんだ。いくら努力しても、かなわぬ奴がいるってさ……。ああ、なんて可哀想なんだ。そう思わないか？　思うだろう？　俺をこんな気持ちにさせた張本妖なんだから、悪いと思っているなら奢ってくれ。何、高いものはいらないよ。そうさなあ……こちらの世の殿さまが食べているものが食べたいね。

　かわそはいつもそんなことばかり言って煙に巻くが、今でも修業を重ねているのを小春は知っている。だから、影武者を任せたのだ。かわそなら上手くやってくれるだろう。仮に、義光に露見しても、かわその強い妖気を感じ取れば、容易に近づいてはこぬはずだ。

（かわそなら大丈夫だ。……まあ、奴自身を信用してはいないがな）

　力量を認めてはいる。しかし、友情となれば話は別だ。知己がいれば、生きていくのには困らない。何かあった時には力を借り、相手が困っていたら力を貸す。互いに利益のみ求めているので、気楽な付き合いだった。

（妖怪はいいもんだ。柵がない）

　力さえあれば、思い煩うことなく、己が己のまま生きていける。だから、小春は早く妖怪になりたかった。椿を訪ねていくのも、早く猫股になりたいがためだ。決して、逸馬が心配で向かっているわけではない。義光の許を直接訪ねていきたいところだったが、生憎居場所を知らなかった。匂いをたどって捜すこともできなくはないが、時がかかりすぎる。

（そうしているうちに、あいつが襲われちまったら本末転倒だ）

彼の許を訪ねたことがある椿なら、分かるはずである。

小春は四本足で闇夜を駆けた。小雨がちらついていたため、毛がしっとりと濡れたが、嫌がっている場合ではない。一刻も早く椿の許へ――そして、義光の許へ行かねばならぬ。

竹林を抜けた先には、こぢんまりとした古い屋敷が建っていた。

（……ここだよな？）

小春は犬のように鼻を利かせながら、首を捻った。椿の匂いと妖気は感じ取れたものの、残り香のように薄かった。今、嗅いできた竹の匂いの方が濃いくらいだ。雨で匂いを消せても、妖気を消すことはできない。椿は普段妖気を抑えているが、それにしても弱々しい。

「……椿？」

庭に立ち入った小春は、小声を出した。

「椿……おい、椿」

縁側に近づきながら、小春は兄猫の名を呼びつづけた。

（――やはり、妙だ）

椿だけでなく、共にいるはずの飼い主の気配も感じられない。衣擦れどころか、息遣いさえも聞こえぬのを不審に思いつつ、小春はそろりと縁側に上った。障子をゆっくり横に引き、中をちらりと覗いた。

思った通り、椿たちの姿はない。念のため、屋敷の中を見回ったが、鼠一匹いなかった。

縁側に戻った小春は、後ろ足で頭を掻いた。

「一体どこに行っちまったんだ……？」

何か事情があって家を空けているのだろうか？　飼い主の療治のために、越したのだろうか？　それとも、病状が悪化して死んでしまったのだろうか――？

「……すでに首を取って、長者の許へ行ったとか？」

先を越されたのか――小春はしばし縁側に立ち尽くした。不思議と悔しさも焦りも感じなかった。その代わり、もやもやとすっきりしない気持ちが湧いてきた。

（何だこれ……気持ち悪ぃ……）

喜びや哀しみでもない。ただ、霧がかかったようなうっとうしい心地がする。椿は、経立として正しい行動をした。それなのに、ここに椿がいたら、こう問うてしまいそうだった。お前はそれでよかったのか？　と――。

（……いやいや、馬鹿だろ）

いいに決まっている。駄目なことなど一つもない。

「……雨に打たれすぎて、頭が風邪を引いたのかもしれねえ。早く帰ろ……」

小春は独り言ちて、ようやく屋敷を後にした。

裏長屋に戻った小春は、逸馬の傍らで寝ているかわそに小声をかけた。

「おい……もう帰っていいぞ」

「おお……三毛猫がいる。どこの猫かと思いきや、小春か。用事は済んだのか？」

ふああ、と欠伸をしつつ、かわそは言った。目の縁が赤く染まっている。

「……お前、本気で寝てたのか？　ちゃんと見張ってろと言っただろ！」

「見くびってもらっちゃ困るね。異変を感じたら、すぐに目が覚めるさ」

小春はぐっと詰まった。かわその言うことは、おそらく嘘ではない。力量があるのを知っているからこそ、留守を任せたのだ。

「何もなかったんだな？」

「何にもないね。誰も襲ってこなかった。ただ……」

「ただ？」

含みのある言い方が気になって首を傾げた時、小春ははっと肩を震わせた。

何かがいる――。

小春とかわそは頷き合うと、それぞれ別のところに身を隠した。

しばらくして、通りを歩く足音が響いた。音を出さぬように、細心の注意を払っているかのような、小さな音だった。

足音がぴたっと止まって間もなく、逸馬の長屋の戸が開いた。わずかな隙間から、誰かがおそるおそるといった様子で、滑り込むように中に入ってきた。

「……ない」

かすかな声を発した主は、戸惑ったように長屋の中を見回した。

（馬鹿め――このぼろ長屋に何もないことは、お前がよく知っているだろうに）

物陰に潜みながら、小春は目を眇めて、侵入者を見た。一体どれほど凶悪な顔をしているのかと思ったが、

（何でこいつが……）

小春は目を瞬いた。視線の先にいたのは、意外な人物だった。

侵入者はゆっくり奥に進んだ。奥には、粗末な布団に包まって寝ている逸馬がいる。

「どうしていないんだ……まさか、もう……」

（……何だ？　こいつは一体何を――いや、誰を捜しているんだ？）

ここには元々逸馬しかいないというのに――小春が首を傾げた時だった。

「――人殺し！」

侵入者の男は金切り声を上げると、逸馬に飛びかかった。

「子どもを虐める奴は許さねえ……お前が子どもにした仕打ちを、今返してやる！　死んでいった子の辛さを……俺の子を返せえ！」

男が腕を振り上げた瞬間、小春は目を赤く光らせ、駆けた。

「……うわあっ！　ば、ば……化け物！」

男は、悲鳴を上げた。変化した小春の鋭い爪に挟まれ、宙吊りにされてしまったからだ。

首筋からたらり、と赤い血が流れたのを眺めながら、小春は低い声音を出した。

「人殺しはお前の方だ。逸馬を殺そうとしていたくせに」

「……ち、違う！　違う……俺は、俺は子どもを……！」

男の身体から力が抜けていくのを見て、小春は眉を顰めた。

（威勢がよかったくせに、呆気ねえな……それに、子どもって何だ？）

「おい、人が来るぞ」

逸馬が動けぬように布団で覆って抱きしめていたかわそが、小声で言った。布団の中から、逸馬の「ううう」と唸る声が聞こえる。小春は男を壁に投げつけて、変化を解いた。

その間に、かわそは土間に下り、さっと外に出ていった。

間もなくして、外から駆けてくるいくつかの足音が響いた。

「お、おい……大丈夫か？」

逸馬の長屋の中に入ってきたのは、提灯を掲げた近所の者たちだった。

「物騒な叫び声が聞こえてきたが……あ、あんた!?」

長屋の中の光景を眺めて、皆は揃って呆気に取られたような顔をした。

（そりゃあ、驚くよな）

逸馬の長屋の中では、なぜか包丁を持った男が壁にもたれかかって、がたがたと震えているのだ。おそらく、駆けつけてきた皆は、逸馬が何かしでかしたと思ったのだろう。提灯を持つ手と反対の手に、それぞれ武器が握られていた。

「違う……俺は人殺しなんか……その人が、あいつがあの子を殺したんだ！　俺は子どもを助けようと思って……もう殺させねえって……！」

我を失ったような顔つきで、男は「殺させるもんか」とうわ言のように繰り返した。

（……こいつは一体何に囚われているんだ？）

猫の姿に戻った小春は、尾をゆらゆらと揺らしながら、男をじっと見据えた。皆が動けずにいるなか、布団からのっそりと逸馬が出てきた。

「……うう、どうしたのだろう。布団の妖怪に押し潰される夢を見てしまった……ああ、怖かった。しかし、まだ夢の中なのだろうか？　皆さんお揃いで――」

独り言ちていた逸馬は、長屋の中にいる者たちを見つめて、目を剝いた。しばらくぽかんとしていたが、壁にもたれかかっている男の存在に気づき、「おや!?」と声を上げると、慌てて駆け寄った。

「大丈夫ですか!?　一体どうされたんです？」

逸馬は言いながら、男の肩に手をかけて、軽く揺すった。目の奥を昏くしていた男は、ゆっくり顔を上げて、掠れた声音を出した。

「……あんた、子どもをどこにやったんだ……？」

「子ども？　いや、私に子どもはいませんが――」

「嘘を吐くな！」

男は大声を出し、逸馬の胸倉を摑んだ。男の手にある包丁は、逸馬の首に当てられている。小春は逆毛を立てて、小さく唸った。

（……もう殺っちまうか？）

小春は人を殺したことがないし、殺したいと思ったこともない。だが、いつだって殺す決意はできていた。そうでなければ、人間の首など取れはしない。首を取る邪魔になるなら、逸馬以外の人間を殺すのはしようがないことである。ここで殺してしまえば、皆が小春を恐れるだろう。流石の逸馬も、逃げだすに決まっている。しかし、男をこっそり外に連れだしている暇はない。

（後で記憶を消せばいいか）

消すのは己にはできぬが、そうした力を持つ妖怪に頼めば一件落着だ。口を大きく開いた小春は、そこから鋭い牙を伸ばしかけたが——。

「——大丈夫」

そう言ったのは、逸馬だった。

「大丈夫……大丈夫ですよ」

逸馬は相手に言い聞かせるように、同じ言葉を繰り返した。ふわりとした、穏やかな声音だった。

「何があったか分かりませんが、きっと大丈夫です」

やがて、カランと硬質な音が響いた。男の手からするりと抜けた包丁が、畳の上に落ちた音だった。

「……何が大丈夫なもんか……」

男は逸馬の胸倉を摑んだまま、すすり泣く声を漏らした。

「大丈夫――あなたはそうしてまだ泣ける。本当に駄目な時は、涙すら出ぬものだ」

逸馬の言に、小春ははっとした。

(確かに……そうかもしれん)

出会った時、逸馬は泣いていなかった。怒りもせず、笑いもせず、まるで人形のように生気がなく、不気味だった。このまま何もせずとも死んでしまうのではと思ったら、彼はいくどとなく自死を試みた。驚いたものの、意外ではなかった。あの時の逸馬はかろうじて生きてはいたが、魂は死んでいるようなものだったのだろう。辛くて堪らぬのに、涙すら出ぬほど、追いつめられていたのだ。

「うう……芳(よし)……うう……！」

膝を折り、畳の上に伏せて泣きだした男の背を、逸馬はそっと撫でた。

「……亀吉さん、あの子のことをまだ気にしていたんだね。『もう七年前のことだから』と笑っていたから、てっきり……」

「亡くした子のことを忘れる親なんて、この世に一人としていやしないよ……」

土間に立ち尽くしていた近所の者たちが、ひそひそと話しているのを、小春は耳にした。

「すまねえ……俺はあんたの長屋から子どもの声が聞こえてくるようになってから、おかしくなっちまった。あんたがどこかの子を攫ってきたんじゃねえかって……声が聞こえなくなったから、またやっちまったんじゃねえかって……いや、またじゃねえ、あれはあんたじゃなく――」

「大丈夫、大丈夫ですよ」

男――亀吉の取り留めのない懺悔に、逸馬は優しく答えた。

四半刻経って、やっと落ち着きを取り戻した亀吉は、こたびの一件について話しだした。

亀吉が妻子を失ったのは、この裏長屋に来る前のことであるという。先に亡くなったのは、妻だった。

「元々身体が弱い奴で……子を産んでから、さらに弱くなっちまった。でも、気丈な性格でね……『これ以上弱くなることはないから大丈夫』と言って笑ってた」

亀吉が大工仕事に出ている間、妻は子を負いながら、子守の仕事や内職に励んだ。皆が驚くほど働き者で、いつも明るい笑みを絶やさなかった。だから、亀吉は、妻が無理をしていることに気づかなかったのだ。

「……ある日、風邪を引いて、そのままぽっくり逝っちまった。ただの風邪だったんだ……だが、あいつの身体はただの風邪にさえ堪えられぬほど弱っちまってた。あいつ自身も気づいていなかったのかもしれねえ。何しろ、本当に明るい奴だったから……」

洟を啜りながら、亀吉は先を続けた。

妻が亡くなり、亀吉は途方に暮れた。哀しんでばかりもいられなかった。妻が遺した子の芳は、まだほんの赤ん坊だ。朝から夕方まで妻が面倒を看ていてくれたからこそ、亀吉は外で働けたのだ。子守に預けられればよかったのだが、生憎家計が苦しかった。毎日頼むのはとうてい無理だ。だからといって、赤ん坊を背負って仕事に行けるわけがない。ただでさえ、大工の仕事は危険を伴うのだ。

　亀吉はほとほと途方に暮れた。だが、そうしていても、日々は過ぎていく。食い扶持を稼ぐためには、働かなければならない。亀吉は仕方なく、芳を家に置いたまま仕事に出かけることにした。

「心配でならなかった……寝かしつけてから家を出たが、いつ目が覚めるか分からねえ。隣近所の人に、たまに様子を見てくれと頼んだが……その人らだって、生活がある。日がな一日見ていてくれるはずがねえが、頼まないよりはマシだ」

　仕事に行ってから亀吉が考えることといえば、芳のことだけだった。泣いてはいないか、腹を空かせてはいないか、無事でいるのか——そのことばかりが脳裏を駆け巡った。

　亀吉の心配をよそに、芳はすくすく成長した。本当に手のかからぬ子で、歳の割に大人びていた。言い聞かせたことはきちんと守り、一人で留守番するのも得手だった。

「俺が仕事から帰ってくると、いつも『ありがと』と言ったんだ……『おかえり』だぞ、と教えても、必ず『ありがと』ってさ……」

　そんな心優しい芳は、五つの時、忽然と姿を消した。いつものように帰ってくると、家はもぬけの殻だったのだ。亀吉は慌てて外に飛びだし、あちこち捜しまわった。しかし、どこへ行っても、誰に聞いても、芳の居場所は分からなかった。

　半月が過ぎた頃、ようやく芳は見つかった。隣の長屋の中から異臭がするので、嫌な予感がして踏み込んでみたところ、そこには腐った遺骸が転がっていたのだ。

「半分腐っていたが、すぐに分かった。俺の子だ。様子を見てくれるよう頼んでいた隣の奴が芳を攫って殺したんだ……」

「そんな……なんと惨（むご）い……」

逸馬は青い顔をして絶句した。亀吉は俯き、きつく目を閉じた。

「……下手人は死罪となった。何であんなことをしたのかは分からん。攫ってすぐに殺したようだから、子どもが大嫌いだったのかもしれねえ。いや……もしかすると、俺のように子を亡くした奴だったのかも——」

「そんなことは理由にならぬ！」

大声を上げた逸馬に、亀吉は目を見開いた。

「たとえそうした理由があったとしても……子を——人を殺してはならぬ！　その人を想う相手がいる限り、誰かが不幸になってしまう……そんなことをしてはならぬ……！」

逸馬は叫びながら、畳を叩いた。

(……こいつが怒ったの、はじめて見たな)

己が疑われた時ですら、困ったように微笑んでいた男だ。

(何で他人のことで怒るんだ……自分のことで怒れよ)

逸馬の震える拳をじっと眺めながら、小春は唇を噛んだ。静まり返った長屋の中で、ふっと笑い声が漏れた。

「……俺は大馬鹿者だ」

自嘲の笑みを浮かべて言ったのは、亀吉だった。

「あいつらのことを忘れて生きなきゃならねえ……そう思ってこの地に来たのに、いつまでも忘れることなんざできなかった。いや……しばらくは忘れたふりができていたんだ。だが、あんたが……逸馬さんが隣に住みはじめた。気を悪くしないでくれ……あんたの面が、下手人と似ていたんだ」

逸馬ははっと顔を上げた。眉尻の下がった情けない顔を見て、亀吉は泣き笑いを浮かべて続けた。

「……俺はあんたが怖かった。だから、なるべく近づかぬようにしていたんだ。だが、ある日、あんたの長屋から子どもの声が聞こえてきた。芳よりずっと大きな子だと思うが……芳がまだ生きていたら、あんな声を出していたんじゃねえかと思えてきて……無性に辛くてしようがなくなった。とてもじゃねえが、聞いていられなかった。あんたがいなくなれば、子どももいなくなると思った……だから俺は——」

長屋を荒らしたのは己だ、と亀吉は告白した。

「……亀吉さん、本当なのかい!?」

黙って聞いていた近所の者が、驚いた声音を出した。亀吉は振り返って、「すまねえ」と頭を下げた。

「皆にはひどい迷惑をかけた……やっちゃならねえことをやった……本当にすまねえ」

大家の家で宴会が催されたのは偶々だった。しかし、亀吉はその機に乗じて、皆が酔っている隙に抜けだし、長屋に戻った。あとは、逸馬の長屋を避けて荒らすだけだった。逸馬が家にいてもいなくても、罪を被せてしまえばいいと乱暴なことを考えたのだ。

「本当に捕まってくれと思ったわけじゃねえんだ。ただ、皆に疑われ、嫌気が差して出ていってくれたらいいいって……」

亀吉の供述に、長屋の者たちはざわめいた。

（……お前らも散々逸馬を疑った身だものな。さぞや居心地が悪かろう）

皆の様子を眺め、小春は鼻を鳴らした。しかし、

「それじゃあ、逸馬さんが出ていかなかったから、腹に据えかねて襲ったのかい……？」

「そうじゃない……子どもの声がぱったり聞こえなくなったから、俺は……！……あの声は俺の幻聴だったに決まっているのに、本物だったんじゃねえかと思っちまって……声が聞こえなくなったから、殺されちまったのかと思ったんだ……！」

（ああ――）

小春は息を吐いた。亀吉が聞いたのは、小春の声に他ならない。大して煩くもないはずなのに、やたらと怒っていたのは、己の中にある妄想を打ち消そうとしていたのだろう。

（……俺のせいか？　違うだろ……でもなあ……いやいや、違うって！）

小春が内心慌てているなか、亀吉は逸馬に向き直り、畳に額をこすりつけながら言った。

「すまねえ……俺、あんたがあいつに見えちまって仕方がなかった。あいつが生きている

限り、また芳と同じ目に遭う子どもがいるかもしれねえ……そう思ったら、居ても立ってもいられなくなって……あんたを脅さなくちゃと思ったんだ……いや、そうじゃねえ。俺はあんたを殺そうと——」

「あははは！」

長屋にいる面々は皆、突如笑いだした逸馬を見て、驚いた顔をした。亀吉も肩を震わせ、思わず顔を上げた。

「亀吉さんは冗談ばかりおっしゃる。私は殺されたりしませんよ。先ほども、あなたがもう少し踏み込んでいたら、返り討ちにしているところでした」

「何言ってんだ……あんた、寝ていたじゃないか。返り討ちなんて無理だろ……」

「いいえ、実は起きていました。様子を窺っていたんですよ、ほら——」

言うや否や、逸馬は布団をめくり、中に引き入れていた脇差を摑んで抜いた。

「……ひっ」

亀吉が喉を鳴らしたのは、逸馬が彼の喉元に刀身を突きつけたからだ。薄皮が切れるか切れぬかという絶妙な加減でとまっている。

長屋中に、息を呑む音が響いた。真っ青な顔をした亀吉を見て、逸馬はにこりとした。

「——これでおあいこですね」

鞘（さや）の中に刀身を戻し、逸馬は立ち上がった。

「はは、どこがおあいこだよ……俺はこれから番屋に行くよ。罪をすべて白状してくる」

「また相手にしてもらえませんよ。何も盗られていないし、誰も怪我をしていないのですから」

「だから、俺はあんたを――」

「もし、どうしても己が許せないなら、私の願いを一つ聞いてくれませんか？」

亀吉の言を遮った逸馬は、穏やかに笑んでこう続けた。

「奥さんや芳坊の分も生きてください。ずっと先だっていい……幸せになってください」

しばらくして、亀吉は差しだされた逸馬の手に、己の手を重ねた。

「うう……っく……ううう、ううう……」

亀吉は止め処なく涙を流した。長屋にいる皆も、つられたように泣いた。小春は無論泣かなかったが、鼻の奥がつんとした。

（……本当に馬鹿だと思っただけだ）

小春は己に言い訳をしつつ、逸馬を見上げた。誰よりも泣いているだろうと思ったが、逸馬の頬に涙は伝っていなかった。その代わり、見たこともないほど哀しげな表情が浮かんでいた。


裏長屋の一件が無事解決してから、いくつかの変化が起きた。

「逸馬さん、作りすぎちゃったんだ。よかったら、もらっておくれよ」

近所の人々が、そんな風に言って、逸馬に夕餉のおすそ分けをくれるようになったのだ。

「これから仕事かい？　精が出るねえ」

往来で会えば、笑みを浮かべて声をかけられ、

「俺ん家の母ちゃん、一寸困ったところがあってな……聞いてくれるか？」

果ては悩み相談までされるようになった。これまでほとんど話したことがなかった人々が皆、逸馬に笑いかけてきた。豹変した皆の様子に、小春は首を傾げるばかりだった。

「……ずるいと思わねえか？　それまで全く近づこうとしなかったし、あの一件の時だって、端から逸馬が下手人だと決めつけていたくせに……」

小春は隅田川のほとりに住んでいるかわその許に行き、そう愚痴った。

「経立のくせに、『ずるい』などと言うもんじゃないね。変わり身が早くていいじゃないか。生きるのが楽そうで羨ましいよ。俺もそんな風に生きたいものだね」

「お前は十分楽に生きてるだろ。そりゃあ、誰だって生き易い方を選ぶだろうけど。でもなあ……何だか釈然としねえんだよ」

小春はむすりと頰を膨らませた。逸馬に素っ気なくしつづけろとは言わぬが、これまでの件をすっかりなかったことにしている様に苛立ったのだ。

「あいつもへらへらしやがってさ……『謝れ』と怒ればいいのに。何で綺麗さっぱり水に流しちまうのかねえ。普通は気に喰わないもんだろ」

「水に流すのは小便だけにしろというのかい？　水にとっちゃとんだ迷惑だねえ。裏長屋の連中が気に食わないのは、あんたの方だろう？　優しい飼い主が皆にいいようにあしら

われてしまうのが嫌なのさ」

　呆れたように述べたかわそは、懐から小袋を取りだした。

「ほら、知己に煎じてもらったものだ。そいつは川の中にいるが、化け猫はおっかないからかかわりたくないんだとよ。おっかなくないよなあ？　飼い主の心配をする優しい奴なのに」

　小春は小袋を受け取りつつ、「そんなんじゃねえ」と不機嫌な声を出した。

「俺はただ、手のひら返す連中が嫌いなだけだ！　あいつのこともどうでもいい」

「どうでもいい相手のためにわざわざ他の妖怪を頼って薬なんか探すかねえ」

　かわそは小首を傾げながら、小春の手に渡った小袋を指した。小春はぐっと詰まった顔をして、「違う」と小声で述べた。

「これはあいつのためじゃない。俺のためだ……俺は、奴の首が欲しい。そのためだったら、何でもできる——必ず、やってみせるさ」

「何だかな……あんたは俺じゃなく、自分に言っているみたいに聞こえるよ」

　かわその指摘はもっともだった。小春は紛れもなく、己に言い聞かせていた。

（大丈夫……大丈夫だ）

　いつかの逸馬が述べたのと同じ台詞が、このところずっと小春の心の中に居座りつづけている。駄目だと思ってしまったら、本当にそうなる気がしてならなかった。

　黙り込んでしまった小春を見て、かわそは肩を竦めて言った。

「まあ、何でもいいさ。深く追及するのは性に合わないんでね。それに、あんたが楽しくやれるなら、俺は喜んで手を貸すよ」

「やめろよ、気色が悪い……妖怪のくせに、人間みたいなこと言うな」

小春は眉を顰めて答えた。人間の行動の中で一等理解できぬのは、他人の幸せを願うことだ。他人の成功を我がことのように喜び、失敗を悔しがる——かわそに言ったように、気色が悪くてならなかった。

(自分のことだけ考えてりゃあいいんだ)

いくら心を寄せても、他人や他妖の心など分からぬものだ。それなのに、当人のような気になって泣いたり笑ったり怒ったりする。そういう無意味なことをするのは人間と相場が決まっているが、かわその口ぶりだと、彼も人間のように、小春を心配しているように思えてしまった。

「お前さ……人間みたいになるのはよせよ？　せっかくの力が鈍っちまうぞ」

「人間みたいにねえ……俺には、あんたの方がそう見えるよ。本当に大丈夫なのかね？」

急に真面目な顔をして答えたかわそに、小春はまたしてもぐっと詰まった。

「——助かった。できた借りは、いずれ必ず返す」

すっくと立ち上がった小春を見て、かわそは溜息を吐きつつ、頷いた。今の小春に何を言ってもしようがないと思ったのだろう。

かわその許を去った小春は、急いで裏長屋に戻った。四半刻かかるところを、その半分以下で済ませるほどの俊足だったが、足よりも気持ちが急いてしようがなかった。

裏長屋の一件が解決してから、もっとも変わったのは逸馬だ。彼はあれから徐々に体調を崩し、三日前とうとう床についてしまった。医者に診せたが、原因は分からない。

——疲れが溜まってしまったのかもしれぬ。そう心配するな。すぐに治るさ。

そう言って小春の頭を撫でたのが、昨日のことだ。顔色は悪かったが、まだ笑みを浮かべる余裕があった。しかし、今日はもはや目を開けていることすら辛いようで、眉間に皺を寄せて、小さく唸り声を上げていた。

——逸馬さん、しっかりしてくれ！　俺に「生きろ」と言ってくれた、あんたが死ぬな……！

亀吉は今朝からずっと逸馬の床の傍らで、声をかけつづけていた。

——そうだよ、逸馬さん！……あたしら、碌に謝ってもないんだ……ごめんね、はまだ言わないよ。あんたが元気になったら、言わせておくれ！　それに、ありがとうも——。

近所の皆も、涙を浮かべながらそんなことを言った。

（……だったら、最初から優しくしてやりゃあよかったじゃねえか）

かわそには、「近所の者たちは少しも悪く思っていない」と愚痴ったが、本当はそうでないことに小春は気づいていた。命を救われた亀吉だけでなく、皆も逸馬に生きていて欲しいと願っている。そこには罪悪感が多分に含まれているのだろう。しかし、それだけではないはずだ。

——このところ、近所の人々が皆いい笑みを浮かべているのだ。それを見られただけでも嬉しいのだが、私などにもよく気を遣ってくれてな。まことに優しい人たちだ。それに気づけてよかった。

逸馬は、近所の者たちの豹変ぶりを悪く言わぬどころか嬉しがった。

——亀吉さん、少し元気が戻ったようだ。よかった……生きていれば、きっとよいことがある。きっとまたいい出会いがあるだろう。私がお前に出会えたようにな。

そして、亀吉の回復を心から喜び、小春にその嬉しさを語った。自分はどんどん体調が悪くなっていくのに、それを忘れたような笑みを浮かべていたのだ。そんな逸馬のことを、悪く思う者などいはしない。

（……殺されそうになったのに、馬鹿じゃねえの？　本当にどうしようもない奴だ）

だから、首を狙われる羽目になるのだ。逸馬はあまりにもお人好しすぎる。他人の善の部分しか見ようとしないのだ。この世に悪人が一人もいないと思っているんだろう。

「……思い込みもいいところだ。結局、逃げているだけじゃねえか！　お前がそんなんだから、親友に裏切られて、訳の分からない病に罹って死にそうになっているんだろ。お前のせいだ……お前があまりにも——」

屋根の上を駆けながら怒鳴っていた小春は、逸馬の長屋の上に降り立った時、ぴたりと足を止めた。

（——何だ……？）

妖気ではない。長屋の中にいる、逸馬や亀吉たちの気でもない。だが、確かに「何か」の気配がする――。

「この陰の気は、あの時と同じものか……？」

裏長屋が荒らされた時、うっすら漂っていたのが、いま小春が感じている気配とよく似ていたのだ。もし同じものだとすれば、その頃から逸馬を狙っていたのだろう。長屋荒しの下手人は亀吉だったが、やはり逸馬の命を狙っている者が別にいるのだ。

「……三毛の龍がそばにいるっていうのに、舐めやがって！」

許さねえ――そう呟いた小春は、変化して長屋の中に突入した。皆に「化け物が出た！」と叫ばれることは必至だが、逸馬の命には代えられぬ。迷いはなかったが――。

（何だ、これ……）

長屋に足を踏み入れた瞬間、小春は目を見張った。まだ昼間だというのに、長屋の中は真っ暗だった。戸も開いたままなのに、なぜ――。

「――……！」

小春は後ろに飛び退った。外に出たつもりだったが、なぜか陽は見当たらず、暗闇が広がったままだ。

（長屋から出られねえ……いや、違う！）

ここは、そもそも長屋の中ではないのだろう。小春はごくりと息を呑み込んだ。妖気ではなく、人の気でもなく、異様な気が漂っている。屋根の上で感じたよりもずっと濃厚なその気配からして、この闇の中にいる誰かのものに違いない。しかし、姿は見えなかった。

（それに、あいつの姿も……）

しかし、気配はした。あまりにも弱々しく、今にも死んでしまいそうだった。

「──逸馬！」

小春は思わず叫んだ。

「おい、逸馬！　どこにいる!?」

長屋中に響き渡るほどの声を上げたが、物音一つしない。

「逸馬！　返事をしろ！……お前の猫が呼んでいるんだぞ!?　俺のことが大事だっていうなら、返事をしろ！　生きているなら……逸馬……！」

声をふり絞るようにして叫んだ時、ふっと青白い光が二つ浮かび上がった。

「逸馬……！」

光の中にいたのは、逸馬だった。不思議なことに、寝そべった姿で宙に浮いている。小春は彼の許に駆けつけようとしたが──。

「……お前は──」

一歩踏み出したところで、動きを止めた。

掠れた声で呟いたのは、もう一つの光の中にいた相手だった。頭からつま先まで黒装束を纏った、青白い肌の男だった。人間のように見えるが、そうではないと小春は瞬時に気
「……三毛の龍か」

づいた。黒装束の者から漂っている気配こそ、小春が感じた「陰の気」だったからだ。黒装束からわずかに覗いている顔に、表情らしきものは浮かんでいない。

背筋に、ぞくりと悪寒が走った。

(何だ、こいつは……)

小春はこの男のことを「知っている」。否、この男自身ではないのかもしれぬ。男の持つ何かに、小春は触れたことがあるのだ。それも、一度や二度ではない。これまでいくどとなく感じたが、そのたび心の臓が止まりそうなほどの恐怖を覚えた。そういう時、小春はこう思ったのだ。

まだ生きていたい――と。

「お前は……死神か……？」

己の口をついて出た言葉に、小春ははっとした。

(そうだ、これは死だ……！)

長屋が荒らされた時も今も、よくない気配を感じた。日常とはかけ離れたものだったが、確かに何度も感じたことがあるものだった。

「――そうだ」

黒装束の男は、小春の言にあっさり頷いた。小春は後じさりしそうになりながら、呻くように問うた。

「……死神さまがなぜこんなところにいる？」

「あんたの生業は、死にかけた奴の命を取ることだろ。ここにはそんな奴いないぜ」

宙に浮いている逸馬を無視して、小春はしれっと嘘を吐いた。

（こいつは死なない……逸馬の首を取るのは俺だ！）

唇を噛んだ小春は、ゆっくりと彼らに近づいていった。死神は少しも顔色を変えることなく、逸馬に向き直った。

「そいつが仕事を散々首になったり、自害を繰り返そうとしたのは、あんたのせいか？」

逸馬から気を逸らせようと問うたことだったが、予想に反し、死神はあっさり答えた。

「この者に憑いていたのは、私だけではない」

「……どういうことだ？」

「この者の発する陰の気――それに惹かれてやってきたのは、私だけではないということだ。私の他にも、厄病神や貧乏神なども憑いていた」

「厄病神や貧乏神だと……じゃあ、お前らのせいで、逸馬は散々ひどい目に遭ったのか!?」

訳の分からぬ風評が立ち、仕事を首になったのも、近所の者たちから白眼視されていたのも、亀吉にあらぬ疑いをかけられたのも、そのせいだったのだろう。

「まさか、こいつの姉や家族が死んだのも……幼馴染に裏切られたのもお前らのせいなのか!?」

「私や他の神たちが憑いたのは、この者がこの長屋に来てからだ。元々、私たちは隣の長屋にいる亀吉の許にいたのだ」

逸馬と同じように、陰の気を発していた亀吉に、死神たちは吸い寄せられたという。しかし、亀吉よりも逸馬の方がずっと陰の気を発していた。

「強い気に惹かれるのは、妖怪も神も同じだ。私はこの者に憑くことにした。他の神たちも同じだ」

「他の奴らはどこに行ったんだ……!?」

「この男を散々弱らせたので、役目が終わった。つい三日前、どこかへ消えた。後は私の領分だ」

「お前ら……義光に頼まれたんじゃねえのか?」

ほとんどそう思い込んでいた小春は、動揺しつつ問うた。

「神は誰かの頼みを聞いて動くことなどない。この者が纏っている陰の気に吸い寄せられただけだ。誰のせいかというなら、この者自身のせいだ」

「馬鹿を言うな！　そいつが何をしたっていうんだよ!?　ただ、少しばかり落ち込んでいただけじゃねえか！」

逸馬は家族を相次いで亡くし、幼馴染に裏切られて、家も財産もすべて失った。落ち込まぬ人間はいないだろう。

——清十郎は確かにやってはならぬことをした。だが、あの男を追いつめたのは、私だ。

己のせいだ、と逸馬はいつも言っていたが、そんなことは決してないと小春は思っていた。逸馬はただ、優しすぎるだけなのだ。

「……そいつのせいじゃない」

小春は絞りだすような声を出した。しかし、まるでその言が聞こえなかったかのように、死神はこう言い切った。

「この者の命を取る」

「――させるか！」

叫びながら、小春は死神に鋭い爪を振りかざした。死神は避けなかった。確実に捉えたと思ったが、何の手応えもない。気づくと、目の前から相手が消えていた。

(どこに行った⁉)

辺りを見回した小春は、「あ」と声を上げた。

「逸馬……！　死神、やめろ！」

死神は高く浮遊していた。逸馬の身も、彼と同じ高さにあった。長屋の天井を突き抜け、屋根の上よりも高い位置にいる。死神は逸馬の上に立ち、彼に向けて鎌を突きつけた。

「やめろ！　そいつを放せ！」

小春は叫びながら、飛んだ。しかし、彼らの位置には届かず、舌打ちをした。ばたばたと何度も飛ぶ小春を見下ろして、死神は言った。

「首ならばやる」

「はあ!?」

「私が欲しいのは、この者の魂だ。それさえあれば、他はいらぬ。お主は首が欲しいのだろう？　ならば、私の用が済んだ後、勝手に持っていけばいい」

絶句した小春から顔を戻し、死神は鎌を振りかざした。闇の中、きらりと光ったそれは、まるで夜空に浮かぶ三日月のようだった。

「――ふざけるな！」

小春は大声を張り、また飛んだ。それまで表情を崩すことがなかった死神が、顔色を変えた。どうやっても届かなかったのに、小春は死神の位置まで飛び上がったのだ。

「こいつは俺の物だ！　魂も俺がもらう……！」

小春は両手で逸馬の身をがっしりと抱きしめ、そのまま落下した。

（――闇に吸い込まれる）

小春は悟った。いつの間にか、逸馬の身から光が消え、再び漆黒の闇に陥った。確かに落ちている感じはしたが、いつまで経っても地につかぬのはどう考えてもおかしい。

（死神の邪魔をしたから、地獄に落ちたのか？）

しかし、後悔はしていなかった。腕の中にある逸馬を強く抱きしめ、小春は小声で述べた。

「……馬鹿逸馬。お前を殺すのは、俺なんだよ。俺以外に殺されるのは許さないからな」

「お主は首を取ることだけが目的なはず……なぜその男を助けるような真似をする？」

天から聞こえてきた死神の問いに、小春はふんっと鼻を鳴らして答えた。

「誰の命でも躊躇なく奪っていく死神には言っても分からぬだろうな。そうさ……誰かに情を寄せることなどない奴には、分かるわけがねえ」

しばらくして、死神はぽつりと言った。

「……私とて誰かに同情することはある。死期を延ばしてやることもあった。死神の理(ことわり)からは外れるが——心はどうにもならぬものだ。今回は……」

まるで人間のような言葉が耳に届いたが、空耳だったのだろう。

その時小春はすっかり闇に取り込まれており、すでに意識を手放していた。

*

気づくと、小春は長屋の中にいた。

「——逸馬さん!」

叫ぶ声が聞こえて、はっと我に返った。声のした方を見ると、逸馬が布団の中に横たわっている。その周りに、亀吉や近所の者たちがいたが、皆して泣いている。

(まさか……)

小春はぞっとしながら、逸馬の許に駆けつけた。亀吉を押しのけ、逸馬の布団の上に立ち、何度も鳴いた。

「にゃあにゃあにゃあ、うにゃあ！」

（何やってんだよ！　俺以外に殺されたら許さないと言っただろ!?　俺はお前にこれっぽちも情を抱いていないんだぞ！　まだ死んでもらっちゃ困るんだ！）

生き返れ――そう願いつつ、小春は鳴き喚いた。青白い顔をした逸馬を眺めながら、声が嗄れるほど繰り返した。

――今回は……お前に免じて見逃してやろう。

闇の中で最後に聞こえてきた死神の声は、やはりただの空耳だったのだろうか？

（空耳でもいい……何でもいいから、起きろ――逸馬！）

「……あ！」

皆の声が重なった。少し経ってから、互いに顔を見合わせて、皆は泣きながら笑った。

小春は鳴くのをやめて、荒い息を吐いた。

「……小春」

穏やかな声を出しながら目を開いた逸馬は、小春に手を伸ばした。いつもだったら、身を引くところだが、小春は自らその手に近づき、頰をこすりつけた。

「……心配をかけてすまぬ。ありがとう」

（そんなものしてねえ……馬鹿じゃねえの）

小春は内心言い返しつつ、逸馬の手に何度も頰をこすりつけた。

それから、逸馬は見る見る快復した。

「私が病で倒れていたというのは、真か？　まるで覚えていないのだが」

すっかり顔色がよくなった逸馬は、小春に何度かそう訊ねた。そのたび、小春はにゃあと鳴いて、（そうだよ馬鹿）と返事をするのだが、

「そうか、心配してくれていたのだな」

勝手に得心されてしまうので、そのうち何も返さなくなった。逸馬が快復してからも、小春はずっと警戒を解かずにいた。

（また死神が来るかもしれねえ）

そう思ったのだが、ひと月経っても、ふた月経っても、姿を現さなかった。彼の口から聞いた厄病神や貧乏神といった者たちも、逸馬から完全に離れたようだった。

（……こいつがすっかり元気になったからか？）

陰の気など一つも纏っていない逸馬を見上げて、小春は小首を傾げた。「見逃してやる」という言葉も、空耳ではなかったのかもしれぬ。

（死神が誰かに同情心を抱くなんてな……俺に免じてってところがおかしいが）

まるで、小春が逸馬を深く想っているようではないか？――そんな考えがよぎって、小春はぶんぶんと首を振った。

「では、いってまいる」

逸馬はにこにことしながら、今日も仕事に出かけた。病が治ってからまた仕事をはじめ

たのだが、最近は一度も首になっていない。今は、道具を修繕する職人の手伝いをしているらしい。持ち前の器用さを発揮して、上手くやっているようだ。

（……何もかも元通り――いや、元以上によくなった）

しかし、どうにも釈然としなかった。

――お前の他にも、荻野逸馬の命を狙っている者がいる……！

小霊狐が言っていた噂は、本当に死神のことだったのだろうか？

（だが、妖怪が神の考えていることなんざ分かるとは思えねえ）

噂の相手が死神でないとしたら――。

「……やはり、確かめるしかないか」

独り言ちた小春は、すっくと立ち上がり、外へ出ていった。


向かったのは椿の許だった。しかし、やはり彼はおらず、屋敷はもぬけの殻だった。

「……一体、どこへ行っちまったんだよ」

義光の居場所を聞きにきたというのに、それを残念に思うよりも、椿の不在が気になってしようがなかった。

（あいつのことだから、変なことに巻き込まれてはいねえだろうけれど……）

だが、もしもということはある。義光が椿にまで手を出したのではないだろうか？

「――まさかな……」

一連の事件は、逸馬の陰の気を感じ取った、厄病神や貧乏神たち、それに死神の仕業だった。しかし、噂の件もあり、本当に神たちだけのせいなのだろうかと小春は疑っていた。

——血を分けた兄弟であるお前が、あまりにも無様だからだ。

己に突っかかってきた義光の姿が、どうしても頭から離れなかった。兄弟の確執は、解決などしていない。逸馬の件にかかわりがないとしても、決着をつけなければならぬ時がきたと小春は思っていた。

(……たとえ、どちらかが傷つくことになっても、やらなきゃならねえ)

本当はそんなことしたくはなかった。この世でたった三匹きりの兄弟なのだ。甘っちょろいと言われても、小春は椿と義光を切り捨てられずにいる。何十年会わなくとも、彼らが同じ世のどこかに生きている——そのことを、ずっと覚えていた。認めたくはないが、励みのように思っていたのだ。

(……あいつが俺を嫌いでも、あいつは俺の弟だ)

話せば分かる——とはもう思わない。こうなってはもう戦うしか道はないのだろう。本気を出せば、互いに無事では済まない。小春の方がまだ力が優っているので、おそらく義光がより深手を負うはずだ。しかし、小春は手加減する気はなかった。完膚無きまでに勝って、二度と手を出してこぬように約束させようと考えたのである。

椿が住んでいた場所を去った小春は、義光捜しに出かけた。どこかの武家屋敷に義光はいる。江戸近郊を片っ端から調べれば、いずれ見つかるはずだ。

日中は義光捜しに時を費やし、夕方には逸馬の許に帰る日々が続いた。小春は町や村、時には川も駆けた。道々で出会った猫や、妖怪にも話を聞きながら、数日経ってようやく義光らしき猫の経立がいるという噂を聞きつけ、そこに向かった。

西の空に赤い日が沈みかけた頃、小春は彼の地へ着いた。立ち並ぶ武家屋敷は、どれも同じに見えた。

（この辺だよな……うん……？）

小春は道の途中で足を止めて、くんと臭いを嗅いだ。

「……臭え」

鼻が曲がりそうな臭気に、思わず顔を顰めた。どこからともなく、血の臭いがした。

（大量に魚でもさばいたのか？　だが、魚臭くはねえな）

どちらかというと、獣のような臭いがした。しかし、獣ほどの臭気はない。

小春は物音を立てぬように、静かに歩きだした。臭いをたどりながら進んでいき、ある屋敷の前で足を止めた。門は閉じている。小春は迷わず飛び上がり、塀を越して中に入ると、特に臭気が濃い裏の方へ駆けた。心の臓が早鐘を打ち、胸が苦しかった。

（……まさか）

そんなはずがない――と言い切れぬまま、小春は裏の庭に出た。

「――」

足を止めた小春は、絶句した。夥しい血が、辺り一面に広がっている。血の海の中には、人が二人倒れていた。どちらも息絶えているとすぐに分かった。哀しみの中で死んだのだろうか。二人とも、涙を流していた。

「……義光」

小春が呟くと、死んだ人間の前に立っていた三毛猫が、ゆっくりと振り向いた。虚ろな表情を浮かべる義光は、全身が朱に染まっていた。

四、朱に染まる

「義光……」

　小春は再び呟いた。

「なぜここに」

　義光の声は平素通りだった。その平素というのは、小春に突っかかってくるようになる前——まだ母猫の庇護下にあった、幼い頃だ。尖ってはいるものの、性質の良さが分かるような、穏やかな声音だった。小春は一瞬、昔に戻ったような心地がしたが——。

「……どうして二人も殺したんだ」

　血の海に立ち、血に塗れた猫を見据え、小春は押し殺した声で問うた。義光はじっと遺骸を見つめたまま、何も答えなかった。

「猫股になるためなら、首は一つでよかったはず……なぜ、二人も殺したんだ！」

　叫んだ小春は、己の身の内から妖気が湧いてくるのを感じた。飼い主を無残に殺した義光のことが、どうしても許せなかったのだ。怒りに任せて変化しようとしたが、

（何だ？）

義光の様子がおかしい――そのことに気づき、思いとどまった。

「お前、一体どうしちまったんだ……？」

血に染まった義光の顔は、人形のように固まっていた。瞬きもせず、歯を食いしばって佇み、地についた足はそれぞれ拳を作るように強く握り込まれている。まるで、泣くのを堪えているかのような、そんな必死の姿に見えた。

（おかしいだろ、何でお前がそんな……）

義光は人間を屁とも思っていないのだ。そうでなければ、必要もないのに首を二つも取ろうとは思わぬはずである。義光は変わってしまった。妖怪らしくなったといえば聞こえはいいが、猫らしさはなくなり、小春たちの弟らしさもなくなった。今は、残虐非道なだけの妖怪でしかない。

（どうしてそんなに変わってしまったんだ……？）

血の臭気に顔を顰めつつ、小春は足を踏みだしたが、

「――近寄るな。これらは俺の物だ」

義光が鋭い声で制止してきた。

「……俺が横取りすると思ってるのか？　ハッ、冗談じゃねえ！　お前が無駄に殺した人間の首を、俺が持っていけるはずなんかねえだろ！」

思わず怒鳴った小春だが、義光の顔を見て目を見開いた。そこに浮かんでいるのは、泣

きだす寸前のような歪んだ表情だった。

「……お前が殺したんだろ？　なのに、何でお前が傷ついたみたいな顔をしてるんだ！」

「……分からぬ」

「何だよ、それ……自分の気持ちも分からないなんて——くっ」

　話している途中で、小春は後ろに倒れた。義光が一足飛びに向かってきたのだ。避けることはできたが、そうしなかった。覆いかぶさった義光は、小春の肩に鋭い爪を食いこませた。顔を顰めざるを得ぬほどの痛みだったが、小春はぐっと堪えた。

（やっぱり、こいつが何を考えているのか、俺は知りたい）

　顔を合わせるまでは、戦い、打ちのめして、分からせるしかないと思っていた。だが、義光がいくら小春を嫌おうと、どうしたって心底嫌いにはなれなかった。小春にとって、義光はたった一匹の弟なのだ。

「……どうしてこうなった？　話を聞かせてくれ」

　真実を、義光の心を聞きたい——そんな想いを籠めて、小春は問うた。義光の赤く染まった目は、小春の真意を探るような色を湛えている。

「三……」

　しばらくして、義光は小春の上から静かに退いた。黒色の瞳に戻った義光は、血の海に倒れている者たちをじっと見据えて言った。

「常盤（ときわ）に、伊周（これちか）だ」

小春はゆっくり身を起こし、義光の視線の先を追った。女の方――常盤というのだろう――は、薄目を開いたまま死んでいる。涙を流しているが、口元には笑みが浮かんでいた。美しい顔立ちだが、どこか儚げだった。一方、彼女の近くに横たわる男――伊周は、目を閉じていた。しかし、赤く腫らした目尻には涙の痕があった。常盤のような佳人とは違い、凡庸な見目をしている。眉間に寄った皺は、彼の気難しさを表しているかのようだ。

「俺を飼っていたのは、常盤の方だ。伊周は、ずっと俺を追いだそうとしていた」

「それは、椿からちらりと聞いたが……猫嫌いだったんだろ、その伊周という男は」

小春の言に、義光は「分からぬ」と答えた。

（さっきから、分からねえことだらけじゃねえか……）

己のことなのに分からない。そんなことがあるのだろうか？

「……だが、分かることもある」

義光の言葉に、小春は顔を上げた。これから己に何かを話そうとしている――それに気づいた小春は、こくりと頷いた。

*

（……しくじった）

三は舌打ちをした。余裕で勝てる――そう思った相手に、怪我を負わされたのだ。もっとも、返り討ちにしたので、相手の怪我の方がずっとひどかった。

（勝てぬと分かってから大勢仲間を呼ぶなど、汚い奴らめ……あのまま皆死ねばいい）

心の中で罵ったが、気は晴れなかった。左の後ろ足から、大量の血が流れでている。普通の猫だったら、すでに死んでいただろう。三は経立なのでこれしきの怪我で倒れることはないが、しばらくはまともに動けそうもなかった。

「おやおや……三殿ではござらんか」

足を引きずっていると、妖気を纏った犬に声をかけられた。どうやら、三と同じ経立らしい。経立が嫌いな三は、また舌打ちした。実力があるのに、未だ猫股になれていない三を馬鹿にしてくるのは、たいてい経立だった。

「あなたほどの方が、そのような怪我をされるなど……どなたと戦われたのですか？」

三は無言で歩を進めた。すれ違いざま、犬の経立は、ニヤリとして言った。

「もしや、三毛の龍ではありませんか？　猫の経立の中で最も力がある、あなたの兄上の――」

後ろに吹っ飛んだ犬の経立は、地に尻餅をつき、動揺しきった声を上げた。

「……な、何を……!?」

犬の経立を片足で蹴り飛ばした三は、少し離れたところから低い声音を出した。

「再び、俺の前で奴の話をしてみろ。今度は殺してやる」

「……ひいっ」

犬の経立は情けない声を上げて、そそくさと逃げ去った。

（……殺しておけばよかったか）

足からさらに出血したのを感じつつ、三は息を吐いた。元々、気が長い方ではないが、このところずっと苛立っている。今日怪我を負ったのも、その苛立ちからくる油断のせいだったのかもしれぬ。少しでも隙を作った己が許せなかったし、そこをついて姑息な真似をしてきた連中も腹立たしかった。極めつけが、犬の経立が放った言葉だ。

「……最も力がある？　何も知らず、愚かなことを」

三には兄がいる。一番上は黒猫で、二番目は義光と同じ三毛猫だ。三匹とも経立だが、才と力量には差があった。兄弟の中で最も強いのは、一番上の黒猫——一だ。

——あーあ……お前は弱いね。私の才を少し分けてあげたいほどだ。不憫な子だね。

三が手合わせを願って負けるたび、一はそう言って笑った。あからさまな嘲りだったが、さほど腹は立たなかった。天というものがあるなら、そこから与えられた特別な力——それが生まれつき、一には備わっていたのだ。他とは格が違うと分かっていたからこそ、一に笑われても黙っていた。悔しさよりも、畏怖の気持ちの方が強いほどだった。

そんな一の強さは、妖怪の世にも勿論通っている。しかし、一は妖前に出るのが好きではないらしく、その姿を見た者はほとんどいなかった。

（あの兄者に負けるならしようがないが……あれは駄目だ）

あれこと、「三毛の龍」は、三の二番目の兄だ。共にいた時は、龍などという大層な名前ではなかった。兄弟が別れ別れになってから、いつの間にやら名乗りだしたらしい。

「……ただの猫のくせに、図々しい奴だ」

三は忌々しげに吐き捨てて、足を引きずりながら歩きだした。三が一に嘲笑われていると、龍は決まって口を挟んできた。

——今は俺たちの方が先をいってるが、十年後は分からん。いや……お前は真面目で努力家だ。一年後には抜かされているかもな。そうならねえように、俺も修業しねえと！

旅立ちの日もそう言って三を励ましてきたが、少しも嬉しくなかった。

（……あれは昔から傲慢な奴だった）

龍に同情されるたび、悔しくて堪らなかった。はじめはただの苛立ちだったが、時が経つにつれ憎しみに変わった。三は龍が嫌いだった。血が繋がった兄弟で、毛並みが似ているせいもあるかもしれぬ。どうしたって、己と比べてしまうからだ。龍には、一とは違った才があった。しかし、それが何なのか、三にはよく分からずにいる。

——あ……！　三、久方ぶりだな。お前も長者に会いにきたのか？

数年前、猫股の長者の許を訪ねた時、よりにもよって龍と鉢合わせてしまった。その時、龍は親しげに語りかけてきたのだ。その顔に浮かんだ笑みを見て、三は目の前が真っ白になった。久方ぶりに会ったのに、龍は三に警戒の念すら抱いていなかった。己よりも実力が下回っている、と無意識に悟ったに違いない。気づけば、三は龍に襲いかかっていた。

（……一年後には抜かされているかもしれぬ？　笑わせるな）

その時も、三は龍にかなわなかった。昔と同じか、それ以上の力の差を感じ取っただけだった。三は龍の甘さを嫌い、軽蔑（けいべつ）しているが、そんな龍に勝てぬ己が嫌で堪らなかった。

（いつかきっと……声も上げられぬほど追いつめて、負かしてやる）

この世で最も嫌いな相手を呪いながら歩いていた三は、己の息が上がっているのに気づいていなかった。

「あら……」

甘くあどけない声が近くから上がり、三は肩を震わせた。常ならば、目視できる範囲に誰かがいれば、必ず気がつく。それなのに、今は全く気づいていなかった。

（なぜだ……まさか、それほど弱っているのか？）

そんなはずはない——そう思って、己の足元を見た三は、目を剝いた。足から流れでている血の量が、尋常ではなかった。とうに止まっているかと思っていたが、出血量はさらに増したようで、来た道を振り返ってみると、蛇が這いずったような赤い跡ができていた。

「お前、足を怪我しているのね」

声をかけてきたのは、三の前に屈み込んだ女だった。あどけない声音だったので娘かと思ったが、とうに三十は超えているようだ。ほっそりとした身体つきに、黒目がちで涼やかな目元をした、なかなかの美人で、身形からして武家の妻女であるのは一目瞭然（いちもくりょうぜん）だ。

（——何だ、この女は……）

ぎろり、と睨み据えて唸ると、女の後ろにいた娘が「ひえ」と声を上げた。

「奥さま、その猫は危のうございます……！　見てください、その恐ろしい目を……！」

「何を言っているの。こんなに可愛いじゃないの」

奥さま、と呼ばれた女は笑って、三に手を伸ばした。三は一歩後退り、その手から逃れようとしたが、ふらりとよろけてしまい、地べたに寝そべった。

（……みっともない）

しかし、立ち上がることはできなかった。目を開けているのも辛く、意識が朦朧とした。ふわり、と柔らかな感触に包まれ、目を開いた三は、己が宙に浮いていることに気づいた。女の腕の中に抱かれていたのだ。

「奥さま、お召し物が汚れてしまいます！」

「しようがないでしょう。命には代えられないわ」

「命といっても、相手は猫です……」

「あら、猫の命は命として数えないというの？　おかしなことを言うのねえ」

女たちのやり取りを耳にした三は、眉を顰めた。

（……おかしなのはどちらだ。猫の命など捨てておけばいい）

そう言いたかったが、言葉を発する力もなかった。情けない――久方ぶりに感じたその思いを打ち消すように、三は首を横に振った。

「暴れないの。すぐに手当てをしてあげるから」

いらぬ、と内心返事をしつつ、三はすっかり意識を手放した。

目を覚ました三は、己が「義光」と名づけられたことを知った。

「──足の裏に痣があるのね……そう……そうなのね。義光──ねえ、義光の目は真っ黒なのね。とても綺麗」

微笑んで言ったのは、三を膝上に乗せて抱いた女だった。三は慌てて身を捩って逃れようとしたが、女は三を離そうとしなかった。

「私は常盤というの。旦那さまは、伊周さまとおっしゃるのよ。さっきの娘は侍女のおれん。あなたは義光……とてもいい名でしょう？」

(勝手に名などつけるな……！)

三は唸り声を上げた。三は人間嫌いだが、中でもこうして善人ぶった者が許せなかった。心の中では悪辣なことを考えているのに、顔は笑っている──その様が、不気味でしょうがない。命といっても所詮猫だと言い切ったれんの方が、まだマシに思えた。

(化けの皮を剝がしてやる)

三は常盤の手にかぶりと嚙みついた。

「……あ！」

常盤は驚いた声を漏らし、嚙みつかれた手を一瞬引きかけたが、

「……傷が痛むのね？　それなら、手を貸してあげる」

眉尻を下げて言うと、嚙まれていない方の手で三を撫でた。

（……何だ、この女は）

三は驚き、嚙む力を思わず弱めた。しかし、続けた常盤の言は、さらに三を混乱させるものだった。

「しばらく嚙んでいていいのよ。それで気が紛れるなら、いくらでも」

常盤の手から血が流れているのを見たれんが、「奥さま！」と悲鳴を上げながら駆けよってきた。


三は義光と名を変え、常盤に飼われることとなった。猫股になるために飼い主の首が必要だった義光には、渡りに船だった。しかし、問題がなかったわけではない。

まずは、義光が常盤と心通わせることができるかということだ。

（そんなことできぬに決まっている）

義光ははじめから諦めていた。猫股の長者にも、素直にそう言ったのだ。

――お前と同じことを言った者が一匹いた。ついこの前のことだ。流石は兄弟といったところだろうか。

面白そうに言った長者を思いだし、義光はギリッと歯嚙みした。

（あれにだけは負けるわけにはいかぬ）

義光は龍の実力を認めていない。未だ勝ちを知らぬ相手だが、この先は決して負けぬと思っていた。あの洞窟での戦い以降、そう誓えるだけの修業を積んできたのだ。

「怖い顔。まだ足が痛むの？」

　縁側で兄弟のことを考えていると、常盤が隣に座って声をかけてきた。飼われはじめてふた月、足の怪我はとうに治っていた。普通の猫だったら、あと三月は治らぬだろう。回復が早いのも経立の特徴だ。便利なことこの上ないが、傍（はた）からすると気味が悪いらしい。

　――奥さま……この猫、おかしいです。傷の治りが早すぎます……！

　そう言ったのは、侍女のれんだ。はじめて会った時から勘の鋭そうな女だと義光は警戒していたが、その通りだったらしい。常盤は「思ったより傷が深くなかったのね」と笑って取り合わなかったが、それ以来、れんは胡乱な眼差しを向けてくる。今も、廊下の端に控えながら、義光の様子をひどく気にしているようだ。

「義光の怪我が早く治りますように。足の裏の痣のように、跡が残りませんように」

　義光を膝の上に乗せた常盤は、義光の足を優しく撫でながら呟いた。滑稽だ、と義光は嘲笑った。義光は妖怪になりかけの経立だ。神仏への信心など少しも持ってはいない。

「可哀想に……早く治りますように」

　憐憫（れんびん）の表情を浮かべる常盤を見て、義光は顔を背けた。膝上から逃れたいのは山々だが、好きにさせておいた。情を寄せてもらってからでなければ、首を取ることはできぬのだ。

（……そろそろ、撫でるのを止めろ。また面倒なことになる）

　念じていると、常盤の手が止まった。安堵したのも束の間、心配した事態が起きた。義光の身体が、ふわりと宙に浮かんだのだ。

「おやめください！」

にわかに声を上げたのは、常盤だった。腕の中から取られた義光に追いすがり、再び「おやめください！」と叫んだ。

「早く捨ててくるようにと申したはずだ」

義光の首根っこを摑み上げて言ったのは、この屋敷の主人——伊周だった。

（……出たな）

義光は伊周を睨み据えながら、心の中で唸り声を上げた。

「だ、旦那さま……！　どうかお放しくださいませ！」

れんは伊周の許に駆け寄ると、彼の手から義光を奪い取った。義光が不穏な気を発したのを無意識に察したのだろう。すぐに我に返ったれんは、義光から手を放した。

「義光に何をするの……！」

常盤は悲痛な声を上げて、地に落ちた義光を抱きかかえた。伊周がさらに顔を顰めたのを見て、義光は小さく鼻を鳴らした。

（この男は、俺がこの女に名を呼ばれた時、いつもこの顔をする）

単純に怒っているというよりは、苦虫を嚙み潰したような表情だ。唇を嚙みしめ、歯嚙みをする様は、何かに堪えているようでもあった。

「この子はまだ足が痛いのに……どうして皆ひどいことをするの……」

すすり泣きだした常盤を見下ろして、伊周は冷え冷えとした声を出した。

「自分でできぬのなら、引き渡せ。捨ててくる」

「そんな……できません……」

「できぬのではなく、やるのだ」

常盤はますます義光を強く抱き、嫌々というように首を横に振った。伊周は常盤をじっと見据えていたが、そのうち踵を返した。

「その猫はお前に相応しくない。捨てろ」

廊下を曲がる時、そんな捨て台詞が聞こえた。びくりと震えた常盤の腕の中に抱かれながら、義光は心の中で唸り声を上げた。

（……あいつさえいなければ——）

何度思ったか分からぬことをまた考えた。


義光にとって一等の問題は、常盤の夫の伊周だった。はじめて義光の姿を認めた時から、伊周は義光にあからさまな嫌悪の表情を向けてきた。

——その猫は何だ？　まさか飼うつもりではなかろうな。……捨てろ。

——旦那さま……どうして？　義光を捨てるなんて、私にはできません。

常盤の言を聞き、伊周は一瞬啞然とした顔をして、「やめろ」と怒鳴ったのだ。それから、伊周は義光を見るたび、常盤に「捨てろ」と言ってきた。

「旦那さまのことを怒らないであげてね……」

伊周にまた「捨てろ」と言われた日、常盤は義光を撫でながら言った。赤く腫らした目は見慣れたものだ。伊周に義光の処分を促されるたび、常盤は泣くのだ。

「義光を嫌っているわけではないのよ。仲良くしたいのに、素直になれないのでしょう」

(何を馬鹿なことを)

義光は思わず嘲笑った。伊周は誰がどう見ても、義光を追い出したがっている。義光はたいがい常盤のそばにいたが、まれに離れる時もあった。そういう時に伊周と出くわすと、義光は首根っこを摑まれて、屋敷の外に連れていかれるのだ。隣町に捨てられたこともあった。しれっと帰ってきた義光を見ても、伊周は驚いた表情をしなかった。大体にして、伊周はいつも不機嫌そうな表情を浮かべている。笑顔など、一度も見たことがなかった。

「旦那さまは、犬も猫もお好きなのよ。虫にも慈悲をかけるくらい、優しい方なのだもの。本当はあなたにも優しくしたいに決まっているわ」

常盤の語りは、空々しく響くばかりだ。当人も、それが真実だと思っているわけではないのだろう。だから、己に言い聞かせるように何度も同じことを言うのだ。

(愚かで弱い女だ。あれは大の猫嫌いだというのに)

伊周は今のところ手を出してはこないが、そのうち実力行使に出るのではと義光は睨んでいた。伊周が義光を見る目には憎悪が籠っている。

(……否、憎悪とはまた違うのかもしれぬ)

よからぬものであることは間違いなさそうだが、義光はその正体を摑みきれずにいた。

「……っ」

義光は小さく呻いた。怪我をした足に、常盤の爪が刺さったのだ。撫でる手に、うっかり力を込めてしまったのだろう。

「ごめんね、痛かった？　ごめんなさいね」

常盤は泣きそうな顔をして何度も謝った。常盤は見目と違って抜けているらしく、よくこういうことがあった。

（この女は、何かが少し欠けているのかもしれぬ）

時折、ひどくぼうっとしている。おそらく今も、心がどこかへ行ってしまっていたのだろう。義光は人間に同情などしないが、（無理もない）とは思っていた。

常盤は何度も子を亡くしているのだ。三度流れ、四度目にようやく生まれた子は、二つまで持たなかったようだ。四人目の子が死んだ一年前、伊周が「子は諦めよう」と述べたらしい。近くに住まう妖怪たちに話を聞いたので、すべてが真実かは分からぬ。だが――。

「ごめんなさいね……私がこんなだから、皆死んでしまったのよね……ごめんなさい」

時折、常盤が漏らす懺悔の呟きを聞く限り、仕入れた噂は真実なのではないかと思えた。

（愚かな人間だ。死ぬ時は誰だって死ぬ）

義光は心中で呟きながら、常盤の膝の上で寝返りを打った。しかし、常盤はそうは思えぬのだろう。いつまでも死んだ子の歳を数えつづけるような女だ。何度も哀しみを経験しているからこそ、義光のような怪我を負った小汚い猫にも優しく接してくるのかもしれぬ。

「私がこんなだから、おれんもいなくなってしまったのね……元気にしているかしら」

哀しげに微笑んだ常盤を見て、義光は肩を竦めた。れんが暇を告げたのは、先日のことだ。急なことだったらしく、他の小者たちも驚いていた。義光も去ったところを見ていない。常盤には「故郷の父が倒れた」と述べたらしいが、嘘だろうと義光は思っていた。

(辻斬りと俺のおかげだ。煩い女がいなくなって、助かった)

この武家屋敷の周辺で辻斬りが起きたのは、義光が来る少し前のことだった。最初に斬られたのは、十数軒先の屋敷に仕える小者だったようだ。家の用事で外に出かけたものの、なかなか帰ってこず皆が妙に思っていたところ、翌朝道端で遺骸が発見されたとのことだった。辻斬りはそれから二件も起きているが、下手人は捕まっていない。近くに住まう者たちの動揺はもっともだったが、さほど騒ぎになっていなかっただけで、辻斬りが起きる以前から犬猫が殺されることはあったようだ。

――命といっても、相手は猫です……。

出会った時、れんが言った言葉は、ほとんどの人間の総意に違いない。いくら愛でていたとしても、人間以外はまともな命として数えられないのだ。れんも、斬られた相手が人間になった途端、恐ろしくなったのだろう。あれほど慕っていた常盤を見捨ててのことだったので、義光はますます人間に対する軽蔑の念を深めた。

「旦那さまがお帰りになりました」

侍女が、障子越しに小声で言った。常盤ははっと我に返り、義光を抱いたまま立ち上がった。常盤たちが外に出る前に、伊周が中に入ってきた。義光をじろりと一瞥した後、額に手を当てて呻くような低い声音を出した。

「辻斬りがまた起きた」

青い顔で絶句した常盤を見上げながら、義光はにやりと笑った。

(また殺したか……誰だか知らぬが、人間にしては面白い奴だ)

これでまた、近所中が騒ぎになることだろう。人間が怯えるのを見ることほど面白いことはない、と義光は思っていた。

「下手人の手がかりは何一つない。斬られた者たちにも、共通点はない。おそらくは相手を選ばす、行きあった者を斬っているのだろう。斬れれば誰でも構わぬに違いない」

伊周の言を聞いていた常盤は、震えていた。抱く手に力が入り、義光は唸って抗議した。

「ああ——ごめんなさい……」

少し経って、常盤は力を緩めた。かち合った視線には、怯えの色が滲んでいる。

「いつ何時、誰が殺されるか分からぬ。お前は決して外に出るな」

「……はい」

伊周の言に、常盤は一瞬詰まって頷いた。常盤はこのところ外に出ていない。伊周に禁じられたせいだ。義光が来てから間もなくのことなので、半年はこの屋敷の中に軟禁状態である。一見、常盤を想っての行為に思えるが、侍女たちはこんな風に噂していた。

——危ないからなんて言い訳だわ。旦那さまは、奥さまがお嫌いなのよ。そうでなければ、あれほど冷たい態度を取られないわ。以前は、それは仲睦まじいご夫婦だったのに……。

——でも、旦那さまは元から不器用なところがある方よ。きっと本当に奥さまを想ってのことよ。それに、私たちには相変わらずお優しいじゃない。

——それがおかしいのよ。どうして奥さまだけに冷たく当たられるの？　旦那さまのお優しさにはいつも感謝しているけれど……奥さまへの態度はあんまりだわ。

「外には出るな。そいつもさっさと捨てろ」

そう述べた伊周の顔に浮かんでいるのは、ぞっとするような酷薄な表情だった。およそ、愛妻に向けるものではない。常盤は俯き、また義光を強く抱きしめた。

「捨てろ」

伊周は再び述べて、踵を返した。その姿が障子の向こうに消えて間もなく、常盤は呟いた。

「……捨てたりなんかしないわ。そんなことするくらいなら……死んだ方がいい——」

（……死ぬ前に首を寄越せ）

義光はそう思うことで、芽生えつつある気持ちを胸の中にぐっと押し込んだ。

伊周は常盤に冷たい態度を取るものの、無体なことはしなかった。それは、義光にも同じだった。そのうち手を出してくるだろうと踏んでいた義光は、予想が外れて苛立ったが、

（俺に隙がないだけだろう）と思い直した。再び辻斬りの一件が起きてからというもの、伊周は前以上に義光の処分を口にした。常盤は頑なにそれを拒否して、起きている時はずっと義光を抱いているようになったのだ。

（――うっとうしくて堪らぬ）

苛々が募ってしようがなかったが、拒むこともできず諾々（だくだく）と従う日々だった。緊張状態が続いていたが、それから辻斬り事件は起きなかった。下手人は、露見する前に逃げおおせたのかもしれぬ。近所からちらほら笑い声が聞こえるようになり、このまま日常に戻っていくかと思われたが、相変わらず伊周は常盤の外出を禁じた。

（――そろそろいいか）

屋敷の者たちが寝静まったのを見計らい、義光は外に出た。日中は常盤の腕に抱かれているので、彼女が就寝してからが義光の自由な時である。行先は特段決まっていなかった。強い妖気が少しでも感じられたら、そこへ向かう――それが義光の日常だった。こうして修業をしつづけている点は、小春と同じだ。なまじ似ているからこそ、相容れぬのかもしれぬ。しかし、強くなりたい――その意志は、互いに曲げられぬものだった。

やがて、喧嘩を売ってきた烏（からす）天狗を倒した義光は、冷ややかな目線で相手を見下ろした。

「自らしかけてきたくせに、まるで手応えがない」

かろうじて息はしているが、この調子ではしばらく目は覚めぬだろう。とどめを刺さずに踵を返したのは、情けをかけたからではない。烏天狗が今の無鉄砲さを持ちつづけている限り、義光がわざわざ手をくださずとも、そのうち誰かに殺されるだろう。

「愚か者め」

今相手にした烏天狗のように、大した努力もしないのに強い気でいる者を見ると、虫唾が走った。

その後、四妖を相手にして武家屋敷が立ち並ぶ通りに戻ってきたのは、夜明けの一刻前のことだった。まだまだ辺りは暗いが、何とはなしに闇の気配が薄まってきたような心地がした。いつものように、塀の上を音も立てずに歩いていた義光は、ふと足を止めた。

（……誰かいる）

静かに塀から降りた義光は、耳を澄ましながら歩きだした。相手は人間だ。息遣いと微かな衣擦れの音が聞こえる。しかし、じっと立ち止まっているようで、足音は聞こえなかった。やがて、何かの臭いが漂ってきた。

（血の臭い……件の辻斬りか）

再び起きるような予感はしていた。一度斬ることを覚えた者が、そう簡単に感触を忘れられるわけがない。

細い路地を覗いた義光は、目を剝いた。路地には二人の男がいる。一人はすでに死んでおり、道に倒れていた。もう一人はその横に屈み込んでいる。目を閉じ、眉間に深く皺を寄せた表情は、見覚えがありすぎるものだった。

（こいつが下手人だったのか――）

男が目を開ける前に、義光は踵を返し、急いで屋敷に駆けた。縁の下に入ってじっとしていると、密やかな足音が聞こえてきた。庭を通った男は、忍び足で裏戸に近づき、静かに中に入った。廊下を進み、自室に入った音を聞き届けた後、義光も屋敷へ上がった。男の自室の前に立った義光は、そこへ腰を下ろした。こうしていれば、むやみやたらと出られぬだろう。

義光はこの夜、ある決意をした。一つ目は、しばらくの間、男を見張るということだ。万が一でも、常盤を斬られてはかなわぬからである。義光は自力で常盤を殺し、首を取りたかった。件の辻斬り事件の下手人だと分かった男——伊周に邪魔立てされるわけにはいかぬ。

(必ず首を取ってやる——こいつの分も)

もう一つの決意は、常盤のみならず、伊周の首もいただくということだった。人を斬ることに愉悦を感じている者を斬るのは、さぞや楽しかろう——そう思ったのだ。

この夜以来、義光は伊周の後をついてまわった。

「義光、どうしたの？　旦那さまの邪魔をしては駄目よ」

常盤が焦ったように声をかけてきたが、義光は無視した。

(邪魔をするためにそばにいるのだ)

伊周が出仕している時は、物陰から様子を窺った。まさか、家の外まで追いかけてくるとは思っていなかったようで、伊周は義光の姿を目にした瞬間、ぎょっとした顔をした。

「――――」

口を開きかけたものの、伊周は何も言わなかった。仕事が終わり、屋敷に帰る際にも、義光はしれっと伊周の後を歩きはじめた。怪訝そうな顔で見てきたが、ここでも無言だった。結局、家に帰るまで、伊周は固く口を閉じたままだった。

屋敷に帰るなり、義光は常盤に抱きしめられた。姿が見えぬので、家中を捜しまわっていたらしい。

「一体どこへ行っていたの……危ないから、外に出ては駄目よ。また怪我をしたらどうするつもりなの……？」

今にも泣きだしそうな表情を浮かべて言った常盤を、義光はまじまじと見た。白い面はさらに青白く、血の気が引いている。

（夫が辻斬りをしているとは、露ほども考えていないのだろう）

伊周は少々険があるものの、見かけや普段の振る舞いは普通の人間だ。それなのに、人を斬っている。それも、何人も滅多刺しにして――。

「旦那さま、申し訳ございません。一寸目を離した隙に、姿が消えてしまって……これからは、私がいつも胸に抱いているように致しますので、どうかご容赦くださいませ」

自室に入りかけた伊周の後ろに立ち、常盤は深々と頭を下げた。伊周はちらりと振り向き、常盤の腕の中にいる義光を一瞥した。

「……今日のことは何でもない。言いたいことは、ただ一つだ」

捨てろ――。

そう言い捨てて、伊周は部屋の中に消えた。閉められた戸の前で立ち尽くした常盤は、

「ごめんなさい」と小さな声音を出した。常盤の震える手に抱かれながら、義光は伊周を
どうやって殺すか考えていた。

（……人を斬った後がいい）

興奮しているだろう伊周を、嬲（なぶ）って殺す。その後、屋敷に戻り、常盤の首をもらうのだ。

「……あまり危ないことをしては駄目よ。あなたに何かあったら、私はとても哀しいの。

でも、旦那さまを好いてくれて、嬉しいわ」

優しく触ってくる細くて冷たい手に、義光は目を細めた。

（……こいつは一思いに殺してやる）

幸せの中で、己が殺されたことも知らず、笑みを浮かべたまま首を落とす――。義光が
そんなことを考えているとはつゆ知らず、常盤は穏やかに微笑んだ。

義光が伊周をつけはじめて四月――。
辻斬りは起きなかった。犬猫が殺されたという知らせもなく、巷は以前のような平穏さ
を取り戻しつつあった。
（俺が見張っているからやらぬのか？……否、違うな）

　伊周からすれば、義光はただの猫だ。猫に辻斬りを見られたからといって、どうということもない。それが気になるなら、義光を斬ればいいだけの話だ。勿論、伊周が義光に敵うわけはなく、返り討ちにされるのが関の山だが——。

（それに、あいつは俺のことを気にもしていない）

　屋敷の外でも中でも、義光は伊周のそばを離れない。二日目くらいで、「うっとうしい」と言って、手を上げてくるかと思ったが、伊周は文句一つ言わなかった。ちらりと見てくることはあっても、足蹴にはせず、ましてや斬りつけてなどこなかった。それどころか、以前よりもわずかに険が薄れたような気もした。それは、主に義光を見る時の視線に表れていたため、義光は己の目がおかしくなったのかと首を捻るばかりだった。

　しかしある日の帰路、伊周は珍しく常とは違う道を歩きだした。

（——いよいよ、本性を現し、人を斬りに行くのだな）

　ぺろりと唇を舐めた義光は、その身にうっすら妖気を漂わせながら後を追った。まだ陽が出ている最中なので、人を斬るには不向きな刻限だが、

（我慢できなくなったのか？）

　獣や人を次々襲うような男だ。ついに、その正体が暴かれる時がきたかと思ったが——。

　伊周が向かったのは、人気のない近所の小川だった。

（……朱に染まっている）

　義光は思わず感嘆の息を漏らした。水面を染めている朱色の正体は、川のほとりに生え

ている立葵(たちあおい)のせいだった。落ちた花弁が川に漂う様は、浮世絵の中から出てきたような見事な光景だったが、辺りには誰もいなかった。横が崖になっているため、足場が悪い。女子どもや年寄りが来るには、不向きな場所だった。大の男ならば何ともなかろうが、わざわざここへ花見をしに来るもの好きはいないのかもしれぬ。

しばしの間、伊周と義光は、水面を漂う朱を眺めていた。時が止まってしまったかのような静けさが満ちた時、伊周が呟いた。

「美しいな……」

義光は目を瞬いた。そばから離れぬようになって随分経つが、伊周の独り言を耳にするのははじめてだった。

「この朱はこれほど美しいのに、あれはいけぬ」

苦く呟くと、伊周はゆっくり義光を振り向いた。

「……このままどこかへ去ってはくれぬか」

義光は身を固くした。まさか、己に言っているはずがない——そう思ったが、この場にいるのは、伊周と義光だけだ。答えずにいると、伊周はまた水面に視線を移した。

「せっかくの命だ。もう無駄にしたくはない……」

懺悔とも取れる独白を聞き、義光は息を呑んだ。

（——ここで俺を殺す気か？）

待ち侘(わ)びた時が訪れようとしている。義光は纏っていた妖気を強め、変化しようとした。

しかし、伊周は一向に動かなかった。ぼんやりとした風情で川を眺めつづけ、空が朱に染まった頃、ようやく踵を返した。義光の脇を通り過ぎた伊周は、普段通りの足取りで屋敷に帰った。義光はその後を追いかけながら、唇を噛んだ。

（なぜ、殺さぬ……？）

殺すには二度とないほどの状況だったはずだ。

――……このままどこかへ去ってはくれぬか。

常盤には決して向けぬような、優しい声音だった。その声を発した時の伊周の顔には、いつも高圧的な彼にはおよそ似つかわしくない、弱々しげな表情が浮かんでいた。それをなぜ義光に見せたのか？　困惑が止まらぬまま、二人は屋敷に着いた。

「ああ――旦那さま！」

表戸を開けて早々、大きな声が上がった。義光は目を見開いた。なぜか三和土（たたき）の上に、小者やら侍女やらが大勢集まっている。彼らは伊周をつくづく眺めて、

「よくぞご無事で……！」

よかった、と口々に安堵の声を漏らした。

「旦那さまにもしものことがあったら、どうしようかと……本当にご無事で……」

嗚咽（おえつ）交じりに述べたのは、この家にもっとも長く仕えている老年の男だった。侍女や小者たちも、目を潤ませて頷いている。皆、心底伊周の無事を喜んでいるようだ。

「何があった」

下駄を脱ぎ、三和土に上がりながら、伊周は言った。小川の前とは打って変わり、常通りの冷え冷えとした声音だった。小者たちは、発言を譲り合うように顔を見合った。その結果、皆の視線を一身に受けたのは、奉公に来たばかりの童子だった。

「つ……辻斬りがまた出たのです！　しかも隣の屋敷の裏で！」

立ち止まった伊周は、振り返って童子を見つめた。

「……下手人は」

「また逃げおおせたようでございます」

伊周は頷くと、前を向いて廊下を歩きだした。向かったのは、常盤の居室だった。

「――私だ」

一声かけて、伊周は中に入った。義光も続こうとしたが、足を踏みだしかけてやめた。

（……これは――）

伊周が戸を閉めた後も、義光はそこに佇んでいた。先ほど小川の前で水面を眺めていた伊周と同じく、その場から動くことができなかったのだ。朱を見ると動けなくなる――そのことを、義光はこの時はじめて知った。

屋敷にいる小者や侍女たちが揃って暇を出されたのは、数日後のことだった。前から進めていたことらしく、彼らの次の勤め先は滞りなく手配された。

「ここは危うい土地だ。いつ被害に遭うとも限らぬ。私たちもこの屋敷を引き払い、よそに越そうと考えている。皆、達者で暮らしてくれ」

伊周は愛想がいいとは言えなかったが、細やかな気遣いができる男でもあった。余計なことは言わず、さりげなく労わってくれる――そんな伊周から優しく説き伏せられたら、逆らえる者など一人もいなかった。皆は涙を湛えて屋敷を後にしたのだった。

数日後の夜更け過ぎ、義光は辻斬りを目撃した。

「――あっ」

胸を突かれた相手は、小さな声を一つ漏らしただけだった。段々と力が抜けていき、ゆっくりと地に倒れた。うつ伏せに倒れたので、どんな顔をしているのかは分からない。しかし、きっと驚きの表情を浮かべていることだろう。

――もし。お加減でもお悪いのか？

倒れた相手は少し前、路地にうずくまった女を見て、そう声をかけてきたのだ。頷いた相手を抱き起こそうとした時、胸を一突きにされてしまうなど思いもしなかったはずだ。相手が儚げな女人でなければ、（もしや辻斬りか）と疑ったかもしれぬ。

どす、と鈍い音が響いた。辻斬りが、倒れた男を短刀で突いたのだ。胴だけでなく、首や手足も突きつづけた女は、しばらく経ってふらりと身を起こした。

「……あら」

あどけなく、甘い声が響いた。二間ほど離れた場所に立っていた義光は、石のように固まった。

「こんなところにいたの」

そう言いながら、辻斬りは近づいてくる。逃げるか、立ち向かわなければならぬ――そんなことは百も承知だったが、身体は動いてくれない。予想していた光景であるのに、信じられぬ気持ちで一杯だった。

（なぜ……）

義光の前に影が差した。それは、辻斬りの――常盤のものだった。

「こんな遅くに外へ出るなんて、いけない子ね」

花が開くように笑いながら、常盤は短刀を振り下ろした。

「……っ」

とっさに避けたものの、肩を斬りつけられた義光は、ようやくのことで逃げだした。

（ぬかった……なぜ――くそっ）

刀だったら少しは身をかすってもしようがないところだが、常盤が手にしているのは短刀だ。あの得物でこれほど深い傷を負ってしまうなど、義光らしからぬ失態だった。何より、己がそれほどの衝撃を受けていることが、義光は信じられなかった。

数日前――伊周が常盤の居室に入った時、義光は血塗れで短刀を握っている常盤の姿を目にした。常盤が辻斬りで、伊周はそれを知っている――それが分かった瞬間だった。

あれから、義光は物陰からずっと常盤を見ていた。

――義光、どこへ行ったの？　義光、ねえ……。

常盤に何度も呼ばれたが、姿を現すことはなかった。辻斬りをするような女が、猫に情を向けるわけがない。さっさと見限って、他の飼い主を捜すべきだと思ったが、どうしても離れることができなかった。己の目で真実を確かめたかったのかもしれぬ。

（愚かな真似をした……一体何をやっているのだ）

義光は力が抜けていく身体に鞭打（むちう）ちながら、必死に前に進んだ。後ろから追いかけてくる足音はゆったりとしているが、今の義光なら簡単に追いつかれてしまいそうだった。

気づけば、義光は屋敷に戻っていた。どこか隠れるところ、と見回していた時、よく忍んでいた縁の下が目に入った。よろめきながら潜り込もうとした時、鋭い痛みが走った。

「……うっ」

先ほどとは反対の肩を斬りつけられ、義光は呻いた。

「いけない子……どうして外に出たの？」

呟きながら、常盤は短刀をまた掲げた。今度は前足にかすり、義光は唇を噛んだ。

「私を置いてまたいなくなるなんて、ひどいわ」

常盤は眉を顰めて、哀しげな笑みを浮かべて言った。

（また――？）

気を取られている間に、常盤は義光の身を押さえつけ、短刀を振りかざした。今、変化すればまだ間に合う――それなのに、義光はまた動けなかった。

（なぜだ……）

己の心が分からなかった。否、分かっていた。だからこそ、理解できなかった。そんな心は、己にあってはならぬものだ。しかし、確かに存在した。死にかけているのに、捨てきれぬほど己の身の深くに根づいている。

「義光……もういなくならないでね。私の赤ちゃ――」

そこで声が途切れた。間もなく、常盤は横にゆっくりと倒れた。

「――あ……」

声を漏らした義光は、おそるおそる己の爪を確かめた。倒れた常盤の胸に刺さっている鋭利な物が、己の伸ばした爪かと思ったのだ。しかし、義光の爪は短く、白いままだった。

(ならば、その胸に刺さっているのは一体何だ?)

常盤の胸を一突きにしていたのは、刀だった。差し引きされるたび、常盤の身ががくがくと奇妙に揺れた。常盤の目から完全に生の色が抜け落ちた時、すっと刀が引き抜かれた。血に塗れた刀を拭いもせず鞘に納めたのは、彼女の背後に立っていた伊周だった。

「……すまぬ」

伊周は掠れた声を漏らし、その場に膝を折った。倒れた常盤に手を伸ばし、まるで壊れ物を扱うように胸に掻き抱くのを、義光は呆然と見守った。

「すまぬ……義光……」

常盤、と呼び間違えたのかと思ったが、その後も伊周は、いくども義光の名を呼んだ。

「……なぜ、俺の名を呼ぶのだ」

義光が思わず呟くと、伊周はゆっくりと顔を上げた。

「お前……今、言葉を発したか？」

そう言った伊周は、義光をじっと見つめて笑った。

「お前の足の裏の痣……そうか、だからお前を義光と名づけたのか……」

義光は投げだされた己の足の裏を見て、眉を顰めた。

（星形の痣……こんなものがあったのか）

そういえば、と義光は思いだした。

——足の裏に痣があるのね……そう……そうなのね。義光——。

常盤が己に義光と名をつけた時、痣の話をしていたのだ。

「まるで同じ形をしている……まさかとは思うが、お前は本当に義光なのだろうか？　だから、お前の言葉が分かるのだろうか……」

問うた伊周は、義光の答えも聞かず、一人得心したように、何度も頷いて言った。

「……そういうこともあるのかもしれぬ。お前が私たちの許へ現れたのは、きっと神か仏の思し召しなのだろう。……今だけはそう思わせてくれるか？」

否——そう言いたかったのに、義光は思わず「ああ」と返事をした。伊周はぐっと詰まったような表情を浮かべ、嗚咽を漏らしながらぽつぽつと語りだした。

「私のせいなのだ。私が常盤の心を癒してやれていれば——」

近所で獣の死骸が見られるようになったのは、義光がここへ来る半年前のことだった。虫からはじまり、雀、鼠、と段々大きな獣の死骸が転がりだした。それが犬になった頃、伊周は常盤の不審な行動に気づいてしまう。

「……夜更けに床を抜け出したきり、なかなか帰ってこぬ日が続いた。はじめは、腹でも壊しているのかと思った。厠に入りきりで、出てこられぬのだろうと……」

あまりにも続くので、心配になった伊周は、ある日常盤に「腹は大丈夫か」と訊ねた。しかし、常盤はきょとんとして、「何のことでしょう」と首を傾げるばかりだった。症状を隠し立てするほど悪いのかと思った伊周は、その晩、厠へ立った常盤の後を追った。

常盤は厠には行かなかった。なぜか外に出ていき、ふらふらと徘徊しだしたのだ。驚いた伊周は慌てて連れ戻そうとしたが――。

「常盤は通りかかった犬に餌を与えた。優しいことをする、と思ったが……」

次の瞬間、常盤は犬の目を短刀で突いたのだ。絶命した犬を執拗に傷つける常盤を見て、伊周は（悪夢だ）と思った。急いで家に帰り床に入ったが、目が冴えてしまって眠れない。そのうち、外から誰かがくる気配を感じた。隣の布団に入った常盤が寝息を立てはじめた時、伊周は布団をめくって彼女を見た。寝巻には、血の染み一つなかった。

「だから、私は本当に悪夢を見たのだと思った……否、そう思うことにしたのだ」

あれほど犬を斬りつけておいて、血をかぶらぬはずがない。常盤ではない。ただの夢だ――しかし、翌日、道端で犬が死んでいるのが発見された。見にいった伊周は、犬の顔を目にしてぞっとした。その犬は昨晩、常盤が殺した犬だった。

その後も、犬や猫、鼠などがたびたび殺された。下手人は捕まらず、とうとう人が斬られてしまった。

「……恐ろしくて堪らなかった。まさか、人まで殺めるとは――だが、常盤がやったとは限らない。私は『辻斬り』を見たわけではない。だから、違うと信じていた」

しかし、そうしている間にも、また人が斬られた。常盤が夜中に床から出ていくたび、伊周は肝が冷えた。追いかけるべきだと思ったが、身体は動かなかった。

「……気づいていたのだ。あれが現であったことを……常盤が人まで殺めていることも」

常盤を捕らえてお上に突きだすことなどできなかった。伊周は、常盤を心の底から愛していた。たとえ常盤が人を殺めていたとしても、そばにいたかった。死ぬまで共にいると、祝言の時に誓ったことを伊周はずっと覚えていたのだ。

そんな時、常盤が義光を拾ってきた。義光を見た瞬間、伊周は（不味い）と思った。

「殺されてしまう――そう思った……」

伊周の呟きを聞き、義光は息を呑んだ。

（だから、俺を追い出そうとしていたのか）

猫嫌いだったのではなく、義光の命を守るためだったのだ。

（……だが、なぜわざわざそんな真似を？）

義光が伊周の好意を感じ取ったことなど、一度もなかった。小川に連れていかれた時、ほんの少しだけ哀れむような、慈しむような気持ちを向けられたが、それは一瞬だった。

「お前が来てからも、辻斬りが起きた。以前ほど頻繁ではなくなったが、その分相手をひどく刺したようだ。知己の岡っ引きから話を聞いたが……見るも無残な遺骸だったという。遺骸を見て、吐いた者もいたそうだ。そんな惨いことを、常盤がやったのだ……」

伊周が常盤の犯行をはっきりと目撃したのは、義光が脇道で伊周の姿を目撃した夜のことだった。いよいよ堪え切れなくなって後をつけたが、彼女が消えた狭い路地をこっそり覗き込んだ瞬間、伊周は己の行いを悔いた。

「常盤は、相手を滅多刺しにした。腹から顔、手足まで見境なく傷をつけた」

相手が完全に血塗れの人形と化した頃、常盤はようやく手を止めて、ふらふらと歩きだした。物陰に潜んでいた伊周には、まるで気づかなかったようだった。伊周は遺骸に近づいていき、しばしそれを眺めた。そこでできたのは、手を合わせることだけだった。

「私は……常盤の仕業と気づいていながら、知らぬふりをしつづけてきた。だが、それももう限界だった。常盤が人を殺めるところをこの目で見てしまったら、これ以上堪えることはできなかったのだ……あの夜、私は決意した」

(一体何を——)

顔を上げた義光は、目を剝いた。常盤を抱きかかえたまま、伊周が自らの首に刀を突きつけたからだ。

「常盤を殺して、私も死ぬ」

すまぬ――そう言って、刀を引いた伊周だったが、

「――お前……」

抱きかかえた常盤ごと横に倒れ込み、掠れた声で呟いた。伊周の刀を手で受け止めたのは、変化した義光だった。何倍にも大きくなり、牙や爪が鋭く伸び、尾が二股に割れた姿は、化け物以外の何者でもない。傷を負っているせいで、息が荒くなっているのも、傍らは殺しに飢えた魔物にしか見えぬことだろう。

伊周は青ざめた顔をさらに青くして歯を鳴らした。常盤を抱える手も震えている。その様子を見て義光は安堵した。何も恐れるものがなくなった時、人や妖怪は死を迎えるのだ。

「死ぬ気などないのだな。意気地なしめ」

義光はにやりとして言った。伊周はまだ生きられる――だが、なぜそれに安堵したのか分からなかった。常盤の首を取るついでに、伊周も殺してしまおうと思った。これまで散々冷たい眼差しを向けられ、捨てられそうになった腹いせだったが、そうしたことがなくとも、これまでの義光ならば平気で伊周を殺していただろう。人の命など何とも思っていない。情など湧くわけがない。ましてや、心を通い合わせるなど――夢のまた夢だ。

「……お前はやはり優しい子だ」

思いがけない伊周の呟きに、義光は目の色を変えた。

「姿形は恐ろしいが……お前は常盤を深く想い、斬られてもやり返さなかった。今も、私の命を気にかけてくれたのだろう?……まるで、本当に義光が生き返ったようだ」

（生き返った……？）

怪訝な顔をした義光を見て、伊周は微笑し、懐かしむような声音を出した。

「義光は、私と常盤の子だ。生まれつき、足の裏に星形の痣があった……ちょうどお前のようにな。たった一年しか生きられなかったが……優しい子だった。私たちは今でもあの子を愛している。心の中にはいつもあの子がいた。特に、常盤の心の中にはずっと……」

だから耐え切れなかったのだろう、と伊周は呟いた。涙に暮れた哀しい声だった。

――足の裏に痣があるのね……そう……そうなのね。義光――。

――義光……もういなくならないでね。私の赤ちゃ――。

常盤の言葉が脳裏をよぎった。常盤は義光に、亡くした子の姿を見ていたのだ。

「たかだか痣ごときで……このような化け猫に、愚かな」

俯いた義光が低く呟くと、伊周は首を横に振った。

「お前の正体が何でも、常盤にとっては癒される相手だった。心が壊れていくなかでも、お前といると、元の常盤でいられた。お前をずっと慈しんでいたかったのだろう。私も常盤を慈しんでいたかった。義光と名づけられたお前のことも……それで義光が帰ってくるわけではないが、まるでまた子を授かったような気でいたのだ。常盤とお前と共に生きられたらさぞや楽しかろうと……このようなことになって、すまぬ……」

また謝った伊周に、義光は違和感を覚えた。声が異様に掠れている。顔を上げた義光は、違和感の正体に気づいた。伊周は常盤の握っていた短刀で、己の首を掻き切ったのだ。

間もなくして、伊周は絶命した。それに気づきながら、義光はその場から一歩も動けなかった。常盤と伊周の遺骸を見下ろしているうちに、刻々と時が過ぎていった。

（慈しみなど……いらぬ）

欲しいのはただ一つ——情が通い合った飼い主の首だ。己が人間に情を向けるなど無理だと分かっていたので、一方的にもらえればそれでよかった。それが本心からの情でなくともいい。常盤は義光を死んだ子の代わりと思っていた。紛い物だとしても、深い情を与えられた。伊周も義光を嫌ってはいなかった。守ろうとさえしてくれた。

（化け猫に向かって「優しい」などと申すとは……）

首を斬って、さっさと長者の許へ行こう——何度も己に言い聞かせたのに、金縛りにあったかのように動けなかった。そのくせ、力が抜けてしまい、変化も解けた。

「……愚か者め」

義光は独り言ちた。

しばらくして懐かしい匂いがした。この世で最も嫌いな同じ血の通った兄のものだった。

＊

義光が語り終わると、辺りは静寂に包まれた。目の前には依然として血の海が広がり、死体が二つ転がっている。傍らには、目に赤い光を帯びた猫二匹——。浮世離れした光景だが、それを見咎める者はいなかった。

首を取る——力があれば造作ないことだと思っていたが、大きな間違いだった。簡単にできぬことだからこそ、猫股になるための試練として用意されたのだろう。強ければ何とかなると、甘く見過ぎていたのだ。

小春は微苦笑を漏らした。修業を重ね、強くなった気でいた。誰と戦っても負ける気がしなかったし、人間などとるに足らぬ存在だと思っていた。少し爪を伸ばし、喉か胸を一突きにする——それだけで、人は一瞬で事切れるのだ。小春も義光も人間が嫌いだった。椿の心は聞いたことがないが、おそらく同じだろう。彼は小春たちより強い分、人間のことをさらに舐めている。猫のままでも殺せると思っているのかもしれぬ。

——小春……私のそばにいてくれるか？

（俺に奴が殺せるんだろうか……）

殺せる——否、殺すのだ。己の道を切り開くにはそれしか手立てはない。他の飼い主を捜して首を取ることもできるが、それをしてしまったら、経立として終わりだろう。小春は逃げるのが嫌いだった。敵からも己からも——後者からは特に逃げたくなかった。

（だから、俺は逸馬を——）

ざんっ——。

思考を遮るように、鈍い音が響いた。それがもう一度続き、小春はおそるおそる顔を上げた。

「お、前……何で——」

小春は掠れた声を漏らした。義光はいつの間にか変化していた。長く伸ばした爪は、血に塗れている。もう片方の手には、二つの首があった。それは勿論、彼の飼い主たち——常盤と伊周の首だった。

「首は一つでいいはず……何で二つも斬ったんだ!?」

義光は答えず、塀に飛び乗った。話しているうちに少し回復したのだろう。動きは機敏で、力もさほど衰えていないようだ。塀に立った義光は、小春を見下ろして言った。

「俺は猫股になる。そして、ゆくゆくは長者になる。——お前はどうする？」

今度は、小春が何も返せぬ番だった。

じっと小春を見下ろしていた義光は、「分かっていた」と呟いた。

(俺は——)

「二兄者はそういう奴だ、と——」

小春が返事をする前に、義光はふっと姿を消した。往来に飛び降りたのだろう。駆ける音が響く。小春は後を追おうとしたが——。

「……誰だ？」

思わず訝しむ声を上げた。振り返った先に見知らぬ女が立っていたからだ。小柄で、浅黒い肌をしている。大人しそうな見目だが、只者ではない何かを小春は感じとった。

「れんと言います」

「おれん？　どこかで聞いたような名だな……お前、常盤の侍女か！」

ひらめいて言った小春に、れんは真顔で頷いた。

「だが、何であんたがここに……里に帰ったんじゃ――というか、人間じゃないな？」

眉を顰めて問うと、れんはにやりとして答えた。

「三毛の龍は流石に鋭い。あの猫は最後まで気づかなかったよ」

「妖気が出てないから、分からなかったんだろう。正体は何なんだ？」

問うと、れんは「さあ……」と小首を傾げた。

「あんたもそれか……」

小春は呆れ声を出した。義光といい、己のことが分からぬ者ばかりだ。

「私は私さ。正体と言われてもねえ……気づいた時には、この家に仕えていたのさ。何代も前からずっとね。まるで呪のように離れられなかった」

己の正体さえ分からなかったが、れんは気にしていなかった。れんの使命は、この家の者を守ること――ただそれだけだった。

「じゃあ、何で家から出たんだ？　里に帰るだなんて嘘吐いたんだろ？」

「嘘を吐いたのは奥さまさ。もっとも、自分が嘘を吐いたことさえお忘れだろうけど……あの方は私を斬ったんだ」

れんはそう言って、首の横を指差した。確かに、そこには刀疵と思しき跡がついている。

「私の使命はこの家を守ること――すなわち、旦那さまや奥さまを守ることだ。旦那さまが奥さまを殺そうとしていることに気づいたから、私は奥さまの辻斬りをとめようと思ったんだ。奥さまが元通りになれば、旦那さまは奥さまを害すことなんてないからね」

れんが斬られたのは、常盤の辻斬りを阻止しようとした時だった。

「でも、お前……生きてるじゃねえか」

れんの首元を眺めながら、小春は訝しむ声を出した。

「そう簡単に死なない身だ。それを知らぬ奥さまは、一度首に傷をつけたくらいで、刀を下ろしてしまった。私を殺すなら、なます切りにするくらいでないと駄目なんだ……これまで散々滅多刺しにしてきたのにね。何でだろうね……」

「そりゃあお前……特別だったんだろ」

れんは一瞬黙り込み、頷いた。

「……ともかく、それでこの家にはいられなくなった。人間だったら死んでいる傷だもの。だから、こっそり陰から見守っていたのさ。私にできたのは、いつものように、この家の者に下手人の疑いがかからぬようにすることくらいだったけれど」

「……常盤の手助けをしていたのは、あんただったのか」

ようやく合点がいき、小春は唸った。義光の話を聞く限り、常盤は派手に辻斬りをしていたようだ。それなのに、これまでまるで露見しなかった。義光は気づかなかったようだが、誰かの手助けがないとできぬことだったはずだ。見ないふりをしていた伊周ではないなら、他にいる――それが、れんだったのだろう。

「意外と頭が切れるのだねえ」

れんは高らかに笑いながら、伊周の手から短刀を奪って懐にしまい、伊周の刀を拾い上げ、鞘に納めて腰に差した。これで、二人が辻斬りの下手人と見なされることはなくなった。流れるように処理を終えたれんに、小春は問うた。

「守る家がなくなった今、お前はどうするんだ？」

「また守る家を見つけよ——そう言われているみたいだ。誰が言っているかは分からないが、声が聞こえてきたから私は行くよ。どこへかも知らないけれど、また守りたい家にね。この家にやってくる前にも、私はそうしていたような気がするんだよ。ずっとずっとね……」

れんは空を見上げながら答えた。小春は口を開きかけ、噤んだ。

(自由に生きればいいだろ——とは言えねえな……)

れんはおそらく、誰かを守りたいのだ。それは呪の力だけでないはずだ。空を見上げて涙を堪えるれんの顔には、伊周や常盤への想いが詰まっているように見えた。

そのうち、れんは顔を元に戻して、歩きだした。

「……首は二つもいらない。だが、あの猫は持っていった。理由は一つしかない」

私と同じだよ——そう述べて、れんは静かに去っていった。一人残された小春は、しばらく経って呟いた。

「……あいつがそんなタマかよ」

人間を庇いだてするなど、義光らしからぬことだ。それに庇ったところで、結局二人とも喰うのだ。深く想っているなら、そんなことできるはずがない。

だが、義光はやるのだろう。義光は、常盤と伊周を愛していた。愛しているから喰らうのだ。

「…………」

血に濡れた夫婦を眺めていた小春は、踵を返した。往来を歩きながら耳を澄ましたが、義光の足音は聞こえなかった。近所からは物音一つしないので、未だこの一件に気づいていないのだろう。もしかすると、それもれんの仕業かもしれぬ。

「……俺は誰かのために生きるなんて絶対に嫌だ。自由でいたい」

小春は独り言ちながら、ふと空を見上げた。星がたくさん出ているが、月の姿は見えない。今日は、空にいない夜なのだ。それを知りながら、小春は（もしかしたら）などと考えてしまい、ずっと顔を上げていた。

――今宵も空は美しいだろうか？　なあ、小春。

夜遅くになると、逸馬はそう言いながら、よく近くの丘へ向かった。後をついてくる小春を見て「えらいぞ」と褒めてきたが、ちっとも嬉しくなかった。小春は逸馬の首を取るためだけにそばにいたのだ。その大事な目的がなければ、後を追いはしない。丘の上に着くまで空を見上げぬ逸馬は、曇っているのか晴れているのかさえ分からなかった。だから、丘に着いて曇っていると、逸馬はがっくりと肩を落とした。星を見るのが目的なのに、本末転倒ではないかと小春は馬鹿にしていた。

「散々、『確認してから出かけろよ』と言ってやったのにな……猫の鳴き声で言ったって分かりゃしねえだろうけど」

しかし、逸馬には伝わったようで、こう返してきたことがあった。

――曇っていても、その向こうに星はある。それを想像しながら眺める夜空は、なんと美しいのだろう。今宵もきっと、星は輝いているのだろうな……ああ、そうか。雲で姿を隠していると思ったら、こんなところにいたのか。お前の目は、本当に綺麗だなあ。

小春の鶯色の目を見つめて、逸馬は心の底から幸せそうな笑みを浮かべた。

「……俺の目の玉は星なんかじゃねえ。大体、俺は月の方が好きなんだ。でかくて格好いいじゃねえか。満ちたり欠けたり忙しいし、明るく見える時もあれば、冴え冴えと見える時もあるけれど、くるくる表情が変わって面白い。消えちまったかと思えば、ひょっこり出てきたりしてさ。案外図太いところも嫌いじゃないんだ。そうだよ、まるで――」

――小春……私のそばにいてくれるか？

月と似た男が瞼（まぶた）の裏いっぱいに浮かび、小春は唇をきつく嚙んだ。

「もう、共にはいられねえ……」

掠れた声で呟いた小春は、月の見えぬ空から目を背け、闇夜を駆けだした。

五、落椿

――俺は猫股になる。そして、ゆくゆくは長者になる。――お前はどうする？

あの夜から数日間、小春は逸馬と出会う前のように、東へ行っては強い妖怪と手合せし、西へ移動しては喧嘩を吹っかけ、南や北に向かっては力の限り暴れた。しかし、これまでのように勝っても気持ちが晴れることはなかった。

（俺、一体どうしちまったんだ？）

己が分からない――そんなことははじめてだった。しかし、いくら考えても、誰と戦っても答えは出てこなかった。否、本当は分かっていたのかもしれぬ。

――小春。

「……うるせえ！」

往来で叫んでしまい、小春は慌てて口を閉じた。近くにいた男が驚いた顔で見てきたが、

「あれ、猫か……そんなら、今のは空耳か」

勝手に得心してくれたらしく、小春はほっと息を吐いた。

(……他の飼い主を見つけるか、それとも奴の許に戻って首をいただくか)

前者も後者も、今の己にはできぬ気がした。逸馬の情は日々感じ取っていた。首を取るのを躊躇しているくらいだ。小春も、逸馬を悪くは思っていない。情の欠片くらいなら、すでに持ち合わせているのかもしれぬ。

(ほんの一寸だけだ……小指の先くらいな。って、何言い訳してんだ)

「はああ……」

深い溜息を吐きながら、小春は歩きだした。いつものように、強い妖気を発している者を捜しだそうと、耳をそばだて、鼻でくんくんと嗅いだ。

(へえ……二妖もいるなんざ、めっずらし。しかも、どっちも強え!)

思わず口笛を吹きかけたが、途中で鳴き声に変えて誤魔化した。見つけた妖怪たちは、それぞれ離れた場所にいる。片方は、伝馬町辺りだろうか。こちらは、鬼のようだ。

妖気は、妖怪によって異なる。強さは勿論、種族によっても違う。同種ははっきり認識できるが、異種はぼんやりとしか分からない。だが、小春が妖気を感じ取った相手は、遠く離れているにもかかわらず、鬼だと断言できた。そのくらい強い妖気だった。

もう片方の妖怪は、柳町付近にいるようだ。

(こいつは何妖怪だ?　随分と複雑な妖気だな……数妖寄り集まってできたような——)

二妖の力は互角そうだが、得体の知れなさは断然後者だ。前者は歴戦の勇士というような、正当な力の持ち主に思えた。妖気から察するに、真面目で武骨な性格をしている気がした。かたや、後者の妖怪は、どんな考えの持ち主なのか見当もつかなかった。正体も性格も分からぬとなると、どんな手を使ってくるのか、まるで想像ができない。

「……おもしれえ」

誰にも聞こえぬくらい低く呟いた小春は、まずは後者の妖怪の許へ行くことを決めた。


(……何でここに)

見知らぬ妖怪を追ってきた小春は、心の中で呻いた。相手はどんどん移動していき、最終的に浅草にたどり着いた。しかも、逸馬が住んでいる長屋のほど近くである。

今すぐ引き返すべきだろう。この辺りをうろついていたら、逸馬とかち合ってしまうかもしれぬ。己の気持ちを見失ってしまった今、これ以上心を乱されたくなかった。

(強い奴と戦えぬのは惜しいが……今回は仕方がねえ)

嘆息して踵を返した時だった。

「小春！」

後ろからかけられた声に、はじかれるように小春は駆けだした。

「待ってくれ、小春……！」

小春の名を叫びながら追ってくるのは、逸馬だった。姿は見ていないが、小春をそんな風に必死に呼ぶのは彼しかいない。

「小春、行かないでくれ……帰ってきておくれ――小春……！」

（うるさい……黙れ！　やめてくれ！）

小春はにゃああと大きな鳴き声を上げた。悲鳴のように轟いたせいか、逸馬の追いかける速さが鈍った。その隙に、狭い路地に入り、裏長屋の屋根に飛び乗ったが――。

「しまった……！」

足を滑らせ、真っ逆さまに落ちかけた小春は、近づいてくる足音を耳にし、とっさに変化した。経立は妖怪になりかけではあるものの、変化能力は妖怪と遜色ない。猫の経立ならば、化け猫と人間の姿に変わることができる。だから小春は、いつもの経立の姿ではなく、逸馬が見ても驚かぬ存在に変化したのだが――。

どんっという音が響き、小春は「痛え」と呻いた。尻を強かに打ったのだ。

「くそ……いつもなら、上手く着地するのに。人の姿は勝手が分からん」

小春が人間に化けたのは、今回がはじめてだった。どうやら童子に変化したらしい。胸まで伸びている髪の毛は、猫の時と同じく、金、赤茶、黒の三色が交じった斑模様だ。

「人間になると何だか珍妙に見えるな……そして、尻が痛え……くそう」

尻をさすりつつぶつぶつ言っていると、目の前に影が差した。

「ひどい音がしたが……どこからか落ちたのか!?」

小春の前に立ってそう言ったのは、肩で息をしている逸馬だった。

（よく見るとそんなに恐ろしくはないけど……やはり、人相悪ぃ）

眉尻を下げ、心配そうに覗き込んでくる逸馬を、小春はじっと見上げた。たかだか数日ぶりなのに、共に暮らしていたのが随分昔のような心地がして、じわりと熱いものがこみ上げてきた。

（――いやいや、何でこいつ見て胸なんか熱くしてんだ……おかしいだろ）

ぶんぶんと首を横に振ると、逸馬は「違うのか？」と問うてきた。

「いや……落ちた。屋根から落ちたんだよ！　お前のせいで――い、いや……」

「屋根から……それは大変だ！　どこを打った？　見せてみなさい！」

「大丈夫だよ、いつ――おっさん！　ほら、この通りだ！」

慌てて伸ばしてきた逸馬の手を払い、小春は跳ね起きて、ついでに宙返りしてみせた。

「おお……身軽だなあ」

逸馬は感心したような声を上げたものの、やはり小春の怪我が気になるらしく、首を左右に傾げて見てきた。

「大丈夫、大丈夫。子猫だった時はよく落ちてたから――いや、子猫を飼ってた時な！一緒になって落ちちまったことがあるんだよ。まあ、俺は丈夫だから何ともないんだけど。何しろ俺は三毛の龍……みー……えーえっと……じゃあな！」

喋れば喋るほどぼろが出てしまうと悟った小春は、ひらりと手を振って歩きだした。

「家はこの辺なのか？　おぶってやろうか？　後から身体の痛みが出てきたら大変だ」

無視して往来に出たが、逸馬はついてきた。長屋と反対方向に進んでも追いかけてくる。

「……おっさん、ついてくるのやめてくれねえか？」

「すまぬ。ついていっているわけではないのだ。私もこちらに所用があってな。あの子を捜しに——そうだ、お主……見かけなかったか？」

逸馬が差しだした半紙を見て、小春はぴたりと足を止めた。

「……何だこれ、下手くそな犬っころだな」

「犬に見えるか？　猫のつもりだったのだが」

小春の言を聞き、逸馬は困ったような微笑を浮かべた。半紙に描かれていたのは、三毛猫の絵だった。逸馬に告げた言葉とは裏腹に、小春は心の中で（なかなか上手い）と唸った。逸馬が描いた三毛猫は、小春そのものだった。

「迷子になってしまってな……なかなか帰ってこぬから、心配しているのだ」

「迷子じゃねえ！　いや……そいつはきっと自ら外に出たんだろ。猫だって立派な獣だ。本来群れぬ生き物だし、野で生きた方が幸せなんだよ」

だからもう捜すな、と続けようとしたが——。

「な……泣くなよ！」

逸馬の目に見る見る涙が溜まっていくのを見た小春は、慌てて先ほどとは別の路地に彼を引っ張っていった。さめざめと泣く逸馬の傍らに立ち、小春は呆れの籠った息を吐いた。

（……何やってんだろ）

逸馬から離れるために放浪の旅に出たというのに——。

「……そんな猫のことなんて、さっさと忘れちまえばいいんだ。相手はなーんも覚えちゃいねえよ。今頃、新天地で楽しくやってるさ。違う飼い主を見つけたのかもしれねえ。あんたと違って金持ちで、毎日鯛ばかり食わせてくれるような、お大尽（だいじん）なんかをさ」

「私が貧乏だとよく分かったな……いや、分かるか」

逸馬は苦笑しつつ、自身の着物を抓（つま）んだ。つぎはぎだらけでぼろぼろだった。

「……猫の餌代が浮けば、新しい着物だって買えるじゃねえか。いいもんだって食える。金があれば、やりたいことができるんだ。いなくなってよかったじゃねえか」

「そのようなことはない」

鋭い声音を出した逸馬に、小春は目を見開いた。

「金があるに越したことはないが、それだけではどうにもならぬ」

「なるね！　金があったら、そんな風に痩せることはなかったし、武士でいられた。優しい嫁さんをもらって、可愛い子どもと一緒に暮らすことだってできたんだ！」

「……武士でいられた？　お主、私のことを知っているのか？」

怪訝な表情を浮かべた逸馬を見て、小春は顔を横に背けた。

「…………」

二人の間に沈黙が落ちた。先に口を開いたのは、逸馬だった。

「私は確かに武家に生まれた。だが、禄（ろく）を手放してしまったので、今はただの男だ。金も地位も何もない。本当に、何一つ持っていないのだ」

「……取り戻せばいいじゃねえか。まだ若いんだろ。やろうと思えば、何だってできる」

「いや、私は……」

逸馬は眉尻を下げて、困ったように笑った。いつもの少し寂しげな笑みだった。

「……いやって何だ？　何もする気がないのか？　ただ猫を追いかけて人生を終える気か？……そんなの生きてるって言えるのかよ！」

思わず強い口調で述べてしまい、小春ははっとした。言い過ぎた——そう思った矢先、逸馬は微苦笑した。

「そうだな……確かにそうかもしれぬ」

（何だよ、その笑みは……）

逸馬が浮かべているのは、すべてを諦めたような笑みだった。

「笑うな……」

「へ？」

「笑いたくないのに笑うなよ！　そうやってへらへら笑って、すべてを誤魔化してるだけじゃねえか……！」

低く呻いた小春は、驚きの表情を浮かべた逸馬を睨んだ。

「……俺はあんたと違ってやることがたくさんあるんだ。あんたと話してる暇はねえ」

じゃあな、と吐き捨てて、小春は踵を返した。往来に出て間もなく、「待ってくれ！」と切なる声が響いた。

「お主……以前、私と会っているだろう？　話していて、ひどく懐かしい心地がした。

きっとどこかで会っている……懐かしい心地はするが、それほど昔ではないな!?」

大声を出しながら追いかけてくる逸馬に、小春はチッと舌打ちをした。

「あんたのことなんざ知らねえよ！　さっさと帰って、具なしの雑炊でも食ってろ！」

叫び返しながら、小春は足を速めて駆けた。逸馬がどこまで追ってきたのかは分からない。ついてこられぬ速さで、力の限り走った。


夜になってたどり着いたのは、小春が生まれた場所に似た荒野だった。木が一本だけ生えているところもそっくりだが、兄弟が競い合って登ったあの木ほどは大きくない。枝に飛び乗った小春は、座り心地が良さそうな場所を探って、腰を下ろした。尾を巻き込むようにして身体を丸めた時、小春は己がいつの間にか猫の姿に戻っていたことに気づいた。

(どこで変化したんだろ？　誰かに見られたかもしれねえが……まあ、いいか)

これまでなら、正体が露見するような真似は控えたが、今はどうでもよかった。

「俺はもうあいつの猫じゃない……あいつの、あんな奴の猫じゃないんだ」

——……そんなの生きてるって言えるのかよ！

言い過ぎたと謝れなかったが、そうしなくてよかったと小春は思った。

「あいつは生きながら死んでるんだ」

口に出してみて、小春は泣きそうになった。これまで共にいた時は何だったのか——そう思った。小春と共にいることで、逸馬は立ち直った様子だった。出会った時が嘘のように、生きることに意欲を持ち、幸せになろうと努力しているように見えたのだ。

（俺に合わせていただけなんだ……本当の心はそうじゃなかった）

逸馬は生きること自体に興味がない。小春がいるから生きているだけで、己のために何かしたいという意志がないのだ。それは、共にいた頃からほんの少しだけ案じていたことだった。逸馬はあまりにも自分を後回しにした。何をするにも、小春が第一だった。

（まるで、俺のために生きているみたいだな……なんて馬鹿にしていたけど）

まさか、本当にその通りだったとは――。

「……ほんっとに心底馬鹿だ！　他妖を勝手に己の生きる理由にするなよ！　他の奴のために生きるな！　そんなの、そいつにだって失礼だろ！」

少なくとも、小春は嫌だった。己が他人の生きる理由になったり、死ぬ理由になったりするのは、堪えがたいことだ。

「自分は自分のためだけに生きるもんだろ……たとえ、そばに誰かいても、己の生きる理由は己しかないんだ。そうじゃなきゃ、生まれてきた意味なんてねえじゃねえか……！」

小春の悲痛な叫びが、荒野に虚しく響いた。

カン、カン、と硬い音が響いたのは、夜が更けてきた頃だった。

（……うるせえな）

誰かが何かを地面に突きながら近づいてくる。相手は妖怪だ。ふて寝していた小春は、さらに身を丸めた。木の上から降りて迎えうつべき場面だが、（いいや）と思った。

（それなりに強そうだが……俺の方が強い。敵意もなさそうだ）

　しかし、相手はどんどん近づいてくる。やがて木の下で足を止めた。

「三毛の龍だな。このところ、大人しくしていたかと思ったが、また暴れているそうだな。方々から非難の声が上がっている」

　小春は欠伸をしながら、「あっそ」と答えた。話しかけてきた相手は、落ち着いた声音の持ち主だった。逸馬のように温かみのある穏やかさではないが、波一つない湖面のような平静さがある。声が近いので、大柄な男なのだろう。

「我らの世でならともかく、人間の世でそのような真似はならぬ。こちらにいるつもりならば、行動を改めよ」

「何で見ず知らずの奴に指図されなきゃならねえんだ？」

「あちらの世とこちらの世を統べる役目を担っている己には、その権利がある」

「おいおい、つまんねえ冗談はよしてくれ。あんたがそんな大層なお役目についているなら、俺はそこに極楽と地獄も付け加えて統べられるってなもんだ」

　小春はからからと笑い声を上げて、はあと息を吐いた。

「……俺は虫の居所が悪い。痛い目に遭いたくなけりゃあ、さっさと失せることだな」

　小春は顔を伏せたまま、片手を払った。猫股や猫の経立に手払いされた相手は、後退る羽目になる。本当に虫の居所が悪かった小春は、長いこと手払いしつづけた。

（さて……寝るか）

こうなったら、苛立ちが納まるまで寝ていよう——そう思い、寝返りを打った時だった。

「——気が進まぬが、しようがない」

木の下から声がした瞬間、カン——と一際甲高く、硬質な音が響いた。

「……う……うわあああああ……!!」

小春は悲鳴を上げながら、必死に木の枝にしがみついた。

「き、木が光ってる!? 何だよこれ……うわあ！」

小春が居眠りしていたのは、ごく普通の木だった。しかし、今は雷鳴のように青白く光り輝き、前後左右にひどく揺れ動いている。その勢いは凄まじく、枝にしがみついているのがやっとで、とても降りられない。

「な、何……やめろ！ あんたっ……誰だか知らねえが、やめろって……うわあ！」

あまりにも揺さぶられすぎて目が回り、吐き気までこみ上げてきた。

「あんた、そこにいるんだろ!? この妙な術、解いてくれっ……おいっ！」

下を向くこともできず、小春は喚き散らした。びしっ、ばしっと、しなった枝が小春の身に当たり、無数の傷をつけた。

「いてて……地味に痛え！ なあ、あんた……まだそこにいるんだろ？……改める！あんたの言う通り、少し改めるから止めてくれ！」

約束する！——そう叫ぶと、木は揺れるのをやめて、元通りのまっすぐな形になった。

ほっと安堵の息を吐いたのも束の間、小春は「あ」と声を上げた。木を覆っていた青白い光が天辺(てっぺん)に集まったかと思うと、小春の許へ落下したのだ。

「――――っ……!!」

一瞬、息が止まった。痺れた身体が、ゆっくり地に落ちていく。現実味がなく、ふわふわとした心地がした。草がほとんど生えていない地に叩きつけられたので、ひどい痛みに襲われることを覚悟したが、何も感じなかった。青白い光に打たれた衝撃が、未だ残っているのだろう。うつ伏せに倒れたまま動けぬ小春に、傍らに立った男は言った。

「それに打たれた者は、ひと月はまともに動けぬ」

男の身体から発された圧倒的な妖気は、徐々に薄まっていった。だが、一度その妖気を感じた小春には、二度と忘れることができなそうだった。

男は踵を返し、歩きだしたようだった。遠ざかっていく足音を聞きながら、小春は起き上がろうとした。しかし、腕を立てることすらままならぬ有様だった。

(くそっ……何でこんな目に……)

――このところ、大人しくしていたかと思ったが、また暴れているそうだな。方々から非難の声が上がっている。

理由はこの言葉に尽きるのだろう。しかし、小春には得心がいかなかった。

(俺は妖怪だぞ!?　妖怪は好戦的で、誰とだって面白がって戦うじゃねえか。そうやって強くなっていくんだ。……確かにやりすぎな時もあったが、相手が弱すぎたせいだ！)

手応えがありそうだと思えば、片っ端から戦いを挑んだ。

——あー物足りない！　どこかに強え奴いねえかなあ。

例によって相手の妖怪をこてんぱんにのした後、小春は高笑いしつつ言った。その時、相手——確か、白蔵主だった——が、苦々しい口ぶりでこう述べたのだ。

——……己が一等強いと思っていると、手痛い目に遭うぞ。わしはお前よりも強い妖怪を、少なくとも四妖は知っている。一妖目は三毛の龍——お前の兄だ。二妖目は、猫股の長者。三妖目は百目鬼だ。人間の皮を被っているが、こいつほど不気味な妖気を持つ奴はいない。そして、四妖目は鎮定の矛を持つ、あちらの世とこちらの世を統べる者——。

「……あれが、白蔵主が言ってた青鬼なのか？」

小春が思い至ったのは、地に落ちてから半刻経った頃だった。小春を襲った妖怪は、とうに消えていた。カンカンという音は、矛を突く音だったのだろう。対峙した時、正体が頭をよぎりもしなかったのは、彼から発されていた妖気が、小春より劣るものだったせいだ。鬼であることにも気づかなかった。

(妖気を抑えていたのか?……せっかく強いのに、何で出さねえんだよ)

小春がもし青鬼だったら、彼が放ったであろう青白い光を、常に己の身に纏う。己はこれだけ強いのだと皆に知らしめて、その上で戦いを挑んでくるような者と手合せして、さらに強くなる——そこまで夢想して、小春は苦笑をこぼした。

「……俺より強い奴なんざ、大勢いるんじゃねえか」

数十年間、死に物狂いで修業してきたが、まるで足りていなかったらしい。

「ふふ……あっはははーっ！　面白え！　これなら、当分楽しめる！　あっはははっ！」

高笑いは、なかなかやまなかった。今、身体中を占めているのは、口惜しさではなく、喜びだった。白蔵主が挙げた者たちの他にも、強い者がいるのかもしれぬのだ。

「俺が皆見つけだして、戦ってやる。そんでもって、全員に勝つ！」

――我らの世でならともかく、人間の世でそのような真似はならぬ。

（つまり、妖怪の世でなら何してもいいってことだろ？）

青鬼の言を己の都合のいいように受け取った小春は、腕に力を籠めた。相変わらず立てなかったが、めげずに何度も試みた。

小春がようやく立ち上がることができたのは、七日後のことだった。その間、数度雨が降ったのが救いだった。

「へへへ……ひと月もかかるかってんだ」

呟いた小春は、木の下にどっかりと座り込んだ。危うく死ぬところだったが、不思議と力が漲っているような気もした。もしかすると、あの青白い光に生命力を満たす何かが宿っていたのかもしれぬ。それでも、完全に回復するまでにはしばらくかかりそうだった。

三日後、小春は隅田川の川辺に住まう、かわその許を訪れた。

「妖怪の世に行きたい？　あら……猫股になるのを諦めたのかい？　人間の姿になんか化けちまって、ついに人間になる気かい？」

かわそは小春の変化した姿をまじまじと眺めて、驚きの声を上げた。

「人間の姿に化けたのは用心のためだ。今日、近くで祭りがあるんだろう？　猫が喋ってるところを見られたら面倒だからな。……さあ、妖怪の世に連れていってくれ！」

「せっかちで勝手な経立だなあ」

呆れ声を出したかわそは、首筋を何度もさすった。

「何だよ、嫌なのか？」

「嫌じゃない。そうじゃなくてさ……うーん」

煮え切らぬ態度のかわそに、小春は腕組みをし、頰を膨らませた。

「……じゃあ、他を当たる。これまでの礼は今度するから、何がいいか考えておけよ」

言って踵を返した時、かわそは「いいよ」と頷いた。

「妖怪の世に連れていってやろう。……俺も用があるといえばあるからさ」

「あちらの世にか？　お前、数十年帰ってねえと言ってなかったか？」

かわそは妖怪の世で生まれ、後に人間の世へやってきたらしい。

（どうせこいつのことだ。ふらーと来て、何とはなしに居ついちまっただけだろ）

理由などありはしない――そう思っていたが、かわそは意外なことを言った。

「俺は人間になりたかったんだ」

「……は？」

「うん、だから俺がこちらの世に来たのは、人間になりたくて――」

「はあ!?　な、何でそんな馬鹿なこと……」

小春ははっと口を閉じた。かわその顔には、いつになく真面目な表情が浮かんでいる。

「……故郷に、昔人間が紛れ込んでな。色々あって、こっちへ帰ることができたんだが——俺は、その人が好きだったんだ」

小春は目を瞬き、唖然とした。いつものように冗談を言っているのかと思ったが、かわそはやはり真面目な表情を崩さない。少しだけ、哀しんでいるようにも見えて、小春はどうしたらよいのか分からなくなった。

「妖怪にあるまじき行為だ！……と怒ってもいいぞ」

黙り込んだ小春に、かわそは苦笑しながら言った。

「俺には分からん……だが、気持ちというのは、己にも他妖にもどうにもならぬものだろ」

ぼそりと答えると、かわそは「ありがとさん」と言って笑った。

「あんたの言う通り、どうにもならなかった。自分でもよく分からぬうちに、あの人を追ってこちらの世に来たんだ」

「会えたのか?」

「いや……一方的に見ただけだ。その時にはもう、あの人には旦那がいてな。子だくさんで、八人も産んだんだ。それで、七十すぎまで生きた。人間にしちゃあ、大往生だ」

よかった、と呟いたかわそは、そこで一瞬泣きそうな顔をした。

「かわそ……」

「本当は、そばにいられたら……と思ったんだ。そのために、人間になろうと思ったくらいだ。だが、俺は妖怪だ。たとえ、形だけ人間になれても、魂は妖怪のままなんだ。人間だってそうだろう？　いくら妖怪になりたいと願っても無理なのさ」

「そりゃあそうだ……まあ、妖怪になりたい人間なんていねえだろうけど」

苦笑して答えると、かわそは曖昧な笑みを浮かべて、小首を傾げた。

「あんたの正体が妖怪だと知ったら、あんたの飼い主は妖怪になりたがるんじゃないか？」

「ハッ……そんなわけがあるもんか！　あいつは何もする気がないんだぜ？　生きる気力さえないんだから、新しい自分になれるわけがない！　あいつは本当に駄目な奴なんだ。馬鹿でお人好しでどうしようもなくて――」

かわそが哀れむような目で見ているのに気づいて、小春は口を噤んだ。

「あんたが猫股になるのを諦めたのは、やはりあの飼い主が原因なのか」

「……俺はもっといきのいい奴の首が取りたかったんだ。あんな風に生きる気力もねえ奴の首なんて欲しくねえ。取り甲斐がねえだろ」

「取ってしまえば同じことだろう。相手は死ぬのだから、首はただの物だ」

かわその言い分はもっともだった。だからこそ、小春は返事ができなかった。下を向いて唇を噛んでいると、ぽんと肩を叩かれた。

「憎む心があれば、慈しむ心があっても不思議ではないさ。妖怪が人間に情を寄せることもあるだろう。俺がいい例だ」

「だが……お前は元々妖怪だ。俺はなりかけてはいるが、元は猫だ。すっかり妖怪になれぬのなら、せめて気持ちだけは誰よりも強くなけりゃあ駄目だろ……」

「世の中はままならぬものだ。それこそ、あちらの世もこちらの世も同じはず。だから、あんたがあちらの世に行ったからといって、すべてが上手くいくわけじゃないぞ。あちらへ行けば、今よりも半端者扱いされるだろう。それでも、行くのかい？」

　かわその問いに、小春は顔を上げて、こくりと頷いた。

「行く――誰にどう思われようと、俺はやはり妖怪になりたい。長者に許しを得なければ本物の猫股にはなれないが……それができぬ代わりに、もっともっと強くなる。誰にも文句を言われぬような、圧倒的な強さを手に入れる」

　しばらくして、かわそは己に言い聞かせるように、二度頷いた。

「そうか……そこまで言うなら止める理由はない。もののけ道を開いてやろう」

「……いいのか？」

　目を瞬かせて言うと、かわそは「自分で言ったくせに」と笑い、橋のたもとに近づいていった。指を嚙み切り、流れた血で「も」と書き、〇で囲った。にわかに出現した真っ暗な穴をちらりと覗いた小春は、かわそに深々と頭を下げた。

「この恩は必ず返す」

「ツケの分も含めて多めにな。さあ、行くか」

かわそはそう言うと、穴の中に滑り込むようにして入った。一瞬で姿が見えなくなったが、遠くから「あんたも来い」という声が聞こえてきて、小春はほっとした。

これで、こちらの世ともお別れだ。生まれ育った世だが、未練はなかった。あちらの世に行けば、強い者は大勢いる。馬鹿にされるようなら、何も言わせぬくらい力をつければいい。恐れる気持ちはなかった。橋のふちに手をかけて、穴に一歩足を踏み入れた時、小春はひくりと鼻を動かした。血の臭いがする。

(それに、この凄まじい妖気は――)

振り返った瞬間、小春は入りかけた穴から誰かに引っぱりだされ、地に投げつけられた。

「な……にすんだ……!」

小春は大声を上げながら、跳ね起きた。もっと文句を言ってやろうと口を開きかけたものの、目の前にいる相手を見て絶句した。

「……椿――」

椿も小春と同じく、人間の姿に変化していた。漆黒の髪や目は、猫の時と同じだ。小春とよく似た面差しだが、さらに少女めいている。その容貌以上に驚いたのは、彼の様子だった。椿は血塗れだった。その血は彼が胸に抱いている、男の首が流したものに違いない。義光の飼い主たちとは違い、穏やかな表情で、笑っているようにも見えた。首から下がないことに違和感を覚えたほどだ。

（こいつのこんな顔、はじめて見た……）

椿は目を真っ赤に腫らし、大粒の涙をこぼしている。小春が椿の泣き顔を見たのははじめてだったが、泣くのはおそらく本当にはじめてなのだろう。椿は涙を止める術を知らず、困惑しているようにも見えた。

「……どうした……」

やっと問うたが、椿は答えなかった。

「おーい、行かぬのか？」

穴からかわその声が響き、小春ははっとした。

（そうだ……俺はあちらの世に行かなくちゃいけないんだ）

物言わぬ椿を見据えて、小春は口を開いた。

「首を取るのが思いのほか辛かったのか……？」

椿はゆっくり首を横に振った。

（そうだよな……こいつはそんなことで心揺らしたりしない）

なぜか苛立ちを覚えてしまった小春は、それをふりはらうように首を振った。

「何があったか分からないが……元気出せよ。お前、それを長者の許に持っていけば、猫股になれるんだぜ？　お前ほどの力があれば、長者になるのも夢じゃないだろ」

再び「おーい」と響いた声を気にしつつ、小春は言葉を続けた。

「お前が長者になった時、もし気が向いたら、俺を猫股にしてくれよ。俺は自力で猫股になるのは諦めた。あちらの世に行って、経立のまま強くなる。こちらにはもう帰ってこないつもりだ。……達者でな」

励ますように言って、小春は踵を返した。様子がおかしい椿を残していくのは気がかりだが、すべてを捨てる気持ちでいなければ、妖怪の世でやっていくことなどできぬだろう。

(……俺はあちらの世で立派な妖怪になるんだ)

そう誓い、今度こそもののけ道に入ろうとしたが、

「猫股にしてあげる。いつかなんて言わない。今すぐに――」

「……お前にしちゃあ、面白くねえ冗談だな」

肩を竦めて振り向くと、眼前に椿が迫っていた。思わず後退ったが、いかせまいというように腕を摑まれた。小春の腕をぎりぎりと締めつけながら、椿は声を震わせた。

「これをあげるから、私の代わりに猫股になって」

そう言って椿が差しだしてきたのは、彼が大事に抱えていた、男の首だった。

「一体、何があった……?」

ただごとではない何かが起きたのを察した小春は、低い声音で問うた。

「……何もない。ただ、情を交したこの男の――右京(うきょう)の首を得ただけだ」

何もないとはとても思えぬ暗い表情のまま、椿は答えた。

(……義光といいこいつといい、肝心なことは言わねえんだよな)

そして、己も――こんな時なのに自分たちが確かに兄弟なのだと感じ、小春は少しだけ

嬉しく、そしてもの悲しくなった。小春の意を察したかのように、もののけ道に通じる穴から、「少しだけ待つ」という声が聞こえた。頷いた小春は、椿の肩に手を置いて顔を覗き込んだ。

「話してくれ」

小春の言を聞いた椿は、また泣きだした。涙は右京という男の頬に落ち、つっと流れた。

＊

（そろそろ猫股になるか）

一がそう決意したのは、襲いかかってきた妖怪たちを一瞬で倒した時だった。

——情を通い合わせた人間の首を持ってきさえすれば、猫股になれる。お前ほどの力の持ち主なら、いとも容易いことだろう。

以前、猫股の長者を訪ねていった時、一は長者からそう言われた。素直に（そうだろうな）と思った。一は自他共に認める妖力の持ち主で、誰よりも才があった。

（生まれは猫なのに、おかしなものだな。もっとおかしいのは、元々は猫の私に勝てぬ、元から妖怪である者たちか）

これまで会った妖怪の中で、一より強い者などいなかった。誰と手合せしても相手にならぬのを除けば、経立のままで困ったことなどない。だから、猫股になることに積極的にならなかったのだ。だが、潮時らしい。周りに倒れた妖怪たちを見下ろして、一は息を吐いた。猫股になって、妖怪の世に移住した方がまだ手応えのある者がいるかもしれぬ。思い立ったら行動が早い一は、倒した妖怪を踏みつけながら、飼い主捜しに出かけた。

(そういえば、あの子たちもそろそろ猫股になっている頃かもしれない)

久方ぶりに頭をよぎったのは、二匹の弟たちだった。真ん中の弟・二は、明るく快活な性格の三毛猫だ。同じ親から生まれたのに、一とは顔立ち以外あまり似ていなかった。二はよく「手合せしてくれ」とせがんできたが、一との力の差は歴然で、あっさり負けた。

──お前は本当に強いなあ……くそっ、勝てねえ!

二は悔しげに言いながら、翌日には「今度こそ勝つ!」と再戦を望んだ。才は一の方が優っていたが、伸びしろでいうなら、二に分があるだろうと一は思っていた。

(まあ、私も修業を重ねているから、負けることは永遠にないのだけれど)

二は負けず嫌いで、何より強さに憧れていた。「立派な妖怪になりたい」が口癖だった。

(立派な妖怪なんて変なの)

くすりと笑った一は、町家が立ち並ぶ通りまでやってきた。目指す場所はまだ先だ。そこには壊した身体を持て余し、縋るものを求めているであろう、孤独な弱者がいる。

(弱いといえば、あの子は弱かったな)

思い浮かんだのは末っ子の弟──三だ。二と同じく三毛猫で、瞳は一と同じ漆黒だが、顔立ちは一にも二にも似ていない。無口で大人しく、泣き虫だった。一は三とも手合せしたが、まともな勝負になったことは一度もなかった。いつも眉を顰めていた三は、努力しても強くなれぬ己に苛立ち、その鬱憤を二への憎しみに変えていった。

一にとっては、二も三も、ただ血が繋がっている相手というにすぎない。偶に思いだした時、一は兄弟を捜しだして、ちょっかいを出した。いつの頃からか、「三毛の龍」と名乗りだした二には、正攻法では勝てぬような刺客を差し向けるのが常だった。

——お前、何なんだよ！　変てこな術使ってねえで、正々堂々戦いやがれ！

龍が逆毛を立てて怒るのを陰から見守るのが、一は好きだった。

(最近はやってなかったから、近々またやろう)

そう思いながら、一は駆けていた屋根から音も立てず地に降り立った。狭い路地を通り抜け、右に曲がると、竹林に出た。芳しい竹の香りを嗅ぎながら、一は先に進んだ。

(三には、また龍の話をしてやろう)

龍とは長いこと直接会っていないが、三とは何度か会っていた。

——龍は本当に才がある。長者も、あの子を次の長者に……と考えているようだ。

三と会うたび、一は龍を褒めた。真っ赤な嘘——ではないが、すべて真実とは言えなかった。長者が龍を気に入っているのは事実だが、後継に決めたわけではない。以前、長者の許を訪ねていった時、長者は一にこう述べたのだ。

——お前を抜かせば、龍が一等強い。しかし、三の成長も目を見張るものがある。三は、龍に敵愾心を抱いている。これから三に会う時には、龍の話をするつもりだ。あいつは憎しみが募るほど、力を発揮する種の経立だ。あの二匹が競い合ってくれれば、我が種族は安泰だ。……もっとも、お前にその気があるのなら、猫股になり次第席を譲ってやるが。

一は笑ってお茶を濁したが、長者は本気で言ったようだった。

(私は長者なんて興味はないな。面倒ごとは御免だよ)

竹林を抜けた瞬間、一は足を止めた。道を挟んだ目の前には、こぢんまりとした屋敷があった。その昔は風流とされていたのかもしれぬが、年代を経た今はただの古い家だ。一はにやりと笑みを浮かべ、中に入った。庭に回ると、「おや」という声が聞こえた。

「あの時の猫か」

一はにゃあと可愛らしく鳴いた。縁側に腰かけていた男は、手招きをした。一はゆっくりと近づいていき、差し伸べられた手に顔をこすりつけた。

「やはり、遊んで欲しくなったのか?」

(……よく覚えている)

一は小さく鼻を鳴らした。一がこの男と会ったのは、ひと月前のことだ。先ほどの竹林で戦いを終えたのち、ふらりと立ち寄ったのがこの屋敷だった。

死の匂いがする——。敷地に一歩立ち入った時、一は思った。薬や吐瀉物の臭いが立ち込めている。ちょうど吐いているところらしく、ひどく咽ていた。

(どこかの貴人が病になって、無理やり押し込められたのか)

屋敷は古いが、それなりの造りだった。中から医者らしき者の声もする。薬はたいていどれも高価だ。貧しい者なら、寝ていることしかできない。

面を拝んでやろう――そう思ったのはほんの気紛れだった。庭に回ると、そこを一望できる部屋の前に出た。開いた障子の向こうには、身体を折り曲げ、桶を抱える男がいた。背をさすっているのは小者だろう。横にはやはり、医者らしき体の者がいる。

死の匂いを漂わせている男は想像より若く、まだ三十に差しかかったくらいだった。頬はげっそりとこけ、顔色は青いが、日焼けをしているのでさほど目立たない。じっと眺めていると、ふと男と目があった。

――不気味な気配がすると思ったら……死神が来たのか。

男は皮肉げな笑みを浮かべて、掠れた声で言った。無礼な物言いが少々癇に障った一は、ひょいっと縁側に上って、逆毛を立てて唸り声を上げた。

――この、出ていけ！　右京さまに近づくな！

主人が嚙みつかれるとでも思ったのか、小者が慌てて叫び、医者は口を真一文字に閉じて、身を縮めた。

(なんてみっともないのだろう。化けるまでもなく、これほど怯えるとは)

ふきだしそうになった時、「ははは」と笑い声が上がった。

――私の思い違いだ。これほど小さく、弱々しげな死神はおらぬな。

笑って言ったのは右京と呼ばれた男で、持っていた桶を横に置き、一に手を差し伸べた。

――私と遊びたいのだろう？

（……何だこの男は）

思わぬ反応に気分を害した一は、庭へ飛び降りた。

——私は、猫に話しかけるくらい暇なのだ。いつでも遊び相手になるぞ。またおいで。

背後からそんな言葉をかけられたが、一は応じることなく駆け去った。

「またおいでと言ったが、本当はもう来ぬかと思っていた。お前こそ相当暇なようだ」

男の嫌みたらしい言を受け、一は目を細めてごろごろと喉を鳴らした。

（来るさ。お前のような捻くれ者の方が、少しは楽しめそうだもの）

一は誰の首でもすぐに取れる自信があった。だが、それではつまらぬと思ったのだ。右京は片眉を持ち上げて、「おあがり」と穏やかに言った。

彼が庭に咲く椿の花を見て、「あれでよいか」と適当にその名を一につけたのは、翌日のことだった。


これまで、椿は何事も思い通りにこなしてきた。椿には妖力だけでなく、他者の心を惑わす力もあった。龍と三を仲違いさせたのも、その力によるものだ。些細なわだかまりを、取り返しのつかぬほど根深いものに変えた。その方が面白そうだと思ったのだ。

（大して面白くなかったな。だって、三ばかりが怒っているのだもの）

龍には才も実力もある。負けず嫌いで努力家だ。しかし、圧倒的に甘い——長者が期待しつつも、懸念を抱いているのはその点だろう。長者や三はまだ龍に対して期待を抱いているようだが、椿はとうに諦めていた。

「椿」

呼ばれて見ると、布団に寝ていた右京が身を起こしたところだった。縁側にいた椿は、喉を鳴らしながら近づいていった。伸ばされた手に頬をこすりつけると、右京は笑んだ。

「また良からぬことを考えていただろう」

椿はぎくりとしながら、にゃあと可愛い声を出した。

「いつになったら真の姿になるのだ？　どんなに恐ろしくても驚かぬから、正体を現してみよ。私はいつ死ぬか分からない身だ。それに免じてどうだ？」

椿の喉を撫でながら、右京は優しげな表情を浮かべて言った。

（……寝ぼけたことを。誰が本性を現すものか）

椿は心の中で悪態を吐きつつ、従順な猫のふりをする。

「私の前では、ただの猫を貫き通すつもりか？……これでは飼ってやった意味がないな」

つまらなそうに言って肩を竦めた右京は、椿を持ち上げ、横に追いやった。布団の中に入ってしまい、椿の方を見ようともしない。椿は仕方なく、甘ったるい声で鳴きつづけた。

（小癪な男だ……どうして私がこんな真似をしなければならないの）

椿は心中で右京を呪った。取り入るために媚を売るのは何とも思わない。しかし、己の正体に気づいている者に対して可愛いふりをしつづけるのは、なかなか辛いものがあった。

まるで道化ではないか。

──やはり、お前はただの猫ではないな？　死神──それに近い存在だろう？

再会した翌日、右京は真面目な表情で言った。椿はどうせ冗談だと思い、愛らしい声を出してすりよった。右京は満足げな顔をして撫でてきたが、続けたのはこんな言葉だった。

──私に取り入ってどうするつもりだ？　命が欲しいならくれてやってもいいが、それ以外は渡せぬぞ。自由になる金はないし、私の心は私のものだ。……単純に命ならば、真っ先に取っているか。それなら、心だろう？

椿は一瞬固まった。わずかな変化だったが、右京には伝わったらしい。

──……そうと分かったら、なおさらやるわけにはいかぬ。

くっくっと笑った右京は、しばらく咽て、また吐いた。隣の居室に控えていた医者や小者が急いで駆けつけててんやわんやの騒ぎになったため、椿はすごすご庭に出た。

（……何なのだ、あの男は──）

まるで心が読まれてしまったかのようだった。簡単に首が取れるのはつまらぬ、と思って選んだ相手だったが、もしかすると、想像しているよりも手こずるかもしれぬ──その予感は見事に当たり、それから毎日、右京は「今日はどうだ」と問うてきた。

──今日も駄目なのか？　存外意気地のない猫だな。全くもってつまらぬ。

そう言われ嘲笑されても、椿は知らぬふり、甘えたふりをしつづけている。

（……流石に飽いてきた）

反応のなさに痺れを切らし、踵を返すと、後ろから抱きすくめられた。

「人の代わりにはならぬが、猫でもいないよりはよい」

甘えて縋ってきたかと思えば、悪びれずに言われて、椿は眉間に皺を寄せた。

(口が減らない男だ。こうして憎まれ口ばかり叩くから独りなのだ)

医者や小者は、世話をする時と具合が優れぬ時しか寄ってこない。右京はたいがい寝ているか、縁側に出て日向ぼっこをしていた。部屋は相変わらず薬臭く、死の匂いが立ち込めている。見舞いにくる者は皆無だった。

「私も、お前も独りきりだ。私が死ぬまでのほんの一時、共にいるにはちょうどよかろう。いい暇つぶしになるぞ。心が欲しければ、取ってみよ――無理だとは思うが」

椿を腹の上に座らせつつ、右京は楽しそうに言った。

(……心も首も、両方取ってみせるとも)

気を取り直した椿は、猫撫で声を出し、喉を鳴らした。


椿が右京の許へ来てから、三月が経った。

「……つまらない」

久方ぶりに呟きを声にした椿は、昼寝している右京の布団の上を跨ぎ、障子を開けて外に出た。庭に立つ梅の木に飛び乗り、塀を越えて裏道へ降りると、そのまま駆けだした。

「つまらない……つまらない……つまらない！」

椿は珍しく苛立っていた。己に情を抱かせて首を取るなど、朝飯前だと思っていたのだ。

それでは面白くないので、わざと捻くれ者を選んだが、どうやら失敗だったらしい。

――椿、おいで。その艶やかな毛並みを撫でさせてくれ。

右京はよくそんな風に声をかけてきたが、続くのはこんな言葉だった。

――お前の美しい毛並みは、人を誑(たぶら)かすためのものなのだろう？　化けてもこのままなのか？　一寸化けてみろ。お前も私のそばで寝ているだけでは暇なはず。少し身体を動かした方がいい。……もっとも、化ける力がないというなら、無理強いはしないが。

椿が負けじと甘えた声を出しても、右京はほだされなかった。

――私の心はそんな声で落とせるほど安くはない。甘えてこられて悪い気はしないが、それで落ちる心も持ち合わせてはいない。八方塞(はっぽうふさ)がりで困ってしまうな。

同情されるように言われるたび、椿はむっとした。右京の中では、椿がただの猫でないことが決まっているらしい。最初はただの冗談だと思ったが、どうやら本気のようだ。

(死期の近い人間は厄介だ……余計なことまで察知する)

しかし、すべて冗談なのではないか、という疑いも捨てきれずにいた。右京は皮肉屋で、摑みどころがなく、本心が見えなかった。これまで会った人間とは、まるで違ったのだ。

人間を毛嫌いして近寄らぬようにしている弟たちとは違い、椿は気が向いた時に人間に近づいた。無邪気な猫を装い遊んだことも、嬲り殺したこともあった。同情心など湧かなかった。それは妖怪に対しても同じで、彼らと遊ぶことも、殺すこともあった。人も妖怪も、椿にとっては同じだ。己の種族である猫もそうだし、母猫や弟たちも特別ではない。

他の者の気持ちなど分かるわけがないし、分かりたいとも思わなかった。

だが、右京だけはなぜか気になった。見えぬ本心を突き止めてやりたかったのだ。

――私の心は私のものだ。……心が欲しければ、取ってみよ――無理だとは思うが。

右京の馬鹿にしたような発言をまた思いだし、椿は舌打ちした。その時になって、椿はとうに目的の場所へついていることに気づいた。

(……ここもまた死の匂いがする)

鼻をすんと鳴らし、椿は歩きだした。道の両端には高い塀がそびえ立っている。ここら一帯は武家屋敷で、三が最近住み始めたばかりだった。武家の妻女に拾われたのだという。

(一体どんな家なのだろう。上手くやっているのだろうか。……そんなわけないか)

椿は笑い声を漏らしながら、鼻をきかせた。懐かしい匂いを察知した椿は、にんまりとしつつ、強い妖気を発しながらそちらへ近づいていった。

「――何用だ」

椿が訪ねていく前に屋敷から出てきたのは、やはり三だった。

「可愛い弟のことが気になってきただけさ。調子はどうなの？」

にこやかに訊ねると、三は嘆息して踵を返した。路地裏に連れていかれた椿は、三が今は「義光」という名であることと、妻女に溺愛(できあい)され、旦那に冷遇されていることを聞いた。

「そうなの。義光も色々大変なのだね」

「俺も、ということは、お前も手こずっているのか？」

義光の問いに、椿はにこりと笑って首を横に振った。

「龍のことは知っている？　あの子もとうとう猫股になろうとしているようだよ」

義光は話を逸らされたことには何も触れず、逆毛を立てて、龍という名に反応を示した。

「龍のように強い、と評判だものね。私ももうかなわぬかもしれない」

「そのようなことはない」

即答した義光は、横を向いて舌打ちした。

「……あれは碌でもない奴だ。人間を殺せず、猫股を諦めるのが目に見えている」

「私もそう思うけれど、どうやらそれ以前の問題らしい」

怪訝な顔をした義光に、椿は龍の話を聞かせてやった。猫股になろうとしているが、飼い主さえ見つけられぬこと。やっと見つけたはいいが、情が移って殺せずにいること。あまつさえ、命が狙われている飼い主を守っていること——すべて、出鱈目だった。見る見る顔色が曇っていく義光を見て、椿は笑いを堪えるのに必死だった。

「……面汚しめ」

話を聞き終えた義光は吐き捨てた。椿は真面目な表情を取り繕いながら頷いた。

義光の許を訪ねた数日後、今度は龍に会いにいった。

「……久方ぶりと分かっていながら、いきなり俺を殺そうとしてきた理由を言え」

いきなり襲いかかると、流石に怒ったようだが、椿よりも前に腰を下ろした。

（ああ、こっちも馬鹿だ。どうして私の言うことをすんなり信じるの）

　生まれてからずっと共にいたのに、一も三も、椿のことを何も分かっていないのだ。もっとも、椿のことを理解している者など、この世のどこにもいなかった。

「一の名はもう捨てた。今は、椿だ。そう名づけられたのさ。お前は自ら龍と名乗っているのだろう？　噂で聞いたことがある。新しい名がないところを見ると、飼い主は見つけられていないのだね。いつまで経っても首は取れなそうだ」

「飼い主の首を取るって、お前……もう猫股になったのか!?」

「まだなっていない」

「何だ……お前でも手こずることがあるのか」

（……こういうところは兄弟だな。存外鋭い）

　すっと笑みを引くと、龍はおろおろと目を泳がせた。

「まさか。ただ、少し様子を見たくてね。事情が事情だから、慎重にいかないと」

「事情って何だよ」

「その男はね、もうじき死ぬんだ」

　舌なめずりをしながら言うと、龍は顔を顰めた。何も聞かぬうちに同情を示した龍を、椿は内心嘲笑った。椿が右京の話をするにつれ、龍の表情はどんどん曇っていった。

「それはそうと、三はどうしているのかな」

　椿が唐突に義光の話題を出すと、龍は驚いたように目を見開いた。

「あいつは……」

言いよどんだ龍の脳裏には、おそらく数年前の長者の洞窟でのできごとがよぎっていることだろう。なぜ椿がそれを知っているかといえば、彼らが鉢合わせるよう仕組んだ張本妖だったからだ。その時も椿は、そうすれば何か面白いことが起きるかもと思ったのだ。

——この前、二に会ったんだ。驚いたよ……今は人間に飼われていて、その前は人間の女に恋していたらしい。すぐにでも猫股になれるほど強いのに、どうしてあんな真似をするのだろう。あの子、本当に変わってるね。経立らしくないと思わない？……長者が知ったら、どう思うかな？　失望するんじゃないかな……心配だよ。

事前に龍の悪評——無論、すべて嘘だったが——を義光に吹き込んでおいたおかげで、彼らは熾烈な戦いを繰り広げた。

「……何十年も会ってない」

嘘を吐いた龍を見て、椿は（こういうところが嫌いだな）と思った。

それから、椿は龍に義光と会ったことを話し、「私と義光に先を越されるよ」と発破をかけた。動揺を隠せぬ顔をした龍を見られて満足した椿は、その場から去ることにした。

「……油断しない方がいいぜ、椿。お前もあいつに先を越されるかもしれないぞ」

最後にそんな声を拾ったが、椿は失笑するばかりだった。義光は確かに強くなったが、まだ龍にも及ばない。彼よりもずっと優れた才と力を持つ椿が、負けるわけがなかった。

（天地がひっくり返っても、ありえぬことさ）

歪んだ笑みを浮かべながら、椿は右京の許へ急ぎ帰った。

椿はその後も、小春と義光の行動を監視した。小春が飼い主を見つけたのを知ってすぐ、椿はこんな噂を流した。

「三毛の龍が、浅草の荻野逸馬という男の命を狙っているらしい。でも、どうやら難しいようだ。龍より強い者が、逸馬の命を狙っているんだって。相手のことは言えないよ。とにかく、とんでもなく強い者さ」

椿は普段、あまり妖怪たちの前に姿を現さない。だから、話しかけられた妖怪たちは、相手が椿と知らぬまま、半信半疑でその話を他の者にした。妖怪は人間以上に噂好きなので、瞬く間にその話は伝わったのである。

（さて……どんな風に転ぶか、楽しみだな）

小春がどう動くのか？　それを受けて、義光がどんな行動に出るのか？　椿はほくそ笑み、なりゆきを見守ることにした。


右京から醸しだされる死の匂いが薄れだしたのは、出会って五月後のことだった。

（……気のせいだろう）

最初は大して気にしていなかった。しかし、その後も徐々に薄れていき、さらに半年が経った頃——。

「死神かと思っていたが、そうではなかったのだな」

文机で書を認めていた右京は、縁側で丸まっている椿に向かって言った。椿はうんともすんとも答えなかった。背を向けたまま、尾を左右に揺らしていた。

「それとも、間抜けな死神か？　願いがかなわず、哀れなことだな」

(煩い男だ。まだかなわぬと決まったわけではない)

椿は心の中で反論した。思わず妖気を発してしまったが、右京は気づかなかったようだ。

(……つくづく勘が鈍くなった。ああ、つまらない)

椿は息を吐いた。死の匂いが薄れだした時、本当は嫌な予感がしたのだ。おそらく、薬を変えたのがよかったのだろう。嘔吐の回数が減り、起きている時が増えると、庭に出はじめ、書物を読むようになり、さらには書き物まではじめた。すっかり本調子とまではいかぬようだが、完治も夢ではないと思えるような有様だった。

「そろそろ書き物が終わる。こちらへおいで」

そう声をかけられても、立ち上がらなかった。以前だったら、甘えた声ですりよっていったところだが、今はとてもそんな気が起きなかった。

少し経って、右京から近づいてきた。隣に腰を下ろすと、そっと椿の頭を撫でて言った。

「このところ、甘えてこぬな。媚を売るのはやめたのか？……具合でも悪いのか？」

腹の立った椿は、右京の手を尾で払った。右京の摑みどころのなさと、治りかけた病のせいで、猫股になるという椿の計りごとは台無しになりつつあった。

「元気ではないか。死神が病んでいく姿を拝めるかと思ったが、期待して損をした」

右京は軽く笑い声を立てて、椿の身体を持ち上げた。やめろ、という風に暴れたが、右京は気にも留めず、己の膝の上に椿を乗せた。

「お前は温かいな。この温かさは死神とは思えぬが……。何しろあれは、何の体温もない者……数年前に会った死神は、正しく死そのものだった」

右京の呟きに、椿は目を見開いた。それに気づいた右京は、眉を寄せて苦笑した。

「死神のことが気になるのか？……どうせ暇な身の上だ。少しだけ教えてやろう。私には弟がいる。弟――時仁（ときひと）は、幼い頃から身体が弱く、長くは生きられぬだろうと言われていたのだ。私は時仁が可哀想でならなかった。私がそばにいないとすぐに泣いてしまうような、可愛い子だったのだ。可愛くて可愛くて……哀れでならなかった」

――兄上、お話をしてください。

床に臥せっていることが多かった時仁は、右京によくそんな風にせがんできた。

――何の話でもしてやろう。どのような話がいいのだ？

そう答えた右京は、天気のことや外に咲いている草花のことから、友のことや執政のことまで、時仁の興味が向くことは何でも語って聞かせた。そういう時、時仁はきらきらとした瞳で右京の話に耳を傾けた。

――いいなあ、私も外に出たい……兄上、どうか連れていってください。

時仁はそう言って、右京をよく困らせた。絶対安静と医者から言いつけられていたので、外に出るなどもってのほかだ。しかし、己を見つめてくる健気な瞳にはかなわず、こっそり連れだしたこともあった。当然、すぐに露見して大目玉を食らったが、外の世を垣間見た時仁は、「ありがとう」と言って陽のような明るい笑みを浮かべたのだ。

「私が藩主になってからは、昔ほど時仁に構っていられなくなったが、心の中では変わらずに想っていた。あの子のためにもよりよい執政を行わねばと思っていたのだ」

見舞う回数が減るにつれ、時仁の表情に陰りが見えていくことだけが、気がかりだった。

――兄上……最近はあまりお会いできず、寂しいです。

最初は率直に気持ちを伝えてきた時仁だったが、そのうち言葉数も少なくなった。感情を押し殺したような顔を見るたび、右京は何とかして時仁を笑わせたいと思った。

「私はあの子の笑顔を見るのが好きだった。幼い頃のように無邪気に笑ってくれるなら、何でもしてやろうと思った。……なぜそれほどまでと思うか？　簡単だ。私は、あの子しか信じていなかったのだ。父の代から、家中は何かと落ち着かぬ様相を見せていた。家臣どもは、腹に一物抱えている者ばかりだ。父母が亡くなった後、信が置けるのは時仁ただ一人――何としても守らねばならぬと思っていた。あの時もそのつもりだった――」

数年前のある夜、右京は時仁の寝所前で黒い影を見つけた。それが人外のものであることに、右京はすぐに気づいた。元々勘が鋭かったこともあるが、その黒い影は思わず息を呑むほど異様な気を発していたのだ。そして、その影の手には、大きな鎌が握られていた。

「曲者――と声を上げようとしたが、情けないことに何も言葉を発せなかった」

ふっと消えたかと思った影は、右京の身をすり抜けた。全身が総毛立つ感覚がした右京は、弟の寝所に入っていこうとする影の前に立ちはだかり、「お主は誰か」と問うた。

——私は死神だ。お前の弟の命をもらいにきた。

「死神の存在など、考えたこともなかった。だが、そうなのだろう、と私は思った。あれはこの世の者ではない。生きているのに、死んでいるような男だった」

素直に信じた右京は、その場に膝をついて懇願した。

——どうか、時仁を連れていかないでくれ。代わりに私の命をやろう。家督を譲らねばならぬのですぐには無理だが……数年後には必ず……！　それで、時仁を助けてくれ！

廊下に額をこすりつけ、右京は頼み込んだ。

やがて、死神はぽつりと言った。

——……命の等しき交換などないが、それでもと言うならば叶えてやろう。

何でもいい、頼む、と右京は力の限り叫んだ。

「気づけば、朝だった。私は弟の寝所の前で倒れていたのだ」

家中は大変な騒ぎになった。その日を境に、なぜか時仁の体調がすっかりよくなり、代わりとでもいうように右京が病に冒されたのだ。その後、あれよあれよという間に事態は変わった。治らぬ見込みと言われた右京は、空気のよい場所で静養の身となり、壮健になった時仁が家督を継ぐことになったのだ。

「私は……嬉しかった。病は苦しいが、己で望んだことだ。後悔はなかった。だが……」

——兄上。ご病気になられて、ようやく私の心がお分かりになられたかと思います。己を差し置いて、陽の下を駆ける者がどれほど憎らしいことか……それが己の兄弟なら、どれほど妬ましいことか――。どうか家のことなどお忘れになって、ただの右京として余生をお過ごしください。二度とお会いすることもないでしょうが、どうぞお元気で。

　助けた弟からかけられた嘲笑交じりの別れの言葉は、あまりにも残酷なものだった。

「……私は時仁に恨まれていたらしい。恨まれ憎まれ、嫌われて……そうとは知らず、私は時仁を助けた。後悔はしておらぬが、虚しいと思ったのは真だ。胸にぽっかり穴が空いてしまった。その穴は、私が死んでも塞がることはないだろう。――所詮、この世には己以外に信じられる者などおらぬのだ。そんな当たり前のことに気づけなかった、私が愚かなだけだ……ふ、ふふふ。くすぐったい」

　椿に柔く指を噛まれた右京は忍び笑いを漏らした。力を籠めてやろうと思ったが、なぜかできなかった。己を撫でてくる相手の笑みが、泣いているように見えたからかもしれぬ。

（私ったら馬鹿だ……この性悪が泣くなんてありえないじゃないか）

　己の考えに苛立った椿は、妖気を発しかけた。右京は今弱っている。寂しさのあまり、椿に多少の情を向けていることだろう。首を取るなら今しかない――そう思ったが、

「……あの生意気で恩知らずな弟は、大嫌いな私に命を救われた。私はいつかそれを教えてやろうと思っている。その時、時仁がどんな顔をするか、見物だとは思わぬか？　訝しむか気味悪がるか、すっかり信じて蒼白になるか――どのみち、愉快な顔をするはずだ。お前にも見せてやろう。だから、長生きするのだぞ」

右京はますます笑いを深めてそう言った。

（……馬鹿）

椿は一寸力を籠めて、右京の指を噛んだ。痛みのあまり、右京の目に溜まった涙がこぼれ落ちるはずだった。しかし、それでも彼は泣かなかった。


右京が思い描いた夢は、ほどなくして崩れ去った。庭に椿の花が咲きはじめた頃、右京の許に、時仁死去の知らせが届いたのだ。

――黒き影が見える……。あれは以前見た覚えが――。

突如倒れたかと思ったら、そう呟き、そのまま息を引き取ったという。

「…………」

右京は見たこともないほど難しい顔をして、座している。その前には、押しかけてきた家臣たちが並んでいた。

「右京さま……ご無礼を承知でお願い致します。どうか……どうか、皆をお救いくださいませ。どうか……どうか平にお願い申し上げます！」

家臣一同が畳に額をこすりつける光景を、椿は縁側から見守っていた。

「……はじめて見舞いに訪れたかと思えば、そんな用事か。見上げた忠臣ばかりだな」

ずっと沈黙を貫いていた右京がようやく述べたのは、皮肉にしては弱々しい声だった。

その日以来、右京の親族や家臣たちが、代わる代わる訪ねてきた。平癒（へいゆ）に向かっている右京の病状とは反対に、家中は揺れに揺れていた。右京が以前述べたように、彼の父が当主だった時から、火種はあったようだ。右京の代になり、一度は落ち着きを取り戻したものの、時仁の代になってまた揺れだした。時仁の執政は、優れたものとは言えなかったらしい。時仁を廃そうとする者もいたというが、彼の死の原因がその者たちにあったのかは分からなかった。時仁はもう死んでしまったのだ。残されたのは疑心に満ちた右京と、それぞれの思惑で動く家臣たち、何も知らぬ大勢の民だった。

「右京さま……腹を決めてくだされ。あなたの他に、お家を立て直せる者はおりません」

「お戻りになられてはいけません。利用されて捨てられるのが目に見えております」

「あなたは聡明で先を見る力がおありだ。その才を、今一度民のためにお使いください」

「今、家中に戻っては無駄死となるだけ……失言でした。しかしながら、真にございます。家中の争いはしばらくやむことがないでしょう」

「再び藩主の座におつきになられますように——弟君もそう願っておられます」

(随分と言い分が違うものだ。しかし、揃って己のことしか考えていない)

訪ねてくる客人を毎日観察していた椿は、その度にもやもやと嫌な気持ちが湧いてきた。面と向かって言われる右京の心労は、計り知れぬものである。

(……あの男の心中などどうでもよいけれど)

椿は、右京の首を狙っている経立なのだ。首さえ取れれば、何がどうなっても構わなかった。だが、右京の顰めた表情を見るたび、ざわつくような心地がした。

「――また参ります」

本日最後の客人が出ていくと、右京は畳の上に倒れ込んだ。

「疲れた……」

右京の傍らに立った椿は、目を瞬いた。右京が弱音を漏らしたのは、はじめてだった。

天井を睨み据えた右京は、苦悩の表情を浮かべている。死の匂いを漂わせていた頃よりも、よほど弱々しげに見えた。

今こそ首を取るべきだ――いつかのようにそう思った椿は、ゆらりと尾を揺らした。

「……潮時か」

右京はぽつりと言った。久方ぶりに、己の心を言い当てられた気がした椿は、伸ばしかけた爪を引っ込めた。

（……何が潮時なの）

椿はにゃあと鳴いて問うた。以前のように、まるで椿の心の声が聞こえたかのようにすんなり答えてくれるかと期待したが、右京はじっと椿を見据えて、薄く笑んだだけだった。

それから十日もしないうちに、右京はにわかに姿を消した。椿が一寸外に出ている間に、出ていってしまったらしい。もぬけの殻となった屋敷の前に立ち、椿は呆然とした。

（あれほど当主に返り咲くのを嫌がっていたのに……）

急に心変わりした理由が分からなかった。それとも、椿が気づかなかっただけで、はじめから戻るつもりでいたのだろうか？

（……なぜ、私を連れていかなかったの）

本当にそう思っていたのだろうか？　いつも述べていた皮肉は冗談ではなかったのだろうか？　それならなぜ、慈しむように名を呼び、優しい手で撫でてきたのだろうか？

——不気味な気配がすると思ったら……死神が来たのか。

——私も、お前も独りきりだ。私が死ぬまでのほんの一時、共にいるにはちょうどよかろう。いい暇つぶしになるぞ。心が欲しければ、取ってみよ——無理だとは思うが。

「……悔しい」

椿はぽつりと漏らした。右京の本心は、これでついぞ知ることができなくなった。匂いをたどれば見つかるだろう。だが、そんなことはしたくなかった。椿は置いていかれたのだ。悔しくて悔しくて、堪らなかった。その中に違う想いも隠れているような気がしたが、見ぬふりをした。思い通りにならぬことなどなかったのだ——右京に出会う前までは——。

しばらく経って、椿は踵を返した。

（次の飼い主は、あいつと正反対の者にしてやる……捻くれてない、素直な相手だ）

そう心に決めた椿は、翌日には見事に誓いを実現させた。

「真っ黒な毛並みといい、まるであの子のようだ。可愛いねえ、くろちゃん」

猫撫で声で撫でてきたのは、豪商の主人だ。大の猫好きで、少し前まで黒猫を飼っていたが、死んでしまったらしい。話を聞きつけてやってきたが、当たりだった。

「あの子の、黒兵衛の生まれ変わりなのかねえ……よく似てる。可愛いねえ」

顔をこすりつけてくる相手に、椿は甘えた声で返事をした。相手を意のままに操ることの容易さを思いだし、満更でもなかった。

（やはり、私はこうでなくちゃ）

右京と共にいる時、椿は思うままにことが進んだことがなかった。その方が面白いと思ったのは最初だけだった。思いがけぬ言葉をかけられ、からかわれ、拗ねると笑われた。皮肉や疑っているような言ばかり吐く癖に、撫でてくる手は優しかった。

（……嫌だな。何で思いだしたんだろう）

脳裏に浮かんだ思い出をふりきるように、椿は首を横に振った。

「あの子がお前を私と会わせてくれたのかねえ。ありがたいねえ」

目を細めて言った新しい飼い主に、椿はまた甘い声で応えた。


しかし、そのひと月後――。

椿は新しい飼い主の許を去り、霧が立ち込める中、疾走していた。

――お前は、腹まで真っ黒なのだね。あの子は真っ白な腹をしていたんだよ……。

――赤い首輪がよく似合うねえ。この鈴は、あの子のお気に入りだったんだ。綺麗な音がするだろう？　この音が響くたび、あの子は嬉しそうに目を細めていたんだ。

――もう食べないのか？　あの子はもっと食べたよ。お前もあの子みたいになりたいだろう？　もっと食べなきゃ駄目だよ。さあ、もっともっとお食べ。

飼い主は毎日のように、前に飼っていた猫の話をした。

（この男、前の猫が忘れられないのか。未練がましいな）

椿は鼻で笑いつつ、ごろごろと喉を鳴らしてすりよった。男が己に前の猫の幻影を見ているなら、相手の思う通りに振る舞ってやろうと思った。そうすればするほど、男はますます椿に愛情を注いできた。

（これでは簡単に首が取れてしまうな。手ごたえがなくてつまらない）

——否、簡単に首が取れるのがいいに決まっている。ただでさえ、一年以上も無駄にしたのだ。それを物足りないと考えてしまうのは間違いだ、と椿は眉を顰めた。

（……余計なことを考える前に、さっさと首を取ってしまおう）

飼われはじめてからちょうどひと月経った日、いつものように撫でられていた椿は、男の膝の上で変化しようとしたが——。

——黒兵衛や。やはり、お前が一番だ。お前は赤子の頃からずっと私のそばを離れなかったな。おまけに、生まれ変わってまで私のそばにきてくれた。黒兵衛や。

飼い主から前の猫の名で呼ばれた時、背筋にぞわりと悪寒が走った。

——私は黒兵衛などではない！

気づけばそう叫んでいた。突如人間の言葉を発した椿を見て、主人は悲鳴を上げた。

——ひっ……ば、化け物！　く、く、来るなっ……!!

腰を抜かした主人は、椿を膝から放りだし、四つん這いになって逃げだそうとした。一寸爪を伸ばせば、簡単に首が落とせる――しかし、椿は何もせず、そのまま家を出た。

「……どうしてだろう」

駆けながら、椿は呟いた。前の猫の名で呼ばれることくらい、どうってことないはずだ。相手がそう信じたいなら、信じさせておけばいい。どうせ、すぐに殺してしまうのだ。

「どうして我慢ならなかったのだろう……」

己の気持ちが分からず、椿は混乱した。これまで誰も椿の心が分からなかった。だから、椿が己の気持ちが分からなくなったら、誰も椿の心を知らぬことになってしまう。

「どうして……誰か――」

己の心がどこかへ消えてしまうような気がして、椿はますます混乱した。誰か、誰か――そう思いながら駆けていた椿は、ある場所にたどり着いた時、我に返った。

椿が足を止めたのは、右京と過ごした屋敷の前だった。

（どうしてここに来たのだろう……私はどうして――）

椿はふらふらしながら、屋敷に足を踏み入れた。その時、中から声が聞こえてきて、椿は目を瞬いた。

（まさか――）

「まだ帰られぬとは……右京さまは一体どちらへお逃げになられたのだ！」

苛立った声音を出したのは、いつぞや右京の許を訪ねてきた家臣だった。身を隠し、聞き耳を立てたところ、大体のことが知れた。右京は、当主に返り咲いたわけではなかった。迎えが来る前に、どこかへ消えてしまったというのだ。皆が「勝手なお方だ」と怒る中、一人だけ泣いている者がいた。

「せめて私を連れていってくだされればよかったのに……」

そう述べたのは、右京の世話をしていた小者だった。「どうかご無事で」と呟いた彼を見て、椿はその場を後にした。

「……本当に」

呟いた椿は、ふっと笑った。己の心が、すっかり分かってしまったのだ。しかし、それを認めるわけにはいかなかった。


それからの椿は、新たな飼い主を見つけることなく、近くにいる妖怪たちを片っ端から倒した。手合せではなく、一方的に痛めつけたのだ。

「……お前……真に龍の兄なのか……？　慈悲の欠片もない……化け物め——」

倒れる間際にそう言った相手の顔を踏みつぶし、椿はその場から立ち去った。辺りには、数十ではきかぬほど大勢の妖怪たちが見るも無残な姿で転がっていた。変化を解き、猫の姿に戻った椿は、近くに流れる川で水浴びをした。澄んだ水が赤く染まっていく様をぼうっと見遣りながら、椿は右京のことを考えていた。

「……一人で逃げたってどうにもならないのに」

椿はぽつりと言って、水の中に身を沈めた。しばらくそうしていたが、身体にこびりついた血はすべて落ちはしなかった。諦めて川から上がった椿は、鼻をぴくりと動かした。

(死の匂いだ)

この世に生きる者は皆いつか死ぬ。その時が、近くにいる誰かの許にもうすぐ訪れるというだけだ。誰が死のうとどうでもよかったが、気づけばその匂いがする方へ駆けていた。

(死の匂いだけじゃない……)

そこに混じって、懐かしい匂いがしたのだ。

たどり着いた先にあったのは、荒れ寺だった。ちっぽけな本堂と離れがあるだけで、寂れた空気が立ち込めている。そこに混じって漂っているのは、間違いなく死の匂いだった。そして、それはやはり椿がよく知る人物の匂いでもあった。

椿はおそるおそる足を踏みだし、離れへ向かった。薬と吐瀉物の臭い――はじめて会った時と同じだった。開きかけの戸の隙間から中に滑り込んだ椿は、奥に敷かれた布団の上で、桶を抱えて嘔吐している男を見つけた。

「ぐっ……あ……はあ……はあ……はあ………」

吐ききった頃を見計らって、椿は彼の許へ近づいていった。布団の横に座ると、男は口を拭いながら、潤んだ目で椿を見遣った。

「……心はやれぬと申したはずだが、懲りぬ死神だ。まだ遊び足りぬのか？」

いつもの皮肉を聞き、椿は思わず相手の胸に飛び込んだ。

放浪しているうちに、右京の病は再発したようだ。最初に会った時よりも、さらに状態が悪化していた。右京の世話をしていたのは、寺の住職である宝泉という男だった。右京が行き倒れていた時、拾ったのが彼だった。離れから出てきた椿の姿を見るなり、宝泉は「去れ」と低い声音を出した。

「貴様のような悪しき妖怪が、何用だ。右京殿の命を取りにきたのか？」

相手はただの僧侶ではないらしい。あっさり正体を見破られた椿は、変化した。

「……なぜ、本性を現さぬのだ」

椿が変化したのは、人間の子どもの姿だった。

「右京の世話をしたい」

その言葉に誰よりも驚いたのは、口にした椿自身だった。

「その身にこびりついた血の臭い……お前は一体、これまで何妖殺めてきた？　何人殺した？　そんな者を右京殿のそばに置いておくわけにはいかぬ」

「右京が死ぬまで、決してこの変化を解かぬと約束する。右京にも言わないでくれ」

椿が誰かに頭を下げたのは、はじめてのことだった。許しをもらえるまで動かぬと決めた椿は、頭を下げつづけた。その場を去った宝泉が折れたのは、翌日の夕刻のことだった。

それからというもの、椿は右京の傍らで日々を過ごした。はじめて人間の姿で会った時、右京は目を見開いて、「名は何という？」と問うてきた。椿はしばし迷って、こう答えた。

「病が治ったらお教えします」

「……意地の悪い童子だ。見返してやるために、何としても早く治さねばならぬな」

　右京ははじけるように笑って、咽た。椿は右京の部屋で寝起きしたので、彼の異変にはいち早く気づいた。嘔吐しそうな時は駆けつけて桶を差しだしたが、右京はほとんど食物を受けつけぬ身体になっていたため、胃液くらいしか吐きださなかった。鼻につく饐えた臭いが漂うと、右京は眉尻を下げて「すまぬ」と小さく言った。

「このくらい何ともありません」

「嘘吐きだな。鼻が曲がる、と顔に書いてあるぞ」

　右京はくすりと笑うと、椿の肩をそっと押して遠ざけた。

「……病人のくせに気を遣わないで」

「口煩い小童に『そばによるな』と命じただけだ。小便臭さが移ってはかなわぬ」

（……嘘吐きはどちらだ）

　思えば、右京は以前からそうだった。皮肉を言うばかりだったが、その裏には優しさが隠れていた。素直になれぬのではなく、敢えて捻くれたふりをしているのだ。そうやって他人を気遣い、遠ざけている――そんなことに、椿は今更気づいたのだった。

「そろそろ名を教えてくれぬか？　お主にも名があるだろう。それが知りたいのだ」

　名乗りもせず、甲斐甲斐しく面倒を看る椿に、右京は毎日のように問うた。

「治ってからだと言ったはずです」

「順序が前後するだけだ。構わぬだろうに」

むっとしながら「構います」と答えると、右京は「強情だ」と笑った。そうして名を問うことと同じくらい、右京はある行動を取った。幼子をあやすかのように椿の髪を撫でたのだ。最初は身を引いた椿だったが、あまりにも頻繁なのでそのうち諦めた。

そして、この日も、右京は飽きることなく椿の髪を撫でていた。

「いい撫で心地だ……私の飼っていた猫を思いだす。綺麗な毛並みだった。撫でると気持ちよさそうに喉を鳴らしていた……そういえば、お主がここへ来る前日、あの子が私の許を訪れたのだ。たった一度きりの逢瀬だったが、あれは夢だったのだろうか？」

「きっと、その猫は、あなたに会いたくて夢を渡ってきたのでしょう……私をその猫の代わりと思って、彼の名前で呼んでくださっても構いません」

「それはならぬ」

右京はきっぱり言って、しばらく咽た。

「……お主はお主、椿は椿だ。名には意味がある。名づけた者の愛情が込められているのだ。意味を知って呼ばねばならぬものだろう……私はそうしたい……お主の名は――」

そこまで言って、右京はひどく咳込んだ。椿は慌てて背をさすった。やっと落ち着いた頃、布団に押し込もうとしたが、右京は首を横に振った。椿の肩にもたれかかったまま、

「教えてくれ」と小さく呟いた。

「……私の名も椿と言います。あの花の椿です」

「そうか……誰がつけたか知らぬが、中々趣味がよい。椿は、私の好きな花なのだ」

椿の呟きを聞き、右京は微笑んで言った。嬉しそうな顔を見て、椿は泣きそうになった。

遠からず、右京は死ぬのだろう。死が迫っているというのに、右京は独りぼっちだった。

宝泉が見舞う以外、右京の許には誰も訪ねてこない。宝泉は医者に縋ろうとしたようだが、当の右京が「やめてくれ」と述べたという。寺を見れば、貧乏なことは分かる。右京があの屋敷から持ち出してきた薬は、そろそろ底をつきそうだった。

（――いざとなれば盗んでくればいい）

変化しないとは誓ったが、悪さをしないとは言っていない――そんなことを考えていると、脇からぽんっと頭を叩かれた。

「良からぬことを考えるな。柄でもない」

少し怒ったような声で、右京は言った。しかし、顔には相変わらず笑みが浮かんでいる。

「……私の柄など知らないでしょうに」

「お前の柄は無だ。色は真っ黒だが」

「髪の毛はそうですが……」

妙な言い方をするものだ、と眉を顰めて答えると、右京は首を横に振った。布団から出ている半身が、細くて頼りなかった。もうすぐ夏だというのに、寒そうでならない。痩せ細った手で椿の頭を撫でていた右京は、ようやく掠れた声を出した。

「お前は全身真っ黒ではないか」

椿の驚いた顔を見て、右京は以前よく見せていた、悪戯っぽい笑みを浮かべた。

「お前は分かりやすい奴だ。お前の考えていることなど、はじめからすべて分かっていたぞ……心の声が聞こえてきたのだ……独りで寂しい、と言っていた。私と、同じだ――」

そこまで述べた時、右京は椿に覆いかぶさるように倒れ込んだ。

綺麗な毛並み、全身真っ黒――何もかも見透かされていたことにようやく気づいた椿は、力が抜けきった相手を支えながら、震える声を出した。

「あ……あああ……あああああああ……!!」

椿は己の悲鳴交じりの泣き声を聞きながら、右京を必死に抱きしめた。失われていく温もりを何とか留めようとしたが、かなうことはなかった。あまりにも呆気ない最期で、別れの一つもできなかった。せめて、一度だけでも名を呼び合えていたら――。

「右京……私は……私の名は椿というの……椿は右京が好きな花なのでしょう?……どうしてその名を私につけたの……どうして……どうして逝ってしまうの……右京……!」

椿は右京を抱き起こし、優しく笑んでいるその顔をじっと見据えた。

「――あ」

椿は小さく声を漏らした。目の前にあった顔が、消えたのだ。布団の真ん中に何かがごろりと転がったのは、その時だった。

それは、息を引き取った右京の身から落ちた、首だった。

六、雨夜の月

右京の最期を語った椿は、またほろほろと涙を流しはじめた。そんな兄を前にして、小春は眉を顰めていた。

(首が落ちた？……自分で落としたんだろう？)

椿の言い方だと、まるで首が自然と落ちたかのようだ。しかし、そんなことはありえぬ話である。右京の突然の死に混乱し、鋭い爪を伸ばして首を斬ってしまったのだろうか？

いくら考えても分からず首を捻っていると、椿が再び口を開いた。

「右京の首を落としたのは、宝泉だ。右京が息絶えた瞬間、背後から首を斬った」

「はあ⁉……何で坊さんがそんなことすんだ⁉」

思わず素っ頓狂(すっとんきょう)な声を上げると、椿は懐に手を入れ、文を取りだした。小春は促されるままそれを手に取り、中を開いた。

(――え)

書面を読みすすめた小春は、やにわに顔を上げた。

「これ……お前の飼い主――右京からの文なのか!?」

椿はこくりと頷き、低い声音で答えた。

「……右京の首を斬った宝泉を殺そうとした時、宝泉から渡されたんだ。その文がなければ、私は境内に火を放ち、寺ごと宝泉を焼き殺していただろう」

「……そうさせぬためにも、右京は文を遺したのか」

ぽつりと述べた小春に、椿は唇を噛みしめ、また頷いた。

――なぜ、右京の首を斬った……!

右京の首を落としたのが宝泉の仕業だと気づいた椿は、そう叫びながら宝泉の首に爪をかけた。しかし、それ以上力を込められなかった。宝泉の目から止め処なく涙が溢れていたからだ。椿はこの時はじめて、宝泉の生い立ちを聞いた。親に捨てられた宝泉は、幼き頃僧侶に拾われたという。それから恩返しのために修行を重ねてきたが、どれほど努力しても悟りを開くまでには至らなかった。

――どうしても、あと一つ何かが足りなかった。それが何なのか探しつづけていたところ、ある日寺の裏にある土穴から、何者かの声が聞こえてきたのだ。入定(にゅうじょう)したくば、この穴に入り、仏となられよ……と。

土穴の中は無人だった。怪しんで当然のところだったが、宝泉は素直に信じたという。

――あの声は……入定した者のそれだ。亡き師が死の直前に入定した時と同じだった。

宝泉は山に籠り、常以上の厳しい修行を己に課した。木食行(もくじきぎょう)を行い、生きながらにして土穴に入ると、呑まず食わずで経を唱え、鉦を鳴らしつづけた。その鉦の音が途絶えた時、宝泉は入定するはずだったが――上手くいかなかった。宝泉は息絶えたものの、即身仏――所謂木乃伊状態になる前に、身体が腐ってしまったのだ。

――しかし、私は死ななかった。肉体は一度死んだが、再び形を成し、魂はこの世に残ったのだ。

「つまり……幽霊ってことか？」

小春が眉を顰めて問うと、椿は曖昧に首を傾げた。

「肉体は存在していたけれど、脈がなくて、呼吸もしていなかった。でも、宝泉の姿は誰にでも見えていたよ。経を読む声は近所中に響いていたし、右京の世話だってできた」

「そりゃあ幽霊らしくねえな……しかし、何でまたそんな目に遭っちまったんだ？」

宝泉はただの人間だ。悪行を重ねるどころか、善行を積んできた男だ。それなのに、妖怪や神のような人外の存在になってしまい、右京の首を斬る役割まで与えられてしまった。

「そいつ……孤独すぎるじゃねえか」

小春は呻くように言った。人も妖怪もこの世でたった独りきりで生きていると考えている小春でも、宝泉のその有様はあまりにも酷に思えた。小春をじっと眺めながら、椿はどこか痛むような顔をしてぽつりと言った。

「……きっとそう。宝泉は、私や右京と同じで、孤独だったんだ。だから、行き倒れていた右京を拾い、私を許してくれたのだろう」

――私が助けた時、右京殿はすでに病を再発しておられた。さぞや苦しかったろうに、右京殿は一度もそう申されたことがない。己の病状を理解し、医者を頼らぬとはっきり申され――こちらに気を遣われたのだろう。死を覚悟しながら、あれほど慈悲深く達観した方を私は他に知らぬ……助けられぬと分かっては、せめて願いを叶えてさしあげたかった。

それを右京に伝えたところ、こんな答えが返ってきたという。

――己が死んだら首を斬り落とし、椿にやってくれ。

「……ここに書いてある通り、本当に言ったんだな」

小春はぽつりと言い、文に視線を戻した。

――死神と遭ってからというもの、見えてはならぬものが見えだした。魑魅魍魎(ちみもうりょう) 妖怪変化、お前の本性もそうだ。愛らしい猫の姿の上に大きな獣――化け猫というのだろうか、それが重なって見えた。お前は隙をついてよく屋敷から抜けだしたが、私は一度だけ後を追いかけたことがあった。仲間と会ったお前は、私の首を得て猫股になると申していた。どうせそのうち死ぬ身だ。私の首でよいならくれてやろうと思った。

しかし、時が経つにつれ、欲が出てきた。お前と共に過ごす時があまりにも楽しく、もう少しだけ生きていたくなった。あと少し、もう少し――そう思っているうちに病が治った。そのうち、お前の気が変わってくれればと思うようになった。猫股になるよりも、私と共に過ごすことを選んでくれたら――そんな身勝手なことを考えるようになったのだ。

その天罰が下ったのだろう。弟が死神につれていかれ、私の許に馬鹿げた話が舞い込んだ。だが、私は家中に戻るつもりはなかった。お前をつれて逃げようとしたが、できなかった。お前に首をやりたくなくなったのだ。首を取ると言いつつ、ずっとそばにいてくれたお前を、慈悲のない妖怪にしてはならぬと思った。否——これは言い訳にすぎぬ。お前には、私の可愛い椿でいて欲しかったのだ。

家もお前も捨てた私に、また罰が当たった。今度こそ、私は死神につれていかれるらしい。後のことは宝泉に頼んでおいた。私が死んだ暁(あかつき)には、私の首を落として、お前に渡してくれるはずだ。お前は私を訪ねてきてくれた。猫の時も、人間の姿に化けた時も、私はすぐにお前だと分かった。何に化けようと、お前はお前だ。そう思った時、私は気づいた。私の首を得て猫股になっても、優しい心は変わらぬはずだ、と。必ずや猫股になってくれ。

「願わくは、来世で会いまみえんことを——……」

最後の一文を呟いた小春は、ゆっくり顔を上げた。綺麗に畳んだ文は、椿の懐にしまってやった。椿は涙を流して放心したまま、ぴくりとも動かなかった。

「……い……」

「何だ？」

「お願い……猫股に、なって……」

震える声で述べた椿は、右京の首を恭しく持ち上げて、小春に差しだした。

「……そいつはお前の飼い主の首だろ。お前の物だ」

低い声音で答えると、椿はふるりと首を振った。

「できない……私は駄目だ……右京の首を喰らうことなんて……できない――」

「――じゃあ、俺にそいつを喰えって言うのか!?」

小春は思わず怒鳴ってしまい、はっとしたが――。

「……食べて。私の代わりに、猫股になって」

椿はすっと涙を引き、淡々とした声音で言った。その人形のような無表情を見て、小春はぞっとした。

(……何だよ、その面は――)

手合せしていて危うく殺されそうになった時でも、これほど恐ろしいと感じたことはなかった。背筋が震えた小春は、顔を背けて吐き捨てた。

「……話にならねえ」

小春は逃げるように、急いでもののけ道に通じる穴の中に入ろうとしたが、

「……そこをどけ。俺は妖怪の世へ行くんだ」

椿に先回りされて穴の前を塞がれてしまい、低く呻いた。

「行かせない――お前はこの首を持って、猫股の長者の許へ行くんだ」

「何で俺なんだよ……!　お前ができないことを、何で俺ができると思うんだ!」

無表情を崩さず述べた椿に、小春は悲鳴交じりに叫んだ。

――次こそは勝つ――お前はいつもそう言って、一度も私に勝てなかった。名は体を表すというけれど、本当にその通りだ。お前は三ほど才がないわけじゃない。猫股の中でな

ら、二番目になれるかもしれない。でも、一生かかったって、私にはかなわないよ。

旅立ちの日、椿は微笑みながら小春にそう言った。次こそは勝つ！——常だったらそう言い返していただろう。だが、その時は何も言えなかった。本当は気づいていたのだ。いくら再戦したところで、椿に勝てる日など一生来ぬと——。

小春にとって椿は、頼れる兄であると同時に、畏怖の対象だった。遠くにいる猫股の長者よりも、身近にいる椿の方がずっと恐ろしかった。そんな相手が兄であることが誇らしく、悔しくてならなかった。今だってその気持ちは変わらぬ。

（それなのに、何でだよ……！）

椿は顔をぐしゃりと歪ませて、また涙を流しはじめた。その様は儚げで、消え入りそうなほどに弱々しい。小春が畏怖した無敵の兄猫は、今やどこにも存在しなかった。

「右京の首を喰らうことはできない……そんなことをするなら私は猫股になんてなりたくない。でも、右京の気持ちを無駄にしたくない。だって、右京はもう死んでしまったのだもの。必ず猫股になれという右京の願いを叶えたい……叶えなきゃ駄目なんだ……。私は我儘だから、右京の首を使って猫股になる相手は自分で選びたい。私の頭に浮かんだのはたった二匹——お前と義光だけだった。正直に言うと、私はこれまでお前たちのことを何とも思っていなかった。いや、違う……からかって楽しい、玩具のように思っていたんだ。でも、右京が死んでやっと分かった……私は、お前たちのことも特別に思ってる。右京のように死んでしまったらと考えると、胸が苦しくてしょうがないんだ……。義光は長者の許へ行き、すでに猫股になってしまった。だから、もうお前しかいないんだ……ねえ、小春……首を……右京の首を喰らって猫股になって……！」

「——やめろ……‼」

小春は叫びながら、椿の手を全力で払った。椿の手からごろり、と首が落ちるのを目にした小春は、気づけば駆けだしていた。

（嫌だ……俺は……嫌だ‼）

心の中で悲鳴を上げながら、小春は無我夢中で走った。

（嫌だ……俺には無理だ……嫌だ！）

感じたことのない類の恐怖に苛まれていた。生首を見たのははじめてではない。小春も、それを取ろうとしていたのだ。今更、怖いと思うわけがなかった。猫股の長者に会った時も、身が竦むような心地がしながら、挫けず立ち向かったのだ。

しかし、今はただただ逃げたかった。どこまでも逃げて、忘れてしまいたかったのだ。猫股になるために首を取ろうとしていたことも、義光の揺るがぬ決意も、椿の懇願も——すべてなかったことになれば、この恐怖から逃れることができるのだろうか？

——……小春。

気弱で温かな声が、耳に蘇った。彼は出会ってから何度も小春の名を呼んだ。そのたび、小春は苛立ち、胸が苦しくなった。彼に名を呼ばれるのが辛かった。だが、それと同じくらい好きだったのだ。

「逸馬……」

小春は掠れた声で彼の名を唱えた。逸馬は遠く離れた場所にいる。それに、もう会わぬと決めたのだ。いくら求めたところで、これまでの日々は帰ってこない。それでも、呼ばずにはいられなかった。

「逸馬……俺はお前の首を――」

言い終わらぬうちに、小春は足を止めた。

「……月だ」

呟いた小春は、いつの間にか山の頂上にたどり着いていた。目の前には、手を伸ばせば届きそうなほど、大きな月が浮かんでいる。小春は背伸びし、手を持ち上げた。月には当然届かなかったが、しばらくそうしていた。

「――あ」

小春は目を見張った。月の真ん中を裂くように、黒い線が走ったのだ。

（――違う、線じゃねえ……槍（やり）？……矛だ！）

黒い線に見えたのは、誰かが振り回した矛だった。如意棒（にょいぼう）のように伸びたそれは、すぐに元通りの長さに戻った。矛を持っているのは、頭に角が生えた、全身青色の鬼だ。

「あれって……あいつが青鬼か……！」

厳めしい姿の鬼は、十日前に小春を懲らしめた相手に違いない。

――あちらの世とこちらの世を統べる役目を担っている己には、その権利がある。

そんな風に言っていたが、どうやら本当だったようだ。人間の世にいながら、彼の後には大勢の妖怪たちが続いていた。

河童に朧車、百手に鉄鼠、だいだらぼっちに九尾の狐、輪入道に塗仏、青女房に黒煙、貉に狂骨、天狗に山童、雷獣に牛鬼など――月の前を横切る彼らは皆、強い妖気を放っている。遠く離れている小春にも届いたほどだ。

「百鬼夜行だ……！」

強い妖怪だけが参加できるという、闇夜の行列を目の当たりにした小春は、思わず化け猫の姿に変化し、彼らの後を追おうとしたが――。

（どうやってあそこに行くんだよ）

ふと我に返って、跳ねかけた足を止めた。猫股だったら一気に飛んでいけるが、経立の小春にはおよそ無理な話だった。

小春が呆然と立ち尽くす間にも、百鬼夜行の行列は楽しげに進行した。小春の妖気に気づき、こちらを見る者もいたが、すぐに視線を前に戻した。乱れたかと思えば、整然とした列に戻る夜行は、先頭を行く青鬼が導いている。琵琶牧々や三味長老といった楽器の付喪神たちが何やら演奏しているようだが、流石にここまでは響いてこなかった。

「……いいなあ」

呟いた小春は猫の姿に戻り、伸びきった草の上に仰向けに転がった。

（……うん？　何だ？）

月がきらり、と光った気がして、小春は目を瞬いた。

「月の中に誰かの影が見えたような……はは、気のせいか」

昔、兎の経立に言われた言葉が頭をよぎっただけだろう。それから小春は、月を通りすぎていく百鬼夜行の行列を、飽くことなく眺めていた。


百鬼夜行の行列が消えた後、小春は四半刻ほど目を閉じていた。そのまま眠ってしまおうとしたが、どうやっても駄目だった。寝るのを諦めて、目を開いたが——。

「何でないんだ……!?」

小春は思わず身を起こした。目の前にあるはずの月が消えていたのだ。確かに空に浮かんでいたはずだ。百鬼夜行の行列が通りすぎるのを、羨ましい気持ちでずっと眺めていたのだ。たかだか四半刻で、視界から消えるほど移動するわけがない。雲一つないのになぜ
——混乱した小春は近くの木に飛び上がり、天辺から空を眺めた。

「やっぱりない……」

一体どこに消えてしまったのだろうか？　不安と嫌な予感がむくむくと湧き上がった。

（まさかもう新月に……ずっと寝てたのか!?）

もしそうなら、小春はここで半月も眠っていたことになってしまう。

「いやいや、あり得ねえって！」

猫は寝るのが好きだが、流石にそれほど長いこと眠りつづけはしない。混乱した小春は、

思わずにゃおおおんと遠吠(とおぼ)えしたが――。

「……小春？」

返ってきたのは、己を呼ぶ声だった。幻聴だと笑いかけ、何気なく声のした方を見ると、こちらに近づいて来る人影があった。

（何で――）

目を見開いた小春は、とっさに変化した。猫の姿を見られたら不味いという判断は賢明だったが、肝心なことを忘れていた。小春はまだ人間の姿に慣れていなかったのだ。

「ふふ……お主は高いところから落ちるのが好きなのか？」

枝から足を滑らせ落ちてきた小春の身を受け止めた男は、含み笑いしながら言った。

（……さては幻だな!?）

頬を抓ってみたが、痛みはあった。だいたいにして、木から落ちた衝撃をしっかり感じたのだ。男が受け止めてくれたおかげで痛くはなかったが――。

「――悪い」

己の状況に気づいた小春は、ようやく男の上から退いた。

「いや、ちょうど通りかかってよかった。怪我はないか？」

「何で俺の心配なんかすんだ！　自分の心配をしろ！」

お前はいつもそうだ――と続けそうになって、小春は口を噤んだ。ゆっくり身を起こした男は、「大丈夫だ」と言って笑った。

「私はこう見えて丈夫なのだ。これしきのことで怪我などしない。昔から身を鍛えてきたからな。刀を振りつづけたおかげで、重い荷を持つことも苦ではないのだ」

（……知ってる）

そう思いつつ、小春は黙っていた。男が軽々と重い荷を運ぶ様は、彼が大工仕事をしていた時に、陰からじっと見つめていた。剣術の稽古姿は見たことがなかったが、彼の固くなった手の平は、その長年の努力の結晶だ。足が速いことも、手先が器用なことも、顔は怖いが気が優しいことも、勿論承知していた。一年も共にいたのだ。男のことなら何でも――は言いすぎでも、たいていのことは知っていた。

「どうした？　お主――名は何と言うんだったかな？」

にこりとして問う男――逸馬に、小春はやはり答えなかった。小春は逸馬のことを知っている。だが、逸馬は小春のことを何も知らぬのだ。

（……当たり前だろ。だって、俺はこいつの首を取るために近づいたんだ）

そのために、経立であることも、猫股になりたいという願いも黙っていた。自害を阻止し、死神たちから守ってきたことも内緒だ。それらのことを、逸馬に知って欲しいなどと思うわけがなかった。逸馬は知らなくていいのだ。この先もずっと――。

（そして、そのまま忘れてくれればいいんだ……）

死のうとしていたことも、幼馴染との確執も、両親や姉の死も、小春との出会いも別れも――辛く哀しいことなどすっかり忘れて、この先の長い人生を生きてくれればいい。

――お前さ……人間みたいになるのはよせよ？　せっかくの力が鈍っちまうぞ。

かわそにそう言った己の方が、よほど人間のようだった。他人の幸せを願うなど気色が悪いと思っていたのに、いま小春の胸に広がるのは、ただそれだけだった。

「……馬鹿は俺か」

これまで散々逸馬に向けてきた言葉を呟き、小春は俯いて唇を噛んだ。血が滲んだ唇よりも、胸の方が痛かった。そのうち、ふわりと優しい感触が小春を襲った。

「触り心地のいい頭だ」

そう言いながら、逸馬は小春の頭を丹念に撫でた。

「お主、私の猫とよく似ている」

小春ははっと顔を上げた。

（……くそっ）

眉尻が下がった情けない微笑を見た途端、小春は泣きそうになってしまった。それを察したのか、逸馬は笑みを引き、小春の頭を撫でる手を止めた。

「……小春？」

逸馬の呟きを耳にした直後、小春は堪らず逃げだそうとした。しかし、腕を掴まれて、身動きが取れなかった。否、小春は経立だ。いくら人間に化けようと、妖力や腕力はそのままだ。少し力を込めれば逃げられる――そう自覚しながら、一歩も動けなかった。

「お主……もしや、小春なのか？」

「……そんなわけねえだろ。何で俺があんたの猫なんだ？」

振り返って笑って言うと、逸馬は「分からぬ」と呟いた。

「……この前会った時から、ずっと引っかかっていたのだ。お主とどこかで会っている……それも、何度も。それなのに思いだせぬのはおかしい。だが、今お主の顔を見てひらめいた。お主……小春だろう？」

「ハッ、馬鹿馬鹿しい。そう思いたいだけだろ」

冷たく言い返すと、逸馬はぐっと詰まった表情を浮かべ、「そうかもしれぬ」と言った。

(押しに弱くて流されやすい……こいつのこういうところが苛つくんだ)

チッと舌打ちした小春は、その場にどしんと座り込んだ。そして、目を瞬かせた逸馬の腕を引っ張り、隣に座らせた。

「しようがねえな――今宵だけは、お前の猫になってやる。俺をその小春だと思って話してみろ。さあ、言いたいことがあるなら言え！　ほら、さっさとしろ！」

胸を叩いて言った小春は、内心困惑していた。

(何やってんだ、俺……)

頭を抱えて唸りだした時、逸馬は小さくふきだした。

「では、お言葉に甘えようか」

驚いて目を瞬いた小春を気にも留めぬ様子で、逸馬はにこにこしながら口を開いた。

「小春という名は気に入ってくれたか？」

「……あんまり好きじゃねえな。かっこよくねえもん。でもまあ……慣れた」

「そうか……歳はいくつなのだ？　家族はいるか？」

「お前よりずっとずっと上だ。家族は……兄弟が二人いる」

「仲はよいのか？」

「よかったことなんざ一度もねえな。あいつらは俺を嫌ってるからな……」

ぽつりと呟くと、逸馬は小首を傾げて言った。

「お前を嫌いな者などおらぬと思うぞ？」

「そりゃあ、飼い主の欲目ってやつだ。俺はこう見えて敵が多いし、嫌われ者だ」

肩を竦めて述べた小春に、逸馬は真面目な顔をして口を開いた。

「私は、そうは思わぬ。たとえ、それが真だとしても、私はお前が好きだ。お前がいてくれたから、私はこうして生きていられるのだぞ」

「……馬鹿じゃねえの」

大げさだ、とは笑い飛ばせなかった。逸馬は家族も友もおらず、この世でたった独りきりだ。支えとなるものが何一つない中に現れた小春に、すべての想いを向けてしまうのはしようがないことだろう。だが、小春はそれが嫌だった。

「誰かがそばにいるかいないかで、己の生き死にを決めるなよ。俺はそういうの大嫌いだ」

「そうか……お前は強い子だものなあ。私は弱いから、どうしても他人に縋ってしまうのだ。私も、お前のように強かったらよかったのだが」

「……弱いと自覚しているなら強くなりゃいいだけだろ。お前は端から強くなる気なんてないんだ。だから、弱いままなんだよ。馬鹿みたいにお人好しだし、すぐに泣くし、他人のことあんな簡単に許しちまうし、利用されても怒らねえし……本当に馬鹿だ！　馬鹿逸馬！……こんなに悪口言われてんだぞ!?　ちっとは言い返せ！」

立ち上がって怒鳴ると、逸馬はきょとんとした表情を浮かべた。

「私を想って言ってくれているお前に、言い返すことなどできるものか」

小春はぐっと歯を食いしばった。

（……鈍いくせに、何で分かるんだよ）

まっすぐ見つめてくる瞳は、一点の曇りもなく小春を信じきっている。

「……馬鹿逸馬！　もう付き合いきれねえ！」

逸馬の視線に堪えきれなくなった小春は、踵を返し、ずかずかと歩きだした。

「――私は、とりあえず店を始めようと思うのだ」

逸馬が発した言葉に、小春はぴたりと足を止めた。

「金を貯めて、御家人（ごけにん）の株を買い戻す。失ったものを金で買うなど恥ずべきことだが……それでも、私はまた剣を振るいたいのだ」

小春は振り返るのを躊躇した。

（逸馬がこんなこと言うはずがない……）

生きることに何ら執着していないのだ。己が望んだ幻聴ではないのか?――そんな風に考えてしまったが、ようやく振り返った先にいた逸馬は、微笑みながらこう続けた。

「お前がそばにいてくれるから、こんなことも考えられるようになったのだぞ。だから、帰ってきてくれ……私の許に」

逸馬の目に宿った真摯な色を見て、小春はごくりと喉を鳴らした。

「俺は……」

続きの言葉は、その時突如現れた月の光に呑み込まれてしまった。

*

「――い、おい……いい加減目を覚ませ」

「へあ?」

情けない声を上げながら、小春は目を開いた。

「……うわっ、鼠と猫の化け物!?」

「俺は鼠じゃないし、化け猫はあんただろ」

呆れ声を出したのは、小春の顔を覗き込んでいた鼠と猫を合わせたような化け物――かわそだった。

「……何してんだ?」

「あんたこそ何してるんだろうね」

「何ってそりゃあ……あいつは――!?」

叫びながら跳ね起きた小春は、慌てて周囲を見遣った。近くには草木が茂り、空には陽が浮かんでいる。月を眺めていた山の上に間違いなかったが、逸馬の姿はない。

「お前が来た時、逸馬はいなかったか!?」

「はあ？　誰もいなかったが……」

怪訝な顔をして答えたかわそを見て、小春は眉を顰めて額を押さえた。

（あれは……夢だったのか……？）

そんなはずがない――そうは言い切れなかった。むしろ、夢だというなら、得心がいった。逸馬の長屋からここまで、人間の足で三刻はかかる。あんな夜中にわざわざこんな山に歩いてくるはずがない。大体にして、小春がここにいることなど、逸馬が知っているはずがないのだ。気が動転して訊ねるのを忘れたが、よく考えるまでもなくおかしなことだった。

「やっと起きたかと思えば、急に笑いだして気味が悪いぞ」

身を引きながら言ったかわそに、小春は「悪い」とますます笑った。

（おかしいのは俺の方だ）

逸馬恋しさにあんな夢を見てしまったのだ。ひとしきり笑った小春は、深い息を吐いた。

「はあ……それで、お前は何でここにいるんだ？」

「他妖を置き去りにして逃げた奴の台詞とは思えないねえ」

「あ……悪かった」

小春は素直に頭を下げた。もののけ道を開いてもらいながら、そこを通りもせず逃げてしまったのだ。おまけに、今の今まですっかり忘れていた。

「……ええっと、あの後大丈夫だったか？　椿に何かされなかったか？」

「今頃心配されてもねえ……もう遅いよ」

「どこかやられたのか!?」

思わず大声を出すと、かわそは何とも言えぬ顔をして、首筋を掻いた。

「……椿と言ったっけ？　あいつがあんたにしていた話は、俺も穴の中からこっそり聞いていたけど……あれはもう駄目だ」

「駄目って、何がだよ」

「あのままじゃ、あいつ死ぬぞ」

かわその放った言葉を聞き、小春は一瞬息が止まりそうになった。

「馬鹿言うな……椿はとんでもなく強いんだぞ。あんな見目だけど、俺より丈夫だし、風邪の一つも引いたことないんだ。根性悪くてずる賢くて、殺したって死なない――」

「死なない奴なんていない――あんたがよく言ってるじゃないか」

「それは……」

言いよどんだ小春を見て、かわそは下を向いて続けた。

「あいつはあんたを追いかけもしなかった。その場に膝をついて、飼い主の首を抱えてずっと泣いていたんだよ」

一度はその場から去ったものの、数刻経ってかわそはまたそこに戻った。すると、椿は相変わらず同じ格好で泣いていた。哀れに思ったかわそは、思わず声をかけた。

――妖怪の世に連れていってやろうか？　全部忘れて生きた方が幸せなんじゃないかね。

しばらくして返ってきたのは、「違う」という掠れた声だった。

――忘れることが幸せだなんて思えない……私はずっと右京のことを覚えていたい。死ぬまでずっと、忘れたりなんかしない……。

「……あいつが死にそうだから、俺に助けろって言うのか？」

小春が押し殺した声を出すと、かわそは首を横に振った。

「あんたの兄さんを助けることができるとしたら、右京という男しかいないだろうよ。俺があんたを訪ねてきたのは、違う理由さ。さて……そこでいいか」

かわそはそう言うと、指を噛み切り、小春の後ろにある木に血文字を書きだした。もののけ道を開こうとしていることに気づいた小春は、かわその腕を摑んだ。

「……どうして邪魔をするんだ？　あんたのためにやっているのに」

「いや……あんまり急だったから……」

「心の準備ができてないのかい？　そいつはおかしいな。あんたは昨日、もののけ道を通ってあちらの世に行くはずだったんだよ。まさか、本当は行く気がなかったのかい？」

「馬鹿を言うな！　俺は本気で——」

まっすぐ見つめてくるかわその目を見て、小春は口を噤んだ。目を逸らして俯くと、深い嘆息が響いた。

「薄々気づいていたけれど、あんたは弱虫だね。己の弱さに向き合わぬまま、ここまで来ただろう？　強くなったふりしたって駄目だよ。そんなんじゃ立派な妖怪になどなれっこない。それに、俺は強い奴が好きなんだ。……だから、あんたとは縁を切らせてもらう」

小春はぴくりと肩を震わせ、低い声音を出した。

「……まだ返してねえ借りがある」

「あんたの飼い主の件と、もののけ道の件か。いいよ、そのくらい餞別（せんべつ）にくれてやるさ」

嚙み切った指を舐めたかわそは、「それじゃあ」と言ってもののけ道を開き、中へと入っていった。去っていくかわその背を、小春はじっと見送った。

（お前の言う通りだよ……）

力ばかりが強くなって、心は弱いままだった。逸馬や椿のみならず、かわそからも逃げてしまった。友と認めていなかったが、かわそは紛れもなく小春の友だった。本当は知っていたのだ。かわそなら、貸し借りなどなくても助けてくれることを——知っていて毎度その話をした。その方が気が楽だったし、貸し借りがあれば、繋がりが消えることはない。

（……繋がっていたかったんじゃねえか）

自嘲の笑みをこぼした小春は、ぎゅっと拳を握りしめると、近くの木に飛び上がり、天辺で咆哮を上げた。

「……うおおおおおおお!!!」

ばさばさ、と音を立てたのは、近くの木々に止まっていた鳥たちだった。小春の声に驚き、空へ翔けていったのだ。

「うおおおおおおお!!　うおおおおおおお!!」

むやみやたらと叫びつづけた小春は、ひょいっと木から降り立った。

「うし……！　決めた！」

くるりと踵を返した小春は、かわそが開いてくれたもののけ道へ通じる穴に、するりと入った。しばしの間落下しつづけ、音もなく着地した。

(暗いが……真っ暗闇というわけじゃねえ)

小春の目をもってすれば、何とか前に進めそうだ。細かい石ころが転がる道を、小春は歩きだした。もののけ道は、己が行きたい場所へ連れていってくれるという。

(つまり、ここを歩いていきゃあ、俺が行きたい場所が分かる)

道に己の行き先を決めてもらうなど、投げやりにもほどがある。だが、それでも前に進みたかったのだ。いつまでも同じ場所に留まり、ぐじぐじと思い悩むなど嫌だった。

(俺は前に進む……思わぬ場所にたどり着いたとしても、突き進んでみせる！)

妖怪の世に行くのか、椿の許へ行くのか、はたまたかわその後を追いかけているのか、逸馬の許へ戻るのか――。

そのうち、無数の分かれ道に行き当たり、小春は足をとめた。

（どれにしようかな、と……よし、真ん中だ！）

他の道はこれまで通ってきた道と同じくらいの薄暗さだったが、真ん中の道はほぼ真っ暗闇だった。あえて困難な道を選んだ小春は、躊躇なく足を踏みだした。

「——くさっ！」

歩きだしてしばらくした頃、小春は声を上げた。

「何だこの臭い！　臭えし、けむ……げほっ！」

闇の中なので見えぬが、煙(けむり)が立っているようだ。前から近づいてきた妖気の主が、その煙を発しているようだった。

「おやおや……これはこれは……ほっほっほっ」

「……なんだ、どっかの婆さん妖怪か。どうりで抹香(まっこう)くせえわけだ」

目を細めても輪郭さえ見えなかったが、声からして老妖だった。

「失礼な坊(ぼん)だこと。わしの姿を見たらさぞや驚くだろうね」

「おっそろしい面でもしてるのか？　生憎そんなんじゃ驚かねえよ」

「高名な猫股鬼(ねこまたおに)ならば、そうかもしれぬ」

「猫股鬼？　なんじゃそりゃ」

聞き覚えのない言葉を耳にし、小春は首を傾げた。

「ああ、今はまだ三毛の龍だったのう」

ほっほっほっと、相手はまた独特な笑い声を上げた。

（何だか変な奴だな……）

薄気味悪さを覚えた小春は、前に進みだした。ちょうど、二股に分かれる道だったので、右へ行こうとしたが――。

「そっちでいいのかえ？　小春坊の飼い主は、左の道の先におられるぞ」

その言葉に、足をとめざるを得なかった。

「――お前、何者だ？」

「それはゆくゆく分かる話――今は、それよりも聞きたいことがあるだろう」

「……聞きたいことなんざねえな。俺は右の道を行く」

「逸馬殿が命を落とすかもしれぬが、いいのかえ？」

（……どっかの性質の悪い妖怪の虚言だ）

小春は無視して歩きだした。

「逸馬殿は、己を裏切った清十郎という殿方の許へ向かっている。己の命と引き換えに、清十郎殿を助ける腹積もりらしい」

「――チッ！」

小春は爪を伸ばしたが、そこにいたはずの相手を捉えることはできなかった。

「せっかく教えてやったのに、無体な真似をする。珍しく妖怪らしくてよきことだが」

老妖は、しわがれた笑い声を上げつつ、どこかへ去っていった。一瞬にして、気配が消えてしまったのだ。不思議なことに煙も消えたようで、一切臭いがしなくなった。小春は伸ばした爪を握り込み、歯噛みした。

(己の命と引き換えに……？　どんだけ馬鹿なんだ)

やはり、逸馬は生きる気などなかったのだ。そうやって一等大事なものをあっさり捨ててしまえるのが、何よりの証である。恩人だというならまだしも、相手は逸馬を裏切った張本人だ。そんな者に命をかけてやるなど、気がおかしくなったとしか思えぬが──。

──清十郎は確かにやってはならぬことをした。だが、あの男を追いつめたのは、私だ。

「……元からおかしかったんだ」

ぽつりと言った小春は、前に向き直り、歩きだした。老妖の言が真かは分からぬが、ちょうどいい機会なのかもしれぬ。ここで何もかも忘れた方が身のためだ。

──お前がいてくれたから、私はこうして生きていられるのだぞ。

──帰ってきてくれ……私の許に。

「……畜生っ!!」

呻くように叫んだ小春は踵を返し、左の道へと風のように駆けていった。

もののけ道を抜けたことに、小春はしばし気づかなかった。

(何も見えねえ)

目の前に舞い上がっていたのは、土煙だ。竜巻のような、強い風が吹いている。

「げほっ……げほっ」

数度咽た小春は、はっと身構えた。煙の向こう側から誰かが走ってくる。なかなかの俊足だが、妖気はない。段々と風が弱まってきた頃、小春は駆けてくる相手が誰であるのかすっかり気づいた。

（——……馬鹿が）

口を引き結んだ小春は、化け猫の姿に変じた。

「——ここから先へは行かせねえ」

駆けてきた相手——逸馬の前に立ちふさがった小春は、低く呻きながら言った。

「あ……」

よろけた逸馬の見開かれた目に映っているのは、恐ろしい化け猫だ。その姿を見て恐れぬ人間などいはしない——はずだった。

「……お主……小春か……？」

（……ああ——こいつは本当に……）

小春は、涙がこぼれ落ちそうになるのを必死に堪えた。三毛の毛並みはそのままだが、大きさも姿形もまるで違う。逸馬の何倍も大柄で、瞳は赤く光り輝き、口からは鋭利な牙が生え、四肢の爪は刀のように伸び、尾は二股に裂けている——化けている小春自身でさえも、己の姿を見てぎょっとすることがあるくらいだ。見目の通り、強大な力を持っている。爪を少し横に動かせば、人間の首くらい簡単に吹っ飛ばすことができるのだ。

「小春……小春なのだろう……？」

逸馬はそう言いながら、あろうことか自ら近づいてきた。

「それがお前の真の姿か？」

小春は舌打ちしながら、「そうだ」と低い声音で返事した。逸馬はごくりと唾を呑み込み、にこりと笑みを浮かべた。

「そうか……随分と大きいのだな」

（何で……何でお前はそうなんだ……！）

小春は右手を振り下ろした。鋭利な爪が、逸馬の筋張った首にかかった。あと一寸横にずらせば首に傷がつく――それは、襲われている逸馬自身がよく分かっているだろう。

「今頃気づくなど、本当に鈍感な男だ」

唸るように言うと、逸馬は少し困ったような微笑を浮かべて言った。

「いや……お前が尋常の猫ではないことくらい、私はとうに知っていたぞ？　だから、それほど驚かぬのだ」

驚いたのは、小春の方だった。

（嘘だろ……一体どこで気づいたんだ!?）

まるで覚えがなかった小春は、内心の動揺を押し隠しつつ、さらに低い声音を出した。

「……じゃあなぜ俺を飼っていた？」

「私はお前を飼ってなどいない。お前は私の友だからな」

「猫を——化け猫を友にするな。大体俺は、お前なんかを友だとは思っちゃいない」

友などいない——そう思って生きてきた。かわそでさえ、認めなかったほどだ。人間を友と思うわけがなかった。逸馬にはただ飼われていただけだ。それも、偽りの関係で——ぎりっと歯噛みした小春を見て、逸馬は苦笑を浮かべた。

「それでもよい……すまぬ……だが、私にとってお前はたった一人の友なのだ。お前の気持ちは知っていたのに、すまぬ……実は以前、お前が兄弟に襲われていた時、話を聞いてしまったのだ……お前は私の首が欲しかったのだろう？　お前にならばくれてやってもよいぞ——さあ」

逸馬はそう言って、首をもたげた。

（何だよ、それ……）

小春は赤い目でぎろりと逸馬を見据えながら、押し殺した声を出した。

「……お前はまだ死にたいのか？　商売を始めて、いつかまた武士になると言ったばかりなのに……昨日のあれは嘘だったのか!?」

——お前がそばにいてくれるから、こんなことも考えられるようになったのだぞ。だから、帰ってきてくれ……私の許に。

「……いや、違う——あれはただの夢だ」

己の願望だったのだと気づいていた小春は、俯いてぼそりと述べた。

「お前も……そうか」

逸馬の呟きの意味は分からなかったが、もしかしたら彼も小春と同じような夢を見たのかもしれぬ。しばしの沈黙の後、逸馬は穏やかな口調でこう言った。

「嘘ではない。だが、お前がいてくれなければ、ただの夢で終わるからなあ……。私の命は、本来ならばとっくのとうに失われていたものだ。助けてくれたのはお前だ。お前が得た命なのだから、好きに使ってよい」

逸馬はそう述べた後、口の中で「すまぬ清十郎」と呟いた。ほとんど声にはなっていなかったが、小春の耳には確かに届いた。

（こいつはこの期に及んで他の奴の心配などしてるのか……）

小春は、己の心の中に怒りの炎が燃え上がってくるのを感じた。

「……俺がお前を助けたのは、首を取るためだ。よくもそんな馬鹿げたことが言えるな。俺のような妖怪もどきには、本当に首を取ることなどできぬと馬鹿にしているのか!?」

小春は顔を上げながら叫び、逸馬の首にかけた爪に力を込めた。逸馬は一瞬だけ顔を歪めたが、すぐさま穏やかな表情を取り戻して言った。

「お前は私の友だ。誇らしく思いはすれど、馬鹿になどするはずがない。信頼しているお前だからこそ、首をやりたいのだ」

「まるで死にたいような物言いだな」

己でも驚くほど冷ややかな声を出した小春は、わずかに笑みを引きつらせた逸馬を見て、確信した。

「お前は、やはり死にたいんだな……いや、死んでもいいと思っているんだな」

分かっていたことだが、信じたくなかった。そうしなければ、共に過ごしてきた日々がまるで無意味なものに思えてしまう。悔しくてならなかった。

（……何で俺がこんなこと思わなきゃならねえんだ）

逸馬への視線をますます鋭くさせながら、小春は続けた。

「お前は一度死ぬのを諦めた。でも、諦めたのはそれだけじゃない——この先の人生も諦めたんだ」

（弁明の一つでもしてみろ）

そう念じたが、逸馬は何も言わなかった。それどころか、不意に笑ったのだ。それは、いつも浮かべていた諦めの籠った笑みだった。

（……馬鹿野郎）

首を取れ——そう言っているのが分かった小春は、妖気を身体中に漲らせた。

「……それほど命を捨てたいというならば、俺がもらってやる！」

叫んだ小春は、逸馬の首にかけた爪を引き戻し、それをゆっくり振り上げた。

「さらばだ、逸馬……！」

——やめろ……やめろ！

（え——）

ふいに耳元に聞こえてきた声に、小春は手をとめた。閃光（せんこう）に包まれたのは、その時だった。一瞬、目が眩むような強烈な光が差して、小春は思わず目を瞑り、爪を引いた。ビシビシ——と何かが割れる音がした。

「げほげほっ……一体何だ……!?」

また土煙が舞い上がっている——おそるおそる片目を開くと、辺り一面が茶鼠色に染まっていた。

(……逸馬の姿が二重に見える)

姿というよりも、影だった。微かに動くのを認めた小春は、ほっと息を吐いた。

(何で安堵しているんだよ……!)

ここまで来て、まだ思い切れない己に苛立ちながら、小春はようやく声を出した。

「……よく分からん邪魔が入ったが、逸馬、まさかお前がしたんじゃないよな?……お前はただの人間だし、何かが割れたような妙な音もしたし……」

訳が分からない。しかし、その訳などどうでもよかった。

(俺はここで決着をつけるんだ)

何度目かは分からぬ決意だったが、今度こそ覆すわけにはいかなかった。

「——何でもいい。お前が望む通り、殺してやるだけだ」

小春は再び腕を持ち上げ、鋭い爪を逸馬めがけて振り下ろした。

(……逸馬……言ってくれ!)

たった一言でいい——そう念じながら——。

「……誰がやるものか」

押し殺した声が聞こえてきて、小春は手をとめた。幻聴だと思う前に、今度は怒鳴り声が響き渡った。

「お前に首などやるものか！　俺は生きる！」

（ああ――）

小春の頬に、熱い涙が伝った。

「あは……あははは！」

口から漏れでた笑い声は、驚くほど嬉しさに満ちていた。嬉しくて、嬉しくて、しようがなかったのだ。逸馬と出会ってから――否、これまでで一等の喜びを感じた。

「はじめからそう言やあよかったんだよ……馬鹿逸馬」

ずっと聞きたかった言葉が聞けた――それだけで、小春の胸は幸せで一杯になった。

（これでいい――これでいいんだ）

やっと腹が決まった小春は、人間の姿に変化し、一目散に駆けだした。

「お前は――」

逸馬の声が聞こえてきたが、何と続けたのかは分からなかった。気になったものの、引き返して聞く気はなかった。己には行かねばならぬ場所がある。土煙が消えたことにも気づかず、小春は韋駄天（いだてん）がごとく走った。地を蹴る足はいつにもまして力が漲っていた。

――だから、帰ってきてくれ……私の許に。

「……これでお別れだ、逸馬！」

あの時の問いにようやく答えたが、その声を聞いた者は誰もいなかった。


逸馬と決別した足で、小春は武州へ向かった。道中ずっと駆けていたので、裸足の足の裏は傷だらけだ。しかし、構うことはなかった。手遅れになる前に会わなければならぬ。

（あと少しだ……早まるなよ）

心に念じながら、小春は竹林を駆け抜けた。

「……椿！」

屋敷に駆け込みながら叫んだ小春は、庭に出てすぐに足を止めた。庭の真ん中には、人間の首を抱えて佇んでいる少年がいた。しかし、衣擦れ一つ、呼吸の音すら聞こえてこない。小春はごくりと唾を呑み込んだ。

「……死んでないよ」

背を向けたまま呟いた椿に、小春はほっと息を吐いた。

（……俺ときたら、妖怪のくせに苦労性すぎるだろ）

思わず苦笑をこぼすと、椿は「何しにきたの」と低い声音で問うてきた。

「お前と約束しにきた」

そう答えると、椿はびくりと肩を揺らした。

「……私と約束なんて正気？　私は嘘吐きだよ。お前にも義光にも散々嘘を吐いてきた。

右京にだってそうだし、他の奴らにも同じさ。嘘吐きとは約束なんてできない」

「そうか？　お前が嘘吐きと知っている右京は、お前と約束したじゃねえか。だから、俺もお前と約束してやろうと思ってさ。——その首を寄こせ」

小春はそう言って、椿の肩を摑んでこちらを向かせた。

「……お前、きっと一生分泣いたな。あと何百年生きても、もう涙なんて出ねえだろ」

昨日と変わらず大粒の涙を流しつづける椿を見て、小春は呆れた声を出した。

「……そんなに生きられない」

そう答えた椿を見て、小春は目を瞬いた。無邪気に笑う椿を見たのは、はじめてだった。しばらくして、椿は俯きながら、昨日のように恭しく首を差しだした。

「……願いを聞き届けてやる代わりに、約束しろ」

小春はそこで言葉を切り、息を吐いて続けた。

「——お前はこの先も生きろ。生きて、俺が立派な妖怪になるのを見届けるんだ。お前は、俺や義光のことを玩具だと思っていたんだろ？　そこまで舐められといて、黙っていられるか。必ず見返してやるから、その真っ黒な目をかっ開いて待ってろ。俺も義光も、お前より絶対に強くなる。その時は正々堂々戦えよ？　俺たちはお前を倒して、思いきり高笑いしてやるんだから。……この約束を守るなら、俺がお前の代わりに猫股になってやる」

「……うん」

椿は嗚咽を漏らしながら、しっかりと頷いた。それを認めた小春は、椿が顔を上げる前に右京の首を手に取り、駆けだした。
　向かったのは勿論——猫股の長者が住まう地だった。

　長者の許に無事たどり着いた小春は、長者と共に右京の首を食べた——ふりをした。小春が喰らったのは、洞窟に来る前に狩った獣の肉だった。

（粉々に砕いてしまえば分からねえかもと思ったが……よかったぜ）

　肉を食べ終え、猫股の力を授けられた時、小春はほっと息を吐いたが——。

「情を通い合わせた人間の首を取った経立は、妖気に凄みが出るのですぐに分かる。その逆もしかりだ。決まり事一つ守れぬような者は、八つ裂きにして、喰らうことにしている。獣肉よりも、人肉の方が美味だというのに……もったいないことをしたな」

　長者にそう言われ、死を覚悟した。

（……椿、悪い。お前との約束、果たせなかった）

　しかし、長者は何もしなかった。「去れ」と言われて洞窟を出た後も、いつ殺されるかと警戒しつづけていたが、半月経ってもひと月経っても無事なままだった。

　長者に見逃されたのだと小春が認めたのは、猫股になってから十年経った頃だった。

　——あの二匹が競い合ってくれれば、我が種族は安泰だ。

（長者は以前そう言っていたらしいが……俺と義光をまだ競わせようとしているのか？）

　長者の思惑が判然としない中、小春は猫股として修業を重ねた。妖怪の世へ行ってからも、人間の世にいた時と同じように、強い妖怪を見つけるたび、手合せを申し込んだ。

元々才があることもあり、小春はどんどん力をつけていき、妖怪の世でも頭角を現すほどとなった。そうして戦いに明け暮れている中で、ふとこんな考えが頭をよぎった。

(——逸馬はどうしているだろ)

気づけば小春はもののけ道を通り、人間の世に来ていた。浅草の地に足を踏み入れ、共に暮らした長屋に向かったが——そこに逸馬の姿はなかった。

「……やーめた」

呟いた小春は、もののけ道を通り、鬼が大勢住まう地を訪ねた。己を鬼にしてくれ——そう頼むためだった。己を懲らしめた圧倒的な力を持つ青鬼のことが、頭から離れなかったのだ。青鬼は、小春が憧れる百鬼夜行を導く者でもある。それに、まだ出会ったことはないが、青鬼に匹敵するか、それ以上の力を持つという百目鬼のことも気になっていた。

(昔、浅草で感じ取った、得体の知れぬ強い妖気は、百目鬼だったんじゃねえか?)

強いとされる妖怪のうち、二妖は鬼なのだ。ならば、己も——と思うのは、負けず嫌いの小春らしかった。

(すべて捨てて、こっから始めるんだ)

断ち切れていなかった逸馬への思慕も椿への同情も、己には不要なものだった。鬼になりたい——その気持ちに偽りはなかったが、一番は己を変えたいという想いだったのかもしれぬ。己を丸ごと変えるくらいでないと、抱いている情を捨て去ることができぬことに、本当は気づいていたのだ。逸馬に会いに行ってしまった今、もう気持ちを誤魔化すことはできなかった。

そうして、小春は鬼に頼み込み、耳と尾を切らせ、頭に角を植え込んでもらった。その時の痛みは死より辛いものだった。まともに動けるようになるまで一年も要したほどだ。

（立派な妖怪になるのはいつのことやら……道のりは長いぜ、まったく）

弱くなった力を嘆く一方で、心は軽くなった。己の力で猫股になったわけではない——ずっと抱えてきた罪悪感が消えたからだ。勝手に猫股を降りたことを椿に会って謝ろうと思ったが、どこを捜しても見つからなかった。人間の世にも妖怪の世にも、椿の消息を知る者は誰もいなかったのだ。

（生きてるよな、椿……約束しただろ）

兄の無事を祈りながら、小春は再び修業の日々に入った。しかし、猫股の頃の力を取り戻すには、百年以上かかりそうな有様だった。こんなはずでは——焦りが募るばかりで、余計に思うようにはいかなかった。段々と自信が失われていき、本当にこれでよかったのだろうかと迷いすら芽生えてきた頃、小春は百鬼夜行の行列への参加を果たした。

迷いながらも積み重ねてきた努力は、間違っていなかった——そう思った瞬間だった。浮かれた気持ちで行列を歩いていた時、小春は誰かの声を耳にした。

（……随分と寂しい……懐かしい声だな——）

声に気を取られてしまった小春は、人間の世に落下し、ある男と出会った。

「……他人様の庭先で何をしている？」

穏やかで優しく響く声は、やはりどこかで聞いたことがあるものだった。人間の知己などいないはずだが――そう思って顔を確かめた相手は、世にも恐ろしい姿をしていた。

（こいつ、人間に化けた悪鬼か!?　それとも仁王……いや、閻魔さんか!?）

これまで大勢の妖怪と戦ってきた小春ですら、思わずたじろいでしまうほどの強面だった。荻の屋という古道具屋を営むその男は喜蔵と名乗り、小春を番屋に突きだそうとした。

（馬鹿、やめろ！　俺は天下の三毛の龍だぞ!?――元、だけれど……大妖怪なんだ！）

何とか妖怪であることを納得させ、飯を強請った小春は、そのまま喜蔵の家に居座った。

それからひと月もの間、小春は喜蔵と共に時を過ごした。喜蔵に唆かされ、彼の幼馴染の彦次に妖怪をけしかけたり、彼に憑いた妖怪を祓ってやったりもした。喜蔵の妹深雪の友を救うために、神無川に河童の棟梁の弥々子を訪ねていったこともある。身のまわりでたびたび起きた事件解決のため、毎日のように奔走したのだ。やがて、敵の狙いが己だと気づいた小春は、喜蔵を裏切ったふりをして、荻の屋から出ていった。化け猫時代の己が打ち負かしたあの天狗との因縁の戦いは、巻き込まぬように退けたはずの喜蔵たちに助けられて、ことなきを得た。そして、今度こそ本当に、喜蔵の許を去る決意をしたのである。

「……迎えがこずともよいのではないか？　ここにいても構わぬ――と申している」

喜蔵からの思わぬ言葉に、小春の心は揺れ動いた。

――ずっとそばにいておくれ……。

喜蔵は逸馬の血を引く者だ。そんな彼から逸馬と同じようなことを言ってもらえた。逸馬とは交せなかった約束を、今度こそしてもよいのではないか？——小春は短い時の間で、迷いに迷った。しかし、選んだのは、妖怪として生きていく道だった。迎えにきた百鬼夜行の行列に戻っていった小春に、喜蔵は別れを言いつつも、手招きをした。

「……またな」

そんな声が聞こえてきて胸が詰まったが、二度と会う気はなかった。

（——これでさよならだ）

そう思ったのに、たった半年で再会した。その時も、喜蔵は別れた時と同じように、月に向かって手招きをしていたのだ。それは、小春を呼ぶ、声にならぬ声だった。逸馬のように泣いて縋られたわけではない。だが、同じくらい深い情を小春は感じ取った。

（馬鹿だろ、妖怪相手にそんな情を持つなんて……本当におかしい奴らだ）

そう誤魔化したが、嬉しさがこみ上げてきてしょうがなかった。泣きたくなどないが、泣いてしまいそうだった。互いを思いやることが、これほど胸に響くとは思わなかった。小春は妖怪だ。本来、それを知ってはならぬ身だった。それなのに、もう手放せぬほど深く心の中に居ついている。喜蔵たちと会うたび、小春は嬉しくて辛かった。彼らが差し伸べてくれる手に己の手を重ねそうになって、（もう会わぬ）と誓った。それなのに、どうしても会いたくなって、理由をつけて会いにきた。立派な妖怪になりたい——その夢は、今も胸の中で一等輝いていたが、同じくらい皆のことが恋しかったのだ。

しかし──。

──貴様は長者が代替わりしたのを知らぬのだな。

──お前が今真っ先に思い浮かべた奴だ。

とあるきっかけでその話を聞いた瞬間、小春はある決意をした。

(俺はもう迷いなんて抱かねえ)

そうしなければ、殺される──己のみならず、己が大事に想っているものすべて、猫股の長者となった義光に壊されてしまうかもしれぬ。

「……そんなことはさせねえ」

たとえどちらかが死ぬことになっても、終わらせなければならない──そんなところまで来てしまったのだ。一つだけ気がかりだったのは、兄の存在だった。義光の噂はよく耳にしたが、椿のことは誰も口にしなかった。まるで、元々この世に存在しなかったかのようだった。義光との戦いの前に椿に会い、勝手に猫股をやめたことを謝りたい──そう考えていた小春の許を訪ねてきたのは、数十年ぶりに再会したかわそだった。

「お前──どうしてここに……」

その時、妖怪の世にいた小春は、目を瞬きながら言った。対するかわそは、照れたような顔で笑って答えた。

「あんたが困ってると聞いてさ」

「……俺はお前に散々借りを作ったままだ。縁も切れた相手に、また貸しを作ってやってどうすんだよ。どんな理由があるって言うんだ」

「友を助けるのに、理由なんていらないだろ」

当たり前のように言われて、小春はぐっと詰まった。別れる時に思ったことを、かわそも思ってくれていたのだと気づき、胸がきゅっと苦しくなった。

「まあ、あんたのためだけじゃないんだ。あんたが本当に困った時、あんたに自分の居場所を教えて欲しいと言われていたんでね」

それから、かわそは椿の話をした。数十年前、右京の首を抱いて泣いていた椿に、かわそが同情を寄せていたのは小春も気づいていた。かわそも人間に想いを寄せた妖怪だ。

「椿はあれから仏門に入ったんだ。宝泉を師と仰ぎ、彼に追随して京に行ったのさ。今は、貴船(きぶね)の山奥でひっそり暮らしているよ――右京の弔(とむら)いをしながらね。あいつは変わったよ……あんたたちのことを本気で心配しているんだ」

――お前たちに戦って欲しくはない。だが、きっと避けられぬのだろう。止められるとすれば、私しかいない。お前たちにひどいことをした私のことなど信じられぬだろうけれど……どうか信じて欲しい。戦う前に、私を訪ねてきてくれ。南へ向かう街道にて待つ。

椿の伝言を口にしたかわそは、小首を傾げて言った。

「……死ぬなよ？」

「ああ――約束する」

小春はかわそに小指を差しだし、指切りげんまんした。そうして小春は、もののけ道を通って、人間の世に来た。

京に着いた小春は、示された街道で椿を待っていたが、彼は一向に現れなかった。

（……まさか、自分で言っておいて忘れたんじゃなかろうな）

かわそに伝言を託けたのは、数十年前のことだ。妖怪にとっては大して昔ではないが、椿は完全な妖怪とは言えぬ身である。小春や義光と比べると身体が弱く、寿命も短い。

（まさか、あいつはもう……）

そんな不安が浮かんできた時、小春はようやく椿を見つけた。街道から遠く離れた茶屋で、呑気に茶を飲んでいたのだ。小春は安堵すると共に怒りが湧き、思わず怒鳴った。

「街道で落ち合う約束だったろ！　捜しちまったじゃねえか。何で茶屋なんかに……って、お前――」

「小春ちゃん!?　どうして京にいるんだい？　喜蔵さんたちは？」

驚いた顔をして言ったのは、記録本屋を生業にしている、高市（たかいち）という若者だった。ひょんなことから小春や喜蔵と出会い、すっかり馴染みになった。人懐っこくて、いつの間にか他人の懐に入ってしまうような、独特の愛嬌がある。

（椿まで誑（たら）したとは……いや、誑しこまれたの間違いか？）

頭をがしがしと掻いた小春は、椿の腕を引いて歩きだした。

「小春ちゃん、もう行っちゃうの!?」

高市は慌てた声を上げてついてこようとしたが、小春は「来んな」と切り捨てるような言い方をした。高市は怯んだ様子だったが、その後もついてきた。変化して駆け去ってしまおう――そう思い、妖気を発した時、椿が静かに言った。

「いいの？　こんなに人がいるのに」

茶屋から街道に向かう道には、大勢の人がいた。こんな中で変化したら、大変な騒ぎになってしまう。人の波が消えた辺りで変化するしかないらしい。面倒なことになった、と息を吐いた時、椿が感心したように言った。

「小春はすごいね」

「あ？　何だよ、いきなり……」

「すごいよ。皆から愛されてる」

「……あいつらがおかしいだけだ。勝手に他妖の心配して、勝手につきまとってくる。俺みたいに強くねえのに、周りをうろちょろされて邪魔なだけだ」

「そうなの……じゃあ、殺してあげようか？」

椿がそう言った瞬間、小春は椿の喉元に鋭い爪を突き立てた。

「やってみろ――その前にお前を殺す」

「ふふ……やはり、すごいよ。強くなったね」

椿の口元には笑みが浮かんでいたが、目は真剣そのものだった。本心を言っているのが分かった小春は、舌打ちしながら伸ばした爪を戻した。

「ありがとよ！　どんなに強くなっても、結局お前に勝てねえのが心底癪に障るがな！」

「私と五分なんて誇っていいと思うけれど」

にこりとして言った椿は、小春と同じく伸ばしていた鋭い爪を、小春の喉元から引いた。

あれ以来、修業はしていないとかわそから聞いていたが、本当ならぞっとしない話だった。

「……おっそろしい奴」

「そうかな。お前の方がよほど恐ろしいよ」

「こんな善良な俺のどこが恐ろしいんだよ」

肩を竦めて言うと、椿は首をわずかに傾げて、小春の目を見て言った。

「だって、お前は強いもの。また情を結ぶなんて私にはできない。この先も無理だよ」

「……お前の方が飼い主を想ってたんだよ」

「そんなことない。お前も私と同じくらい、相手を想っていたもの」

「他妖の気持ちなど分からぬものだ」

「そうやって逃げるところは、相変わらず弱いね」

微かに笑った椿は、前に視線を戻した。小春は鼻を鳴らしながら、内心頷いた。

（そうだよ……俺は弱いんだ）

猫股や鬼になり、どんどん妖力が増したが、中身は何も変わっていなかった。椿は「強くなったね」と言ってくれたが、椿の方がよほど強いと小春は思っていた。

（俺はずっと逸馬のことを想っているなんてできない）

逸馬はとうの昔に死んだのだ。いつまでも瞼の裏の思い出をよすがに生きてはいられなかった。そんなことをしつづけて、正気でいられる自信はない。

それから、二人は無言で前に進んだ。相変わらずついてくる高市の気配を感じながら、小春は胸の中にこみ上げてくる想いを嚙みしめていた。

――……お前の名は何というのだろうな？　私は逸馬だ。荻野逸馬と申す。

――俺も覚えている。この先も決して忘れはしない。お前も忘れるな。

――またね――たとえまた会えないとしても、『またね』と言って欲しいの。そうしたら、あたしたちはそれを信じて生きていけるわ。

色々な出会いがあった。同じくらい、別れもあった。死にそうになったことは数知れぬが、そんな小春よりも周りの方が先に死んでいった。人間のみならず、妖怪もそうだった。それほど生に執着していた覚えはないが、結果的にここまで生き永らえた。

（でも、今回はどうだろう……）

――そのように震えて、哀れなことだ。

凄まじい妖気を発する義光にそう言われたのは、ふた月ほど前のことだ。喜蔵に持ちこまれた縁談の相手、引水初（ひきみずはつ）という女の屋敷で再会したのだが、それは現か幻か分からぬ中だった。初やその家族は、妖怪の血を引く人間だ。だから、その屋敷で不思議なことが起きても、おかしくはなかった。

久方ぶりに義光の妖気に触れた時、小春ははじめて（負けるかもしれぬ）と思った。強くなっているのは覚悟していたが、想像以上の成長を遂げていたのだ。

（俺が迷ったり、立ち止まっている間に、あいつは前に進みつづけたんだ）

それを思うと、勝てる気がしなかった。

「そろそろいいんじゃないかな」

椿の呟きに、小春ははっと耳を澄ました。近くに響いているのは、己と椿、それに高市の足音だけだった。小春と椿は軽く頷きあって、鬱蒼と木々が茂る方へ歩いていった。

「……この姿になるのは久方ぶりだぜ」

そう言いながら、小春は猫股の姿に変じた。椿は無言で小春の大きな背に飛び乗り、しがみついてきた。地を蹴って高く飛んだ直後、地上から「あ！」という声が聞こえてきた。

（……悪いな、高市）

今頃、彼の頭の中は疑問だらけだろう。人の好い高市のことだ。喜蔵にこの件を文で伝えるかもしれぬ。だが、文が着くまで十日はかかる。その頃にはすべて終わっているはずだ。

「変な子。何を笑っているの？」

椿に指摘されて、小春は慌てて表情を引き締めた。

「私は緊張でいっぱいなのに気楽だね。義光を説得中に殺されてしまうかもしれないよ」

「お前こそ、にこにこしながら言う台詞かよ……まったく」

呆れ声を出した小春は、一度木に降り立ち、また飛んだ。

「……ずっと飛びつづけるのは無理だな」

「しようがないよ。その姿になるのは久方ぶりでしょう？　私くらい才があったら、いくら年月が空いてしまっても飛びつづけられると思うけど」

珍しく慰めたかと思いきや、そう続けたので、小春は（変わってねえ）と笑った。すると、椿もつられたように笑い声を漏らした。

「やはり、小春といると楽しいな。昔は分からなかったけれど、お前たちと一緒にいた頃、とても楽しかったんだ。じゃれ合うのも、喧嘩するのも……随分昔のことだけれど、ついこの前のように思いだせるよ。……この時さえも、今は昔になるのかな」

途方に暮れたような声を出した椿は、小春の背に顔を埋めた。答えが分からなかった小春は、黙って空を翔けた。


数日後、小春と椿は、猫股の長者が住まう地にたどり着いた。

話をつけてくる——そう言って、椿は義光のいる洞窟へ単身向かった。椿が義光を説得している間、小春は近くの森の中に寝転んで、空を見上げていた。

「星の奴、呑気そうにきらきらしてらあ……」

雲がかかっていたが、星はその合間を縫うようにして輝いている。

「月は……ほとんど見えねえな」

小春は目を瞑り、月の姿を想像した。しかし、いくらやっても駄目だった。これまで数え切れぬほど見てきたのに、いざ思い浮かべようとすると曖昧な形になってしまうのだ。

「お前の顔も、大分忘れちまったよ……逸馬――」

瞼の裏に浮かんでくるのは、彼に似て、さらに厳めしい顔をした男だった。小春は薄目を開いて、空に向かって手を伸ばした。いつだったか、喜蔵が満月に向かって手招きし、己を呼ぼうとしていたことを思いだしたのだ。しかし、小春がしたのは、手払いだった。

「……さよなら」

目の縁にじんわり涙をにじませた小春は、翌夜、義光と戦いはじめた。

「ごめん……ごめんね」

仲立ちの甲斐なく二妖が戦い始めた時、椿は泣きそうな顔で詫びてきた。変わっていない――そう思っていたが、かわその言う通り、椿は変わったのだろう。心底心配しているのが伝わってきて、胸が苦しかった。

(何だよ、その面は……俺が知ってるお前のように、小憎らしく笑ってろよ)

義光と対峙しながら、小春は椿の表情がこれ以上崩れぬことを願った。そうするためには、己が勝つしかない。義光の勝ちは小春の死を意味している。だが、小春が勝てば義光は死なずに済むかもしれぬ。

戦いは熾烈を極めた。想像以上に強くなっていたのは、義光だけではなかった。小春も負けずに強大な力を手にしていた。殺るか殺られるか――その二択しかないことに気づいてしまった時、ここにいるはずのない男が姿を現した。

「喜蔵……」

幻に決まってる。夢かもしれぬ。とにかく、現ではない――そう思いたかった。しかし小春の腹に空いた穴をじっと見据えた喜蔵は、無謀にも義光の許へ向かっていった。

(……やめてくれ……やめろ……!!)

義光が喜蔵に爪を振りかざすのを見て、小春は大声で叫んだ。

「義光……やめろ――――!」

次の瞬間小春が目にしたのは、喜蔵が天井に串刺しにされた光景だった。どくんと脈打つ音が耳の中に響いた。身体の奥が熱くなり、そのまま炎となって燃え上がりそうだった。

――……行く当てもない小童妖怪のくせに。

逸馬と似た声音で、喜蔵は捻くれたことばかり言った。その皮肉が心地よいと思えてしまうのは、喜蔵に深い情を寄せているからだ――こんな時に気づいた小春は、かつてないほどの殺気を込めて、義光に飛びかかった。岩山の頂上でとどめを刺そうとした時も、本気で殺す気だった。ここで義光の息の根をとめなければ、また己の大事な者たちが傷つくかもしれぬ。そんなことはもう御免だった。因縁は断ちきらねばならない。

(殺す――殺してやる!)

そう思い、とどめを刺そうとした時、小春をとめたのは喜蔵だった。

「『立派な妖怪になりたい』とお前は言った。だが、兄弟を殺さねば立派な妖怪になれぬのなら――お前がお前でなくなってしまうのなら、そんなものにはならなくていい……ならないでくれ！　こちらへ来い――！」

小春の記憶はそこで一旦途切れた。瞼の裏に焼きついたのは、己に向かって手を差し伸べ叫んでくる、涙を堪えた必死な男の姿だった。

(……どうしてだろう)

闇の中で小春はずっと考えていた。

(どうして俺たちは、人間になど情を寄せてしまったんだろう？)

椿や義光だけではない。常盤と伊周を守り抜こうとしたれんも、出会ったばかりの右京の願いを叶えた宝泉も、人間と一緒になろうとこちらの世にきたかわそも、人間にありったけの情を寄せた。だが、妖怪も人間も独りきりだ。手と手を取り合って生きることなどできはしない。できたとしても、それは上辺だけのまやかしだ。本当の情などどこにもない。自らを擲(なげう)ってまで他者を助けるなど、誰にもできない――はずだった。

(どうして俺は、こんなにもあいつらと共にいたいんだろう……)

その気持ちと同じくらい、「立派な妖怪になりたい」という夢は捨てきれなかった。どちらか一つなど選べなかったのだ。殺そうとしていた義光にも、結局手を下せなかった。

(あーあ……俺ってば、どこまで甘っちょろいんだ)

迷いを捨てきれなかった小春は、最後に現れた天狗に敗北して、完全に意識を失った。

荻の屋に連れ帰ってこられた小春は、それから数日もの間、死の淵(ふち)を彷徨った。

「小春ちゃん……皆、待ってるのよ。声が聞こえていたらいいんだけれど……」

深雪の哀しげな声が響き、小春は内心頷いた。

（……聞こえてる）

だが、目を開けることができなかった。身体は徐々に回復してきている。義光に猫股の核を返してしまったので、妖力は大分失われたが、少しずつ取り戻しつつあるようだ。しかし、まともに戦えるようになるには、一年はかかりそうだった。その間、小春はただの人間の童子と変わらぬ存在になる。それが分かっているからこそ、目を覚ますのが怖かった。

（強くなりたかったのに……）

選択を悔いているわけではないが、どうしようもなく胸が痛かった。今の小春には何もない。己の存在を説明することすらできぬ、半端者になってしまった。強さを一等価値のあるものとしていた小春にとって、今の己は誰よりもちっぽけで、不要な存在だった。

小春は目を閉じたまま、何度も泣きそうになった。代わる代わるやってきては励ましの言葉をかけてくる友たちに、「そんなことするな」と怒鳴ってしまいそうだった。

（今の俺は、これまでの俺じゃないんだ。お前らを守ってやることなんてできないし、ただのお荷物だ。今の俺に、皆から求められる価値なんてない……！）

優しい声をかけられるたび、唯一守ったはずの矜持が音を立てて崩れていく気がした。

だから小春は、そばにいても声をかけてこぬ喜蔵に、感謝していた。

「………」

小春が寝ている布団の横に座っているのは分かったが、喜蔵はいつまで経っても無言だった。義光との戦いを終えてここに運ばれてきた時から、一度も小春に話しかけてこなかった。しかし、喜蔵がそばにいる時、誰よりも強い視線を感じた。

（……どうして俺を助けにきたんだ。お前がいなかったら、もっと楽に終わってたんだぞ。邪魔しやがって、とんだ迷惑だぜ。お前がいなければ……お前と出会わなければ、俺はもっと妖怪らしい妖怪になれてたんだ。全部お前のせいだ。お前が俺にありったけの情を寄越すから、俺も無視できなくなったんだ！）

今のように、目を閉じて見ないふりをしていたらよかったのだ。そうしたら、小春は猫股の長者にだってなれていたかもしれぬ。誰よりも強く、何にも囚われることなく、自由でいる――その夢が叶っていたに違いない。今の小春は、弱くて色々なものに囚われている。柵だらけで、自由など夢のまた夢だ。

選んだ道に後悔はない。だが、不安はつきなかった。この先、己は一体どこへ向かっていくのだろう？　義光や椿はどうするつもりなのだろう？　身動きの取れぬ今、小春の胸には不安や焦燥ばかりが湧いてくる。こんななか、先に対する夢など浮かんでこなかった。

（俺は――）

咳払いが聞こえて、小春ははっとした。目を開きそうになったが、思いとどまった。

（……何だよ、結局起きたくないだけじゃねえか）

思わず口元に微苦笑を浮かべたが、洟をかんでいた喜蔵は気づかなかったのかもしれぬ。しばらくして、喜蔵はぼそりと言った。

「……お前に首などやるものか」

小春は息を呑んだ。

――お前に首などやるものか！　俺は生きる！

それは何十年も昔に、喜蔵の曾祖父である逸馬が小春に向かって述べた台詞だ。混乱する小春を尻目に、喜蔵は続けた。

「たとえそれでお前の力が戻るとしても、俺はお前に首などやらぬ。力を失くしたのなら、取り戻せばいいだけだ。妖怪は無駄に長生きなのだろう？　どうせ他にやることもないのだから、また修業とやらをやればいい。物になるかは知らぬが」

(……簡単に言ってくれるぜ)

小春は苦笑した。喜蔵は、小春がどれだけ努力してきたか知らぬのだ。厳しい修業中、腕がちぎれそうになったこともあるし、十日も目が覚めなかったこともあった。一朝一夕で強くなったわけではない。百年以上、そうした毎日を過ごしてきたのだ。

(たかだか二十年しか生きていない小童に、俺の苦労が分かるもんか！……くそっ)

舌打ちをしたつもりだったが、音にはなっていなかったらしい。喜蔵は微動だにせず、深い息を吐いた。

「……今のは、流石にまどろっこしかったな。忘れろ……と言っても、聞いてはおらぬか。

俺が本当に言いたかったのは――」

（……本当に言いたかったのは？）

小春が内心首を捻っているうち、喜蔵は立ち上がり、店の方へ歩いていった。耳慣れた鑢の音が聞こえてきて、小春は段々と睡魔に襲われた。微睡む意識の中、小春は夢を見た。

薄暗く、狭い部屋だった。四隅にある灯りに照らされて、部屋の真ん中に端座する男の顔が何とか見えた。よく知った顔だった。他人や他妖の過去を見て、予言する妖――件だ。

「ひどい様ですね。起き上がることさえ叶わぬとは、妖怪とは思えぬ失態だ」

件は小春を一瞥し、言葉通り嘲笑を浮かべた。いつの間にか彼の向かいに横たわっていた小春は、肘を立てた腕に頭を乗せて、気だるげな声を出した。

「何とでも言え。俺は弱ってる。今だったら言いたい放題だぜ」

「本当に弱っている者はそんな口を叩きません。あなたは少しも堪えていないんですよ」

呆れ声を返され、小春はむっとした。これほど落ち込んでいるのに、件は一体何を見ているのだろう？　頬を膨らませた小春を無視して、件は懐から文を取りだした。小春は首を傾げつつ、差しだされたそれを受け取り、中を開いた。

「……何を企んでいる？」

「私は知りません。頼まれただけですから。用はこれで終わったので帰ってください」

件は言うなり、さっと立ち上がった。小春が彼の裾を摑もうとした時にはもう、姿を消していた。一人部屋に取り残された小春は、もう一度文を眺めた。

——我らが生まれた荒野に来られたし。大木の上にて待つ。

椿

文の中に書かれていたのは、それだけだ。しかし、宛名には二つの名があった。

「小春殿、義光殿……畏まって気味悪ぃな。夢の中じゃなく、直接言やあいいのに……無理なのか」

おそらく義光も、小春と同じように臥せっていて、夢の中で語りかけるしかないのだろう。彼の負った傷を思いだし、小春は胸が痛んだ。

(……あんなことがあっても、俺はまだ奴を憎みきれないのか)

椿もそうなのだろう。だから、件に託してまでこのような文を寄越してきたのだ。小春と義光の仲が修復できると、未だに考えているらしい。

(いや……賭けなのか?)

再び義光が激怒すれば、小春は今度こそ死ぬだろう。椿はかろうじて逃げられるかもしれぬが——そんなことを考えてしまっているあたり、気持ちはすでに決まっていた。

小春はゆっくりと目を閉じた。部屋の灯りが小さくなっていくのが、瞼を閉じていても感じられた。次に目を開ける時は、現で目を覚ます時だ。

「……お前の首なんかいるもんか」

遅まきながら言い返した小春は、しばらく経って目を覚ました。ちょうど、喜蔵が裏に立った時だった。誰かが訪ねてきたようだ。起き上がってこっそり様子を窺うと、裏戸の向こうに桂男が立っているのが見えた。どうやら、初の使いで重箱を届けにきたらしい。以前、屋敷で馳走になった時と同じく、良い匂いが漂ってきて、小春は唾を呑み込んだ。

（あれが食べられぬなんて、一寸……かなり惜しいな）

しかし、食べてから行くわけにはいかない。己が来るのを、兄弟が待っているのだ。喜蔵と桂男の弾まぬ会話をしばし聞いていた小春は、静かにその場から離れようとした。

「……縁が切れた？　縁の糸が見えるわけでもないのに、その言い方はいかがなものでしょうか。私はそんな風に、目に見えぬものに縛られて生きていたくはありません。私は私がしたいように生きるだけですから」

桂男の述べた言葉を耳にし、小春は踏みだしかけた足を止めた。

（……その通りだ）

逸馬や喜蔵たちとの出会いで、柵が増えてしまった気がした。自由でいたいのに、縁の糸で雁字搦めにされていくような心地さえしていた。しかし、それはただの言い訳だった。勝手に囚われていたのは、小春の方だったのだ。桂男の言うように、縁の糸など見えはしない。だが、小春は確かに皆との縁を感じていた。

（俺はすごい昔にも喜蔵に会ってるんだぜ？　そんなの、縁でしかねえじゃねえか！）

なぜか、笑いがこみ上げてきてしょうがなかった。口を手で覆って必死に堪えていたところ、目からぽろりと涙がこぼれた。

「……ははは」

小さく笑った瞬間、喜蔵が踵を返したのを認めた小春は、急いで台所に身を隠した。己の横を通り過ぎる足音を聞きながら、小春は裏戸からこっそり外に出た。桂男はとうに消えていた。彼は彼がしたいように、初の許に戻ったのだろう。

(俺も行こう。俺を待ってるあいつらの許へ)

裏長屋や表通りを俊足で駆け抜け、小春が向かった先は、文に書かれていた約束の場所だった。まだ答えは分からない。だが、彼らに会えば、気持ちが見つかるかもしれぬ。楽観的なのか、捨て鉢なのか分からぬ考えだったが、今はそれが最良に思えた。

(たとえ、どんな先を選んでも……忘れない)

逸馬のことも喜蔵のことも、これまで出会い、己を形作ってくれた者たちのことを——。

「忘れたりなんかしない……」

己は今、ただの小春だ。思うままに生きてみようと小春は思った。

かわその恋

かわそがその噂を耳にしたのは、妖怪の世に春が訪れた頃のことだった。

「聞いたか？　隣の里に人間が紛れ込んだんだってさ」

知己の妖怪・ひょうすべの言に、かわそは「へえ」と気のない返事をした。さして驚かなかったのは、かわその動じぬ性格もさることながら、数年に一度くらいの頻度で、妖怪の世に人間が紛れ込むことはあるからだ。

「どうなると思う？」

「さてねえ……」

かわそは肩を竦めて答えたが、こちらに紛れ込んだ人間の末路は、大方決まっていた。

（飼い殺されるか、尋常に殺されるか、嬲り殺されるか……どの道殺されるんだろうさ）

人間の世に無事帰してもらえる者は、ほとんどいなかった。人間と妖怪は相容れぬというのが、この世のみならずあの世の条理だったのである。

しかし、翌日――かわそはまたひょうすべから、思わぬ話を聞いた。

「おい……例の人間まだ生きているぞ！　騒ぎになっていると聞いて覗きに行ったんだが……とんでもないことになってた！　お前も見てこいよ！　ほら、早く！」

ひょうすべの勢いに負けて、かわそは隣の里に出かけた。川を泳いでいった方が速かったが、（それほど急ぐ必要もなかろう）とゆっくり徒歩で向かった。

隣の里に入ってすぐ、かわそは目を瞬いた。里中の妖怪たちが円を囲むように集って、やいのやいのと騒いでいたのだ。見知った顔を見つけたかわそはその相手――二口女という、後頭部にもう一つ口がついた妖怪に近づいていき、「一体どうしたんだね」と訊ねた。

「うちの里に紛れ込んだ奴が暴れてるのさ。あんな奴、見たことないよ」

「暴れてる？　紛れ込んだのは獣だったのかい？」

かわそは背伸びして円の中心を見た。そこには取っ組み合っている者たちがいたが――。

「――うわっ」

声を上げたのは、かわその隣にいた二口女だ。かわそはさっと横に避けたので無事だったが、二口女は円の中心から飛んできた河童にぶつかり、下敷きになったのだ。

「ははは、弱いねえ！　またあたしの勝ちだ！」

豪快な笑い声が響いた。二口女に手を差しだしながら、かわそはまた視線を前に向けた。

（おやまあ……これは驚いた）

そこにいたのは人間の女だった。しっかりとした骨格をしているが、肉はあまりついていない。頬骨が高く、勝ち気そうな目をしている。声が高くなければ、男と見間違えたかもしれぬ。腰に手を当てて顎を上げた女は、「次は誰だ？」とよく通る声で言った。

「誰が来たって負ける気はしないけれどね。見かけだおしだねえ」

からからと笑う女を見て、かわそは首を傾げた。

「あの女……寿というらしいんだが、とんでもない奴なんだ……」

ようやく起き上がった二口女は、うんざりした声で言った。二口女曰く、寿は昨日からずっと妖怪たち相手に勝負をしているらしい。

——お前がこの里の皆に勝てば、無事に人間の世に帰してやる。

そう言ったのは、里の長である大蜘蛛(おおぐも)だった。暇つぶしのつもりだったのだろう。しかし、剣術の試合を持ちかけた大蜘蛛は、六刀流(ろくとうりゅう)にもかかわらず、あっさり負けてしまった。

「他の奴らもそれぞれ得手なこと——独楽(こま)や囲碁(いご)や踊りや弓などで勝負したが……あの女、どれも圧勝したんだ。河童との相撲(すもう)も瞬殺だ。あの女……人間の化け物だ！」

「おやまあ……随分と豪胆な人間の娘がいたもんだね」

「のんびり言ってる場合か！　これは妖怪の沽券(こけん)にかかわることだぞ」

地団太(じだんだ)を踏みながら悔しがる二口女は、はっとしてかわそを見た。

「そうだ……お前さん、実は滅法強かったな!?　あの人間を倒してくれ！」

「それはやめておいた方がいい。よその里の者に任せたら、それこそ沽券にかかわるぞ」

笑って言うと、二口女はぐっと詰まった。その後も、二口女はかわそを勝負に担ぎ出そうとしたが、のらりくらりと躱(かわ)しつづけた。その間も円の中心では、寿が妖怪相手に大立ち回りを演じていた。かわそはずっと寿を目で追いつづけ、何度も首を傾げた。

「——あたしはしばらく休むから、勝負はまた明日ね」

日が暮れた頃、寿はそう言って森の中へ去っていった。周りにいた妖怪たちが寿を引きとめなかったのは、皆寿にこてんぱんにのされたからだ。その中でたった一妖立っていたかわそは、寿の後を追って森の中に入った。

木の下に座りこんでいる寿を見つけて、かわそは近づいていった。

「……あんたとはまだ勝負してなかったね。今からやるかい？」

「勝負はいいよ。どうせ俺が勝つのは分かってる」

かわそがそう答えると、寿は顔を上げて、ぎろりと睨んできた。

「大した自信だが、さっきの見てただろ？　あたしは強いよ」

「うん、確かに強かった。威勢もよかったしな。だから、あんたが恐怖で震えていることに、誰も気づかなかったんだろう」

寿ははっとした顔をして、きつく唇を嚙んだ。妖怪たちとの対決中、寿は常に大声を出して、相手を煽るような言を吐き、侮蔑の笑みを浮かべていた。それが、寿の虚勢であることに、かわそは気づいていたのだ。

「あんたの作戦は見事に功を奏したね。あいつらは単純だから、あんたの言葉に煽られて隙だらけだった。まあ、あんたの強さがあってこその作戦成功だがね」

「……笑いに来たのか。それとも、あたしを喰らう気か？」

「俺は人なんか喰わないよ。あんたを人間の世に帰してやろうと思ってね」

驚きの表情を浮かべた寿に、かわそは笑って頷き、己の指を嚙み千切った。寿の肩がびくりと震えたのを横目で見やりながら、かわそは彼女が寄りかかっている木に、「も」の字を書き、丸で囲い込んだ。そこに現れたのは、もののけ道に通じる穴だった。

「この道は妖怪専用だ。案内してやるから、俺の後についておいで」

かわそはそう言うと、すぐさま穴の中に入った。

しかし、いくら経(た)っても、寿は入ってこなかった。

(……出会ったばかりの妖怪を信じろというのは、やはり無理か)

かわそは穴を潜って、妖怪の里に戻った。木の下にうずくまって顔を伏せている寿を見下ろし、かわそは頭を掻(か)いた。声こそ抑えているものの、泣いているのが分かったからだ。

そのうち、寿は押し殺した声で、ぽつぽつと身の上話を語りだした。

「……あたしは捨て子でね。とある旅一座に拾われて、そこで育てられたんだ。寿なんてめでたい名も、あの人たちにつけられたのさ。色んな地へ行って、芸事を披露するんだけど、剣術も弓術も舞踊も賭(か)け事も、何でもやった。一座の中には、幼い子もいてね。あたしと同じで身寄りがない子ばかりさ。あの子らの分も稼がなきゃならなかったからね」

「そうなのかい……そのお仲間たち、今はどうしてるんだ?」

「……あたし、仲間に売られたんだ」

そんな小声が聞こえたのは、しばらく経ってからのことだった。

「ある土地に行った時、あたしを気に入ったもの好きの金持ちがいてね。仲間に『好きなだけ金をやるからあの女をくれ』と言ってきたんだ。……まさか、仲間に売られるなんて思わなかったよ。家族のいないあたしにとって、仲間は家族だったのに……!」

絶望した寿をさらに追い詰めたのは、そこで起きた火事だった。火元は寿を買った男の屋敷で、火は瞬く間に近隣に燃え移り、村中が炎に包まれた。いち早く火事に気づいた寿は、まだ村に留まっている仲間を助けだそうとしたが、煙を吸い込んでしまい、昏倒(こんとう)した。

そして、目が覚めた時、なぜかこの妖怪の世に来ていたのだという。

「ひどい火事だった。皆……きっと死んじまったんだ。生きてるとしても、あたしを待ってる奴など一人もいない。ふふ……笑っちゃうだろ？　あんな勝負をしたのに、本当は帰る場所なんてどこにもないんだ……！」

叫んだ寿は、堪え切れずといった風に、嗚咽(おえつ)を漏らした。

「……妖怪の世で暮らすか？」

かわそがそう言うと、寿は弾かれたように顔を上げた。赤く腫(は)らした目から、涙が流れている。傷ついた痛々しい表情を見据(みす)えながら、かわそは頭を掻きつつ、続けた。

「妖怪は強い奴が好きだから、あんた好かれるよ。それなりにやっていけるんじゃないかね。俺もなるべく手助けするよ。こう見えて、隣の里の長をやってるのさ」

腰に手を当てて、胸を張って言うと、寿は「何で」と掠(かす)れた声を出した。

「何であんたがそんなこと……あたし、そんなにしてもらっても、何も返せないよ」

「あんたを助けたいと思う俺の願いが叶(かな)うんだ。それだけで見返りは十分だよ」

かわそはそう答えると、踵(きびす)を返して歩きだした。しばらくして、寿が後をついてきた。

かわその住まう里で暮らしはじめた寿は、はじめこそ周りに色眼鏡(いろめがね)で見られたが、徐々に馴染(なじ)んでいった。かわその言う通り、寿の強さは妖怪にとって好ましいものだったし、彼女のさっぱりとした気風(きっぷ)の良さも、「人間にしては上出来だ」と評判になった。

「おい、ひょうすべ！　今日は宮掃除の当番だろ！　さっさとやりな！」

　里妖それぞれがやるべき仕事もこなし、それを他妖に守らせる呼びかけもした。

「人間のくせにうるせえ奴だな。今やろうと思ってたんだよ！」

「今やろうと思ってたなら、三つ数えるうちにできるね。いーち、にー」

「で、できるか馬鹿！」

　ひょうすべが慌てて川から飛びだすのを見て、寿や周りにいた妖怪たちは大いに笑った。

「寿がいると助かるねえ。約束を違える者が少なくなったよ」

「お互いさまさ。世話になってるからねえ」

　舞首に笑顔で返した寿は、その様子を見ていたかわその許に近づいていった。

「かわそ、おはよう」

「おはようさん。俺はまだ寝る前だけれどね」

「嫌だね、妖怪は寝坊助だからいけないよ。あんたも朝起きて、夜寝るようにしなよ」

　そう言って肩を竦めた寿は、青空を見上げて、眩しげに笑った。


　すっかり妖怪の世に馴染んだ寿が、突如人間の世に帰ると言いだしたのは、里で暮らしはじめてちょうど一年が経った頃だった。

「どうして帰ろうと思ったんだ？　せっかくこちらの世に馴染んできたのにさ……」

　寿を人間の世に送るためにもののけ道を開いたかわそは、薄暗い道を先導しながら問うた。寿は言葉を選ぶように、低い声音でゆっくり答えた。

「……あたし、火事に遭った時、本当は死んでもいいと思ったんだ。でも、あんたたちと暮らしはじめたら、楽しくてさ……生きるのも悪くないって思えたんだ」

「それなら、このまま妖怪の里で暮らしていけばいいじゃないか」

「そうだね……でもさ、あたしは逃げるのが嫌いなんだ。あんたたちと一緒にいるのは楽しいけど、逃げたっていう悔しさを捨てることができなかった。それを一生抱えたまま生きるのは嫌なんだ。……だから、あたしは自分の生きる世に帰るよ」

寿の答えを聞いたかわそは、それから黙って彼女を人間の世まで送り届けた。

穴の先は、寿が一度も立ちよったことがない土地だった。もののけ道の行きつく先は、そこを通る者の望んだ場所だ。寿らしさに思わず笑んだかわそは、「達者でな」と言って、穴の中に戻った。

「かわそ……あたしがもし妖怪だったら——」

もののけ道を歩きだした時、寿の声が聞こえたが、かわそは足を止めなかった。

＊

五年後、かわそは人間の世へ向かった。

寿と別れてからというもの、かわそはずっと寿のことが頭から離れなかった。一年経っても、二年経っても、それは変わらず、五年目になってようやく決心がついたのだ。

(俺が人間になろう)

——かわそ……あたしがもし妖怪だったら、一緒になってくれた?

別れ際(ぎわ)の声が、脳裏から離れなかった。あの時は引き返して「うん」と答えることができなかったが、今は違った。

たとえ何になろうと、俺はお前と生きたい——寿に会ったら、そう言うつもりでいた。

しかし、それは結局口にすることができなかった。寿の許を訪ねたかわそは、彼女と対面する前に、寿とその家族の姿を見てしまったのだ。

「おい、走っちゃ危ないよ。ほら、おっかさんと手を繋(つな)いでな」

きゃっきゃっと騒ぐ幼子に手を伸ばしながら、寿は言った。寿の背には、赤子が負われている。どちらの子も壮健そうで、きらきらとした笑みを浮かべていた。

「おとっつぁんが負ぶってやろう」

そう言ったのは、行商帰りと思(おぼ)しき男だった。彼の姿を見るなり、寿は花が咲いたように笑った。

「あんた、早かったね。おかえんなさい」

「今日はよく売れてね。神さまが助けてくれたのかな」

背負っていたかごを下ろし、幼子を負ぶった寿の夫は、寿と赤子を慈(いつく)しむような目で見遣った。それに応えるように微笑(ほほえ)んだ寿たちを見て、かわそは静かに踵を返した。

（……何もかも遅かったんだ。いや、時はかかわりないか）

単に、結ばれるさだめではなかったのだ。かわそは妖怪で、寿は人間だ。

だが、あの時「うん」と答えていたらどうなっていただろう？

胸が押し潰されそうになったかわそは、急いでもののけ道に入ろうとしたが――。

「馬鹿だね。神さまなんているわけないだろ。あの妖のおかげだよ。あたしを助けてくれた、優しい妖――かわそのおかげさ。妖だけど、あたしの神さまなんだよ」

聞こえてきた寿の答えに、かわそはぴたりと足を止めた。「またそれか」と呆れた男の笑い声が響き、かわそもつられて笑った。

「……はは」

小さな笑い声を漏らした拍子に、かわその目から涙がぽろりと流れた。寿たちは、かわそに気づくことなく、去っていった。

それから、かわそはもののけ道を封じて、人間の世に住みはじめた。

（俺は寿の神さまなんだ。神さまらしく、見守ってやらなきゃ駄目だろ）

寿は八人も子を生し、子や孫たちに囲まれながら往生した。かわそは寿の前に姿を現すことはなかったが、寿の近くにいて、彼女が困った時にそっと手を貸した。一度も気づかれることはなかったものの、寿はそのたびに空を見上げてこう言ったのだ。

――ありがとう、あたしの神さま。

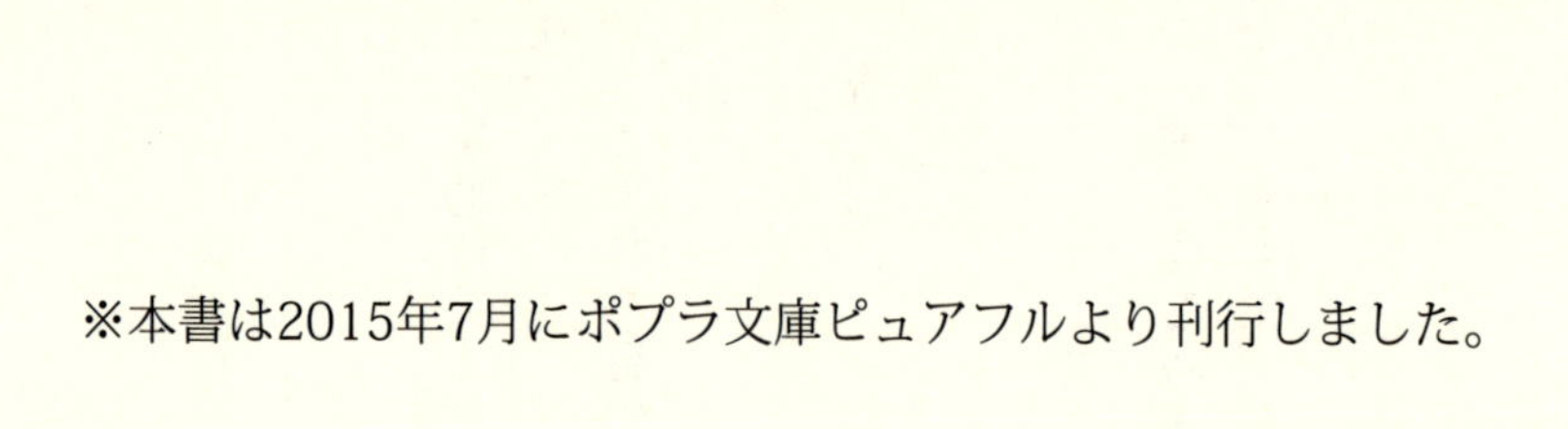
※本書は2015年7月にポプラ文庫ピュアフルより刊行しました。

小松エメル（こまつ・えめる）

1984年東京都生まれ。母方にトルコ人の祖父を持ち、トルコ語で「強い、優しい、美しい」という意味を持つ名前を授かる。國學院大學文学部史学科卒業。2008 年、あさのあつこ、後藤竜二両選考委員の高評価を得て、ジャイブ小説大賞初の「大賞」を受賞した「一鬼夜行」にてデビュー。著書に「一鬼夜行」シリーズ、「蘭学塾幻幽堂青春記」シリーズ、『うわん』『夢の燈影』、共著に『東京ホタル』『競作短篇集　となりのもののけさん』などがある。

表紙＆章扉イラスト＝さやか
表紙デザイン＝松岡史恵

teenに贈る文学 3

一鬼夜行シリーズ⑧
一鬼夜行
雨夜の月

小松エメル

2016 年 4 月　第1刷

発行者　奥村　傳
発行所　株式会社ポプラ社
〒160-8565　東京都新宿区大京町 22-1
TEL 03-3357-2212（営業）
03-3357-2305（編集）
振替00140-3-149271
フォーマットデザイン　大澤葉
ホームページ　http://www.poplar.co.jp
印刷・製本　凸版印刷株式会社

N.D.C.913 ／ 318P ／ 19cm
ISBN978-4-591-14908-9